古典文獻研究輯刊

八　編

潘美月・杜潔祥　主編

第 9 冊

《綠野仙踪》研究

陳 昭 利　著

王構《修辭鑑衡》研究

魏王妙櫻　著

國家圖書館出版品預行編目資料

《綠野仙踪》研究　陳昭利　著／王構《修辭鑑衡》研究　魏王
妙櫻　著－－初版－－台北縣永和市：花木蘭文化出版社，2009
〔民 98〕
目 2+120 面／序 2＋目 4＋94 面：19×26 公分
（古典文獻研究輯刊 八編：第 9 冊）
ISBN：978-986-6528-38-5（精裝）
1. 傳奇小説　2. 研究考訂　3. 道教　4. 修辭學 5. 詩評
6. 文學評論
857.44　　　　　　　　　　　　　　　　　98000102

ISBN - 978-986-6528-38-5

9 789866 528385

古典文獻研究輯刊
八 編　第 九 冊　　　　　　ISBN：978-986-6528-38-5

《綠野仙踪》研究
王構《修辭鑑衡》研究

作　　者　陳昭利　魏王妙櫻
主　　編　潘美月　杜潔祥
總 編 輯　杜潔祥
企劃出版　北京大學文化資源研究中心
出　　版　花木蘭文化出版社
發 行 所　花木蘭文化出版社
發 行 人　高小娟
聯絡地址　台北縣永和市中正路五九五號七樓之三
　　　　　電話：02-2923-1455／傳真：02-2923-1452
網　　址　http://www.huamulan.tw 信箱 sut81518@ms59.hinet.net
印　　刷　普羅文化出版廣告事業
初　　版　2009 年 3 月
定　　價　八編 20 冊（精裝）新台幣 31,000 元

《綠野仙踪》研究

陳昭利　著

作者簡介

陳昭利，文化大學中國文學研究所畢業，現任桃園縣萬能科技大學通識教育中心副教授。專著有《歷史與宗教──明清演史神魔之戰爭小說研究》、《孫臏小說研究》，另有單篇論文：〈從「視點中的敘述性別」比較元稹《鶯鶯傳》與鍾玲《鶯鶯》的不同〉、〈古典小說的重讀與詮釋：探討馮夢龍《崔待詔生死冤家》與鍾玲《生死冤家》的不同〉、〈自我與情欲交織的女性世界──論鍾玲《生死冤家》的陰性書寫〉、〈以「笑容」包裝死亡的鄉土小說作家──黃文相研究〉、〈離散、敘述、家國──論黃娟及其《楊梅三部曲》〉。

提　　要

　　李豐楙先生著《六朝隋唐仙道類小說研究》一書，云仙道類小說分為兩類：一為紀錄、傳述有關仙真傳說的筆記小說；另一類則指道教思想影響下所形成的作品。清人李百川《綠野仙蹤》便屬後者。它兼具文學與宗教兩種特質，本文之研究掌握此一原則。共分為四章討論：

　　第一章介紹作者成書動機、經過及生平事蹟，其次介紹版本概況，並以北大出版的百回抄本及台北天一書局的八十回本為主，討論版本內容的客觀差異及比較其文學成就。

　　第二章探討《綠野仙蹤》的時代背景，掌握本書「虛實參半」的特質，分別探討忠奸集團的歷史人物，在小說中的藝術特徵，並透過忠奸集團的抗衡，凸顯本書「勸善懲惡」的文學教化功能。

　　第三、四章是道教思想介紹，以煉丹的理論、煉丹的過程及煉丹的境界，分析內丹修煉的義理，並說明小說內容雜引各道派之經典出處，以指明此一通俗小說內丹思想的特色。外丹的效用則偏重在意涵及功能的探討，因其沒有內丹修煉的過程來得複雜，但又為修仙過程不可缺乏之要件，故附於內丹修煉一節之後，藉此亦可比對內、外丹的差異。法術的特色，除討論法術之意涵，並以史料、道書等文獻，探討法術的類別。渡脫思想，則論述本書渡脫之意涵。成仙之道揭示內丹、外丹、法術、渡脫四者之相關性，以明《綠野仙蹤》成仙之主旨。渡脫思想中的人物，則個別探討冷于冰及六弟子的性格特色及修道歷程。

謝　詞

　　本論文寫作期間，承蒙龔鵬程、張火慶、李慶楙、鄭志明四位老師的熱心指導並提供相關資料，使得本論文得以順利完成。又周彥文老師從日本九州大學為我寄回《綠野仙踪》八十回的目錄、林朝全同學從北京為我帶回《綠野仙踪》最好的版本，在此一并致謝。

目

次

前　言

　　最近這幾十年，學術界對於中國古典小說的整理與研究，除了重視文學價值較高，流傳較廣的幾本名書，亦漸漸注意到屬於民間系統的通俗小說，遺憾的是圍繞著與道教信仰相關的小說研究專題與專書，尚不見多。有鑑於此，我選擇了《綠野仙踪》作為研究對象，希望能對此一通俗性的道教小說有更深入的了解。

　　由於「道教小說」是近人後設的觀念，因此研究「道教小說」的首要課題，便是界定「道教小說」的定義，目前學術界對「道教小說」的定義，大致可分為二：

　　一、狹義的「道教小說」：所謂「狹義」是指其對道教小說的義界嚴謹者，其特質是有教主、明確的教義、教團組織及師門傳承，如鄧志謨的《許仙鐵樹記》，明顯的傾向於忠孝淨明道，可稱之為狹義的「道教小說」。

　　二、廣義的「道教小說」：所謂「廣義」是指其對道教小說的意義界定較為寬鬆者，演述道教故事或受道教思想影響的小說，如《綠野仙踪》。

　　清人李百川《綠野仙踪》一書，乃受明清兩代日趨通俗化的道教思想影響下所形成的作品，它兼具宗教與文學兩種特質，本論文之研究即掌握此一原則，現介紹研究內容及過程如下：

　　第一章作者及版本介紹。作者李百川，生平事蹟不詳。抄本中的自序是唯一可信的資料。然大陸學者陳新先生以為評批者即是作者，他所持的理由是：

　　1. 評語中透露出評者生平經歷，竟和自序中作者的生平極為相似。

　　2. 當時小說尚未刊行，評書人對一部流傳不廣的小說翻覆閱讀，曠日費

時寫評語，在小說發展史上似乎未曾有過。

因此他推論評者和作者是同一人，據此補充了不少關於李百川的生平事蹟，我的疑惑是，北大出版的百回本只有「虞大人前評」的字眼，並未明確指出《綠野仙踪》是由虞大人一人批評的。且臺北天一出版社的百回本《綠野仙踪》有陶家鶴的序言云：

> 通部內中多有傍註評語，而讀者識見各有不同，弟意宜擇其佳者於
> 抄錄時，分註於句下，即參以己意亦無不可，將來可省批家無窮心
> 力。

陶家鶴以爲《綠野仙踪》的評批是集眾人意見而成，他本人也參與評批的工作。由於不同版本對於評批者是由一人或眾人所批有不同的說法，爲了謹慎起見，本文對作者生平事蹟，採保守態度，即以自序一篇做探討。其次關於版本之回目及內容差異比較，採用西元一九八五年北大出版社之百回抄本及台北天一書局之八十回本作比較。

第二章《綠野仙踪》的歷史背景。探討明世宗時嚴嵩專政、忠臣蒙冤、忠奸抗衡之經過。由於本書具有歷史真實與小說虛構參半的特點。因此，我所用的研究方法是以本書之述寫內容爲主，正史爲對照，再就二者之相同或差異處，探討人物、情節在小說中的特殊意涵而非從事考證工作。何以不討論小說中虛構人物受奸黨嚴嵩迫害之經過？以其受迫害的情況與史實人物比較，則史實人物所受之迫害程度時遠過許多，且自成一歷史系統，故今略虛構人物不論。蓋世宗崇道甚於歷代各帝王，其日求長生，郊廟不親，朝講盡廢，廿五年不復視朝，正事悉委嚴嵩一人，致令政治腐敗黑暗，忠臣受害、百姓疾苦，作者擇此一崇道之君王，而有活神仙冷于冰的出現，是其高明之處，也是全書頗爲弔詭的地方。此外以明世宗時代嚴嵩父子專政爲歷史背景的劇本，在明代有《鳴鳳記》、《飛丸記》、《一捧紅》。《鳴鳳記》影響最大，清代無名氏的《鳳和鳴》、《丹心照》、吳綺的《忠愍記》都是取材於它，而丁耀亢的《表忠記》，修本、後疏等齣，顯然亦是取自《鳴鳳記》。

第三、四章以內丹的修煉、外丹的效用、法術的特色、渡脫的意涵四者爲本書之道教特質；並討論冷于冰及六弟子的性格特色及修道歷程。內丹修煉一節是我最薄弱之處，既無實際的修煉，亦無道侶的切磋，對於道教經典了解亦不夠深刻，尚祈前輩指教。法術一節，由於本書之法術，充滿民俗趣味和文學特質，不完全等同於道書經典的法術，故本文將方術、道術、法術、

戲法統概括之，列爲〈法術的特色〉。渡脫思想之後敍成仙之道，乃在總括四者的關係，以揭示《綠野仙踪》成仙之主旨。渡脫思想中的人物，除了是上述思想的運用發揮，更以道書爲參考而著力於冷于冰及六大弟子修道歷程的文學意涵。

　　以上各章之研究方法和分類亦有見於各章之前言者，此不贅述。然大致如上述。

　　論文之後附錄〈綠野仙踪的評點特色〉，此一附錄因與本論文之研究主題不太相干，故附於後；處理得極爲粗糙，但聊表本人對古典小說批評理論的重視。〈綠野仙踪的評點特色〉，其實可以自成另一論文題目，仔細探討其美學思想，本文旨在拋磚引玉，或容日後再做研究。

第一章　《綠野仙踪》的作者及版本

第一節　作者及成書經過

　　《綠野仙踪》作者李百川，生平事蹟不詳。抄本存有他的自序一篇，是探討李百川的生平思想和小說創作過程的唯一資料。本文即以自序一篇作爲探討。

　　李百川生平最愛談鬼，自序云：

> 余家居時最愛談鬼，每於燈清夜永際，必約同諸友共話新奇，助酒
> 陣詩壇之樂。〔註1〕

談鬼愛奇是他的一大嗜好，後來雖因「生計日感，移居鄉塾」〔註2〕，仍不忘此癖，故「廣覓稗官野史」「後讀情史說邪艷異等類十餘部」〔註3〕，但終究以爲這些書「非蕩心駭目之文」〔註4〕直到讀了「江海通幽、九天法籙諸傳」後〔註5〕，才滿足了他好讀奇書的慾望，自序云：「始信大界中眞有奇書」〔註6〕，他由好讀奇書進而興起創作書的願望，自序云：

> 余彼時亦欲空搆虛作一百鬼記，……〔註7〕

〔註1〕李百川序，見《綠野仙踪》，北京大學出版社，1985 年 10 月。
〔註2〕同註1。
〔註3〕同註1。
〔註4〕同註1。
〔註5〕同註1。
〔註6〕同註1。
〔註7〕同註1。

旋即感到自不量力，自序云：

> 因思一鬼定須一事，若事事相連，鬼鬼相異，描神畫吻，較施耐庵
> 水滸更費經營，且折襪之才自知線短，如心頭觸膠盆，學犬之牢牢，
> 雞之角角，徒爲觀者姍笑無味也。〔註8〕

後來雖然有同好慫恿，其亦心動，但因隨之「疊遭變故，遂無暇及此」〔註9〕。

百川一連串的變故，首先是丙寅年（乾隆十一年，1746年）爲代償他人債務四千兩而破產；癸酉年（乾隆十八年，1753年）攜家中剩餘財物遠赴揚州貨賣，卻遇到騙子因而損失一空，不得已，投靠了在鹽城當官的叔父李余谷，又時運不濟，生了一場大病，「百藥罔救」〔註10〕。是年七月，他的叔父奉委入都之前，對他百般勸慰，囑他「著書自娛」〔註11〕，他在窮愁潦倒之際，「轉思人過三十」，何事不有，逝者如斯，惟生者徒戚耳，苟不尋一少延殘喘之路，與興噎癈食者何殊？」〔註12〕，這就是《綠野仙踪》一書的成書背景，由自序中之他在癸酉年已「年過三十，因此推算他約出生於康熙末年（1720年）左右，作者是個家道沒落，生計日感，時運不濟，窮愁潦倒的知識分子。

這本書從草創到完成歷時約十年之久：癸酉年冬十一月，「就醫揚州，旅邸蕭瑟，頗愁長夜，于是草創三十回，名曰《綠野仙踪》」〔註13〕，這是第一階段。「丙子（乾隆廿一年，1756年），余同祖弟說嚴授直隸遼州牧，專役相連，至彼越月，僅增益廿一回」〔註14〕，這是第二階段。這以後他「風塵南北，日與朱門作馬牛，勞勞數年於余書未遑及也」〔註15〕，直到辛巳（乾隆廿六年，1761年）「有梁州之役，途次又勉成數回」〔註16〕，這是第三階段。壬午（乾隆廿七年，1762年）「抵豫，始得苟且告完」〔註17〕，這是第四階段，《綠野仙踪》的成書經過大約如此。

〔註 8〕同註 1。
〔註 9〕同註 1。
〔註10〕同註 1。
〔註11〕同註 1。
〔註12〕同註 1。
〔註13〕同註 1。
〔註14〕同註 1。
〔註15〕同註 1。
〔註16〕同註 1。
〔註17〕同註 1。

作者雖自謙此書乃是「自娛」，但並非全無寄寓，自序云：

> 以窮愁潦倒之人，握一寸毛錐，特闢仙踪，則彌衡之罵，勢必筆代
> 三撾，不惟取怨於人，亦且損德於己。〔註18〕

一書之成，竟有「取怨於人」、「損德於己」之慮，可見是有所諷諭。《綠野仙踪》一名《百鬼圖》〔註19〕，他在書中寫盡了朝廷官場、市井瑣事、社會情態，以及盜賊、市儈、狎客、鴇母、妓女、腐儒、烈女、妖狐、鬼怪等各色人物，可謂應有盡有，自序云：

> 余書中若男若婦，已無時無刻，不目有所見，不耳有所聞，於飲食
> 魂夢間矣。〔註20〕

好談鬼怪，喜讀奇書，加上人生的閱歷，在「無可遣愁」〔註21〕之際，「乃作此嘔吐生活耳」〔註22〕，可見此書之成是有一定的的現實生活基礎，神仙鬼怪，歷史人物，加上周遭形形色色的人物，組構成一副《百鬼圖》，這或許是本書另一個名稱《百鬼圖》的由來吧？

同時，這本書也寄託了作者的人生理想，自序云：

> 昔更生述松子奇蹤，抱朴著壺公逸事，余於列仙傳內添一額外神仙
> 爲修道士，懸疑指南，未嘗非呂純陽欲渡盡眾生之志也。〔註23〕

著述仙人成道之書，宣化眾生，以修功德，是沒落的，但具有宗教信仰的知識份子可能的修道方式之一，「至於章法、句法、字法有無工拙，一任世人唾之、罵之已爾」〔註24〕，心意已盡，可昭對神明。

〔註18〕同註1。
〔註19〕吳邨編纂《中國通俗小說述要》云：「《綠野仙踪》一百回。一名《百鬼圖》」頁210，香港中華書局，1988年10月初版。
又蔡國梁著《明清小說探幽》一書中〈評綠野仙踪的寫實成就〉一文云：「《綠野仙踪》，又名《百鬼圖》」，頁71，台北：木鐸出版社，1987年7月初版。《百鬼圖》之名或許取自《綠野仙踪》作者自序中所云：「亦欲破空搗虛做一百鬼記」之靈感。又《綠野仙踪》亦名《金不換》，民國23年8月中澣南匯朱太忙於《金不換》一書序中云：「唯書名（綠野仙踪）殊不雅馴，因易以金不換。」見廣文書局民國69年初版。
〔註20〕同註1。
〔註21〕同註1。
〔註22〕同註1。
〔註23〕同註1。
〔註24〕同註1。

第二節　版　本

一、版本概況

　　根據孫楷第《中國通俗小說書目》，吳邨《中國通俗小說述要》、《明清小說研究》季刊、《中國禁書大觀》、《中國通俗小說總目提要》所提供的文獻資料顯示〔註25〕，《綠野仙踪》有數種不同的版本。這些文獻資料中，以《中國通俗小說總目提要》所述最爲詳盡，今從之，整理如下：

1. 抄　本

　　抄本，藏北京大學圖書館。大型，凡一百回，卷首有作者自序，次有山陰陶家鶴乾隆廿九年（1746 年）春二月序和洞庭侯定超乾隆三十六年（1771年）序。書前有虞大人的總評，每回內有少量夾評。上下雙邊，左右皆單邊，無界，版心爲「綠野仙踪」四字。正文半葉九行，行廿五字，綉像四二幅，

〔註25〕關於《綠野仙踪》版本的文獻資料，我所參考者有：

1. 孫楷第《中國通俗小說書目》，云：「《綠野仙踪》，存，北京大學藏舊抄本。大型。上下雙邊，左右皆單邊。無界。版心刻「綠野仙踪」四字。文半葉九行，行廿五字。　清道光二十年武昌聚英堂刊小本。　上海書局石印本。除抄本外皆八十回」，頁 176，鳳凰出版社，西元 1974 年 10 月初版。

2. 同註 19，版本記載同於孫楷第。

3. 陳新〈綠野仙踪的作者、版本及其他〉一文云：「綠野仙踪問世于乾隆中期，存世有百回抄本（北京大學出版社，西元 1985 年影印出版），道光十年（1830年）刻本，道光二十年（1840 年）武昌聚英堂刻本，以及光緒二十年（1894年）、民國十三年（1924 年）石印本。除抄本外，各本均爲八十回。抄本還有作者自序和署名虞大人的評語，亦爲各本刊落」，頁 210，《明清小說研究》，1988 年第一期，江蘇省社會科學院文學研究所主辦，《明清小說研究》編輯部出版。

4. 安平秋，章培恒主編《中國禁書大觀》中云，清代所禁書籍《綠野仙踪》，所載僅藏於北大圖書館的百回抄本及道光十年刻本，頁 549 至 550，上海文化出版社，1990 年 3 月第一版。

5. 江蘇省社會科學院明清小說研究中心編《中國通俗小說總目提要》，頁 525至 528，內容整理見本文，中國文聯出版公司，1990 年 2 月第一版。以上五種版本以第四種最詳備，故本文整理從之。此外，日本九州大學圖書館，亦收錄八十回本之《精校綠野仙踪》一書，時間是民國 13 年夏月，曁易繆詠仁題，上海大成書局印行。
此一資料係淡江中研所周彥文老師影印部份資料從日本寄回，因吾人未睹全書，不能詳細介紹，爲審慎起見，仍將其列屬於文獻資料，附於正文末，以免掛漏。未知其是否屬於民國 13 年之上海石印本？

前圖後贊，其中十五人有圖無贊。

2. 燕京大學過錄本

　　燕京大學過錄本，藏北京大學圖書館。道光十年（1830 年）刻本，中型，分定廿四冊，內封上端以黑線隔欄，題「道光十年新鐫」，正中分三欄，用黑線隔開，第一行刻「綉像綠野仙」五字；次行刻「踪全傳」三字；第三行于左下刻「堂梓行」三字。圖贊八頁，每半頁有人名、畫像各一，並有題贊。書題後有陶家鶴、侯定超二序。此本裝訂頁碼有數處錯亂，如陶家鶴序第三頁起與侯定超序第三頁起互換裝訂，致使陶、侯二序署名錯誤、文理不通。

3. 藝林山房藏版本

　　藝林山房藏版本，藏南京師範大學圖書館、英國博物館。內封書題與道光十年刻本字體，排列不同外，全書之書型、冊數、頁碼、回數、字體、題跋、圖贊全同。唯裝訂精于道光十年刻本，如陶侯二序錯裝現象得到了糾正，然互換陶家鶴與侯定超的名字，序言的次序變成了先侯後陶。

4. 武昌聚英堂小型本

　　武昌聚英堂小型本，道光二十年（1840）。

　　以上四種版本，除第一種抄本是百回本，其餘第 2、3、4 種版本均為八十回本，無作者自序及評批本。此外尚有光緒二十年（1894）、民國十三年上海書局兩種石印本。石印本顯然以抄本為依據，扉頁後有書題，前半頁分兩行，第一行有「綉像綠野」四字，第二行在「仙踪」二字下有正楷小字「朱文熊署」四字及其印章；後半頁分兩行注明「光緒丙申孟春」「上海書局石印」等字樣。凡道光十年本之裝訂訛錯，石印本均未加糾正，文理不通，時有妄增妄刪的現象。〔註26〕

　　上述版本介紹，屬文獻資料，今備之，以供參考。此外，我在台海兩地，尚收集到三種版本，現述之，以與文獻所提供的版本資料做一比較。

1. 抄　本

　　百回抄本。大型。西元 1985 年 10 月北京大學出版社印行，前有出版說明此書「是一個孤本，學者頗不易見」，共有上下廿一函，有作者自序，次有山陰陶家鶴乾隆廿九年春二月序和洞庭侯定超乾隆三十六年序。書前有虞

〔註26〕同註 25 之 3。

大人總評，每回內有夾評。上下雙邊，左右單邊，無界，版心爲「綠野仙踪」四字，正文半頁九行，行廿五字。

從這個抄本的內容、來源，推斷應完全同於文獻資料所提供的百回抄本，北大又重新加以影印出版。

2. 抄 本

百回抄本，西元 1989 年 10 月，台北天一出版社印行。共五冊，前有洞庭侯定超乾隆廿六年序，後有山陰陶家鶴乾隆廿九春二月序，並有陶家鶴抄錄傍註評語佳者，以省將來批家無窮心力之說明。繡像四十二幅，皆無贊語。正文半頁十行，行廿五字。

這個版本與文獻資料所提供的六個版本，完全不同，無作者自序，且侯定超之序竟早於陶家鶴三年，晚於北大抄本之侯序時間有十年之誤差，且有陶氏過濾整理各家評點之說明，我稍加比對這兩種抄本之評點，確有大同小異之處，那麼，這個版本是否可算是《綠野仙踪》的第七種版本？

3. 八十回本

八十回刻本，西元 1985 年 10 月，台北天一出版社印行。共五冊，前有乾隆三十六年洞庭侯定超序，後有乾隆廿九年二月山陰陶家鶴序，繡像十六幅，圖贊並列，贊中畫龍點睛的說明人物性格，無作者自序，無評點。但此本裝訂頁碼有數處錯亂，如陶、侯二序署名錯誤，說本內容多處文理不通。

此外，本書曾一度被禁，同治七年（1868）江蘇巡撫丁日昌查禁淫書時，將此書列爲「應禁淫書」〔註27〕，又〈大清穆宗毅同治皇帝實錄〉載：

> 丁日昌現擬編刊牧令各書，頒發所屬，即著實力與行，俾各州縣得效法。及小學經史等編，有禆學校者，並著陸續刊刻，廣爲流布。
>
> 至邪說傳奇，爲風俗人心之害，自應嚴行禁止，著各省督撫飭屬一體查禁焚毀，不准坊肆售賣，以端士習而正民心。〔註28〕

作爲一部小說，《綠野仙踪》難逃被禁的噩運，但此書中過度淫穢的描繪，法術戲法的變化無窮，確與大清律令相牴觸，在清廷的眼裏，此書乃「風俗人心之害」也。

〔註27〕同註 25 之 4。
〔註28〕《大清穆宗毅同治皇帝實錄》（七），自同治六年正月上至同治七年四月下，卷 226，頁 5039，新文豐出版社，1978 年 7 月初版。

二、抄本與刻本的回目差異

　　本論文之版本回目及內容比較，採用西元 1985 年北大出版之百回抄本及台北天一出版之八十回刻本；論文中引述小說原文，亦採北大手抄本，以此版本是一孤藏本，年代最早，出自李百川之手無誤。

　　現比較抄本與刻本的回目差異如下：

抄　　　　本		備註	刻　　　　本	
第一回	陸都管輔孤忠幼主　冷于冰下第產麟兒		一至三回同上	
第二回	做壽文才傳憸士口　充幕友身入宰相家			
第三回	議賑疏口角出嚴府　失榜首回心守故鄉			
第四回	割白鏹旅舍恤寒士　易素服官署哭恩師	合併刪除	第四回　割白鏹旅舍恤寒士　灑血淚市曹矜忠良	
第五回	驚存亡永矢修行志　囑妻子斷割戀家心		第五回　驚死亡永矢修行志　囑妻子斷割戀家心	
第六回	柳國賓都門尋故主　冷于冰深山遇大虫		第六回　走荊棘幸脫餓虎口　評詩賦大失腐儒心	
第七回	走荊棘投宿村學社　評詩賦得罪老俗儒			
第八回	太山廟于冰打女鬼　八里舖俠客赶書生		七至十回同上	
第九回	吐真情結義連城璧　設假局欺騙冷于冰			
第十回	冷于冰食穢吞丹藥　火龍氏傳法授雷珠			
十一回	伏仙劍柳社收厲鬼　試雷珠佛院誅妖狐			
十二回	桃仙客龍山燒惡怪　冷于冰玉洞焚神書		十一回　桃仙客龍山燒惡怪　冷于冰玉洞降猿精	
十三回	韓城頭大鬧太安州　連城璧被擒山神廟		十二回同上	
十四回	救難交州官遭戲虐　醫刑傷城璧走他鄉		十三回　救難友州官遭戲虐　醫刑傷城璧走他鄉	
十五回	金不換掃榻留城璧　冷于冰回家探妻兒		十四、十五回同上	
十六回	別契友鶴嶺逢木女　斬妖黿川江救客商			
十七回	請庸醫文魁毒病父　索賣契淑女入囚牢	合併刪修	十六回　林夫人刎頸全大義　朱公子傾囊助多金	
十八回	罵賤奴刎頸全大義　贖烈婦傾囊助多金		十七回　喪心兒棄弟歸故里　長舌婦勸妪過別船	
十九回	兄歸鄉胞弟成乞丐　嬸守志親嫂作媒人			
二　十回	金不換聞風贈路費　連城璧拒捕戰官兵		十八回　入憨局輸錢賣弟婦　引強盜破產失嬌妻	
二十一回	信訪查知府開生路　住懷人不換續妻房		十九回　悔前愆棄婦思尋弟　拯極厄救夫又保妻	
二十二回	斷離異不換遭刑杖　跳運河沈襄得外財		二十回　金不換聞風贈路費　連城璧拒捕戰官兵	
二十三回	入賭局輸錢賣弟婦　引大盜破產失嬌妻		二十一回　信訪查知府開生路　住懷仁不換續妻房	
二十四回	恤貧兒二士超生路　送貞婦兩鬼保平安		二十二回　斷離異不換遭刑杖　跳運河沈襄得義財	
二十五回	出祖居文魁思尋弟　見家書卜氏喜留賓			
二十六回	救難裔夜月殺解役　請仙女談笑打奸權		二十三至二十五回同上	
二十七回	埋骨骸巧遇金不換　設重險聊試道中人			
二十八回	會盟兄喜隨新官任　入賊巢羞見被劫妻			
二十九回	返虞城痛惜親骨肉　回懷慶欣遇舊知交	合併刪除	二十六回　聞叛逆于冰隨征旅　論戰守文煒說軍機	
三　十回	聞叛逆于冰隨征旅　論戰守文煒說軍機			
三十一回	克永城陣擒師尚義　出夏邑法敗偽神師		二十七至三十一回同上	
三十二回	易軍門邦輔頒新令　敗管翼賊婦大交兵			
三十三回	斬金花于冰歸泰岳　殺大雄殷氏出樊籠			
三十四回	囚軍營手足重完聚　試降書將士各立功			
三十五回	沐皇恩文武雙得意　搬家眷夫婦倆團圓			

三十六回　走長庄賣藝贈公子	入大罐舉手被痴兒	合　併	三十二回　連城璧盟心修古洞　溫如玉破產出州牢
三十七回　連城璧盟心修古洞	溫如玉破產出州牢	刪　除	
三十八回　冷于冰施法劫貧吏	猿不邪採藥寄仙書		三十三回同上
三十九回　貼賑單賄賂貪知府	借庫銀分散眾飢民		三十四回　貼賑單賄賂貪知府　攝贓銀分散眾飢民
四十回　恨貧窮約客商密室	走江湖被騙哭公堂		三十五回同上
四十一回　散家僕解當還腳戶	療母病拭淚拜名醫	合　併	三十六回　逢吝夫抽豐雙失意　遇美妓磬囊兩交歡
四十二回　買棺木那移煩契友	賣衣服竭力葬慈親	刪　除	
四十三回　逢吝夫抽豐雙失意	遇美妓磬囊兩交歡		
四十四回　溫如玉賣房充浪子	冷于冰潑水戲花娘		三十七回同上
四十五回　連城璧誤入驪珠洞	冷于冰奔救虎牙山	合　併	三十八回　連城璧誤入驪珠洞　冷于冰奔救虎牙山
四十六回　報國寺殿外霹妖蝎	宰相府庫內走毒蛇	刪　除	
四十七回　壽處婆浪子吃陳醋	伴張華嫖客守空房		三十九、四十回同上
四十八回　聽喧淫氣殺溫如玉	恨譏笑怒打金鐘兒		
四十九回　抱不平蕭麻訓妓女	打怨鼓金姐恨何郎	合　併	四十一回　傳情書幫開學說客　入慾網痴子聽神龜
五十回　傳情書幫開學說客	入慾網痴子聽神龜	刪　除	
五十一回　赴章台如玉釋嫌怨	抱馬桶苗禿受叱呼		四十二回同上
五十二回　調假情花娘生閒氣	吐真心妓女教節財	合　併	四十三回　調假情花娘生閒氣　吐真心妓女教節財
五十三回　蕭麻子想錢賣冊頁	攛人碑裝醉鬧花房	刪　除	
五十四回　遇生辰受盡龜婆氣	交借銀立見小人情	合　併	四十四至四十六回同上
五十五回　愛才郎金娘貼財物	別怨女如玉下科場	刪　除	
五十六回　埋寄銀奸奴欺如玉	逞利口苗禿死金鐘		
五十七回　鄭龜婆閒嗾拼性命	苗禿子懼禍棄家私	合　併	四十七回　蕭麻子貪財傳死信　溫如玉設祭哭情人
五十八回　投書字如玉趄州署	起贓銀思敬入囚牢	刪　除	
五十九回　蕭麻子貪財傳死信	溫如玉設祭哭情人		
六十回　鄭龜婆激起出首事	朱一套審斷個中由		四十八回　同上
六十一回　臭腥風廟外追邪氣	提木劍雲中斬妖奴	合　併	四十九回　嗅腥風九華尋妖物　伏神針橋畔得天書
六十二回　擲飛針刺瞎妖魚目	倩神雷揀得玉匣書	刪　除	
六十三回　溫如玉時窮尋舊友	冷于冰得到激天罡	合刪修溫玉夢部掉如一全	五十回　溫如玉時窮尋舊友　冷于冰得道繳天罡　五十一回　指前程惠愛林公子　渡迷津矜全溫如玉
六十四回　傳題目私惠林公子	求富貴獨步西南門		
六十五回　游異國奏對得官秩	入內庭詩賦顯才華		
六十六回　結朱陳嫖客招駙馬	受節鉞浪子作元戎		
六十七回　看柬帖登時得奇謀	用火攻一戰奏神功		
六十八回　賞勤勞榮封甘棠鎮	坐叛黨戴罪大軍營		
六十九回　城角陷驚壞痴情客	刀頭落怕醒夢中人		
七十回　听危言斷絕紅塵念	尋舊夢永結山中緣		
七十一回　買衣米冷遇不平事	拔鬍鬚辱挫作要兒		五十二至六十八回同上
七十二回　訪妖仙誤逢狐大姐	傳道術收認女門生		
七十三回　溫如玉遊山逢蟒婦	朱文煒催戰失兔都		
七十四回　寄私書一紙通倭寇	冒軍功數語殺張經		
七十五回　結婚姻郎舅圖奸黨	損兵將主僕被賊欺		
七十六回　議參本一朝膺寵命	舉賢臣鎮兩各勤主		
七十七回　讀火碑文華心恐懼	問賊情大獸出奇謀		
七十八回　勦倭寇三帥成偉績	斬文華四海慶昇平		

七十九回	葉體仁席間薦內弟	周小官窗下戲嬌娘		
八十回	買書房義兒認義父	謝禮物乾妹拜乾哥		
八十一回	跳墻頭男女欣歡會	角醋口夫婦怒分居		
八十二回	阻佳期奸奴學騙馬	說親事悍婦打迂夫		
八十三回	捉奸情賊母教淫女	題姻好巧婦鼓簧唇		
八十四回	避吵鬧貢生投妹丈	趨空隙周璉娶慧娘		
八十五回	老腐儒論文招眾惡	二侍女奪水起爭端		
八十六回	趙瞎子騙錢愚何氏	齊惠娘杯酒殺同人		
八十七回	何其仁喪心賣死女	齊惠娘避鬼失周璉		
八十八回	請聖經貢生逐邪氣	鬥幻術法官避妖媛	合併刪除	六十九回　罵妖婦龐氏遭毒打　盜仙衣不邪運神雷　七十回　誅鰲魚姑丈回書字　遵仙東盟弟拜新師
八十九回	罵妖婦龐氏遭毒打	盜仙衣不邪運神雷		
九十回	誅鰲魚姑丈回書字	遵仙東盟弟拜新師		
九十一回	避春雨巧逢袁太監	走內線參倒嚴世蕃		七十一至七十三回同上
九十二回	草彈章林潤除逆黨	改口供徐階誅群兇		
九十三回	守仙爐六友燒丹藥	入幻境四字走旁門		
九十四回	冷于冰逃生死杖下	溫如玉失散遇張華	情節改動	七十四回　冷于冰逃生死杖下　溫如玉失散遇苗禿
九十五回	做媒人苗禿貪私賄	娶孀婦如玉受官刑	情節改動	七十五回　會金鍾祕商從良計　遇蕭麻拆散舊姻緣
九十六回	救家屬城壁偷財物	落大海不換失明珠		七十六回至八十回同上
九十七回	淫羽氏翠黛遭鞭笞	戰魔王四友失丹爐		
九十八回	審幻情男女皆責飭	分丹藥諸子問前程		
九十九回	冷于冰騎鷺朝帝闕	猿不邪舞劍醉山峰		
一百回	八景宮師徒參教祖	鳴鶴洞歌舞宴群仙		

三、抄本與刻本的內容差異

分成兩種方式探討

（一）按回目順序逐一比較兩種版本之內容差異

（二）就兩種版本的人物情節差異作整體探討

（一）按回目順序逐一比較內容差異

1.（抄）第四至七回併修成（刻）第四至六回，有三處改動，一是對於楊繼盛因參嚴嵩被陷害，抄本一語帶過；刻本則詳細補入史實，加強本書歷史背景中嚴嵩害政的主題意識。二是死亡次序也不同：抄本寫主角冷于冰親身目睹業師王獻述之死及親自料理其後事、聽聞楊繼被盛被正法。家人告知好友潘士鑰遽死；刻本寫于冰親自目睹楊繼盛一門英烈，慘痛被處死的經過，得知以三十盛年病亡，差人傳知王獻述病故，刻本在情節安排上緊湊密集，抄本稍顯鬆散。三是，于冰深山遇腐儒，刻本刪掉腐儒鄒繼蘇對自做詩詞全面詮釋，對於腐儒這一人物形象及情節趣味稍顯遜色。

2.（抄）第十七至十九回刪成（刻）第十六、十七回：刪省「請庸醫文魁毒病父」一節，抄本文魁請庸醫以致延誤父病，文煒卻束手無策，而後文魁狠心拋下文煒及父靈柩，致使文煒身染重病，流落外鄉，乞討為生；在第三十四回中，文煒在曹邦輔營下為參謀，見了淪為階下囚的哥哥，文煒卻盡釋前嫌，兄是私心惡毒，弟是寬宏大量，將二兄弟之性格成一強烈對比，而刻本情節刪減甚多，在對比上顯得不夠強烈。其次抄本詳寫林岱妻嚴氏入獄見林岱，道明因救其命、保其前途而必須改嫁的索賣契經過，說明了嚴氏忠貞節烈的性格，不但把這對恩愛夫妻在貪官逼迫下強迫離異的情節帶到最高潮，同時也與書中幾個淫穢角色如金不換第二妻方氏之狐媚、妓女金鍾兒的喜新厭舊、蕙娘的貪慾奪愛、妖狐錦屏翠黛的採陽補陰誘勾男子成一強烈對比，是書中描述男女關係難得見到的貞烈婦女，（另一貞烈婦乃文煒妻姜氏），抄本中淫穢情節甚多，然只此一節亦足以說明作者之用力並非全在淫穢處。

3.（抄）第二十至廿五回，情節次序刻本有所變動：抄本第廿三回，刻本調成第十八回；抄本第廿四回、廿五回合併成刻本第十九回，抄本第廿十、廿一回同於刻本；刻本調動情節的好處，主要是使朱文魁與殷氏、朱文煒與姜氏兩對夫妻的離聚合散，有一完整連貫的安排後，再另起金不換一事；抄本則朱家事，寫至殷氏勸姜氏嫁人話，就表過不提，插入金不換聞風贈盤費、連城璧拒捕戰官軍諸事後，又跳回敘述朱家，在情節連續上較遜，難令讀者有一氣呵成之感。其次，抄本是于冰施法術救文煒，尋姜氏，文魁悔前非思尋弟，細膩的描繪姜氏投靠冷逢春（于冰子）家情形；刻本是文魁悔前非思尋弟、于冰救文煒，尋姜氏，只三、四行帶過姜氏到冷逢春家情形。抄本第廿五回後半著力於姜氏到冷逢春家情景，刻本幾盡刪之，抄本之意在透過姜氏此一角色出現在冷家，說明于冰入世之家的富裕景況，點明于冰拋捨榮華富貴，立志修道之不易；但亦有一敗筆，即姜氏見卜氏（于冰妻）之言談，姜氏非世家望族，又未曾讀書，語過斯文。

4.（抄）第廿九、三十回併成（刻）第廿六回：抄本第廿九回詳述林岱陪文煒返鄉，文煒始由家奴李必壽隱瞞部分實情的陳述中，得知家破人亡，刻本則幾盡刪之，僅以「訪知妻嫂被劫、兄長無存，把一個好好的人家弄得家破人亡，不禁呼天搶地痛不欲生」數語帶過。

5.（抄）第三六、三七回刪修成（刻）第三二回：主要刪掉于冰見如玉「仙骨珊珊」，便起了濟渡成仙之心，於是要了幾個戲法與如玉結緣，又不耐

如玉對塵世之執迷，終由戲法中之大罐逃脫，以避癡兒。

6.（抄）第四一至四三回刪併成（刻）三六回：抄本第四一、四二回著重在黎氏被兒子如玉的昏庸無知、不通世情、不善理財以致家產幾近敗光，而活活氣死，這兩回不嫌繁瑣的描繪如玉這個敗家子。刻本則以幾行話匆匆帶過，在凸顯溫如玉的敗家子形象上，顯得遜色不少。

7.（抄）第四五、四六回刪修成（刻）第三十八回：刻本刪掉抄本第四七回金不換於報國寺外，聽信大蝎怪所言有關於城壁及其他的三世來歷而險喪性命；于冰說明雷所霹者非惡貫滿盈之人，而是隱惡僞善者，此外，主要是于冰得知鄭曉爲嚴嵩所害，乃訂做錫毬，施展法術，將錫毬丟在嚴嵩管家閻年井中，充作盤古古物，待嚴家欣賞之際襲擊嚴嵩、世蕃一家人，又將嚴府庫銀二十幾萬化成一條白蟒盜走以賑災民之用。冷于冰成爲懲惡積善的活神仙，在打擊貪官污吏的歷史情節上，起了積極的意義。

8.（抄）第四九、五十回刪併成（刻）第四一回：刻本刪省抄本第四九回蕭麻訓金鍾，金鍾恨何郎一回，此回藉蕭麻訓金鍾，點出蕭麻此一市井無賴的貪狠嘴臉，他責罵金鐘的無情無義，只是爲了貪圖如玉的好處，又何公子爽利世故，玩弄妓女而不費多金的作風，都襯顯出溫如玉的迂腐、愚癡、不懂世情的敗家性格，這些情節把小說中紈袴子弟、市井無賴、妓女、敗家子的人物形象發揮的淋漓盡緻，豐富了小說的生活，刻本盡刪之，顯得可惜。

9.（抄）第五二、五三回刪修成（刻）第四三、四四回：主要刪修第五三回，蕭麻以春宮圖向如玉訛錢未成，因而設計請了一個綽號叫攛人碑的魯漢胡鬧金鍾兒門戶。

10.（抄）第五七至五九回刪修成（刻）第四七回：刪省蕭麻藉金鍾之死斂苗禿之財。如玉之僕韓思敬監守自盜，爲如玉識破，贓銀落楊寡婦母子手，思敬家人不得善終的因果報應。

11.（抄）第六一至六二回刪修成（刻）第四九回：刻本刪掉于冰調遣司湖諸神追問到天罡總樞之鄱陽聖母來歷，畫符代民斬妖除祟，插入一段世情之議論（此論無關情節發展，刻本刪之，以免繁贅），以法術戲鄱陽聖母。

12.（抄）第六五至七十回共六回，刻本刪成一回：于冰得火龍諭示，以一夢渡如玉，如玉夢入華胥國境，官至駙馬，位高權重，享盡榮華富貴，最後落入敵國之手身亡，如玉醒來方覺悟修道；刻本此六回全刪，只寫于冰尋如玉，如玉經歷一番人世滄桑，永結道中緣。

13. （抄）第八八至九○刪併刻本第六九、七○回：刻本刪掉請龍虎山魏、裴二位法師收妖未成一節，及刪省猿不邪鬥鰲妖的經過。

（二）就人物情節差異做整體探討

1.王獻述：冷于冰的業師王獻述早年清介自持，抄本第一回描述史監生聘其教讀子侄，因嫌館金太高，日日夜夜在飲食上核減，又著人暗中道意於他，「獻述聽了大笑立即將行李搬移，在本城關帝廟暫住一邊」，顯得乃一大有骨氣之士人。刻本第四回則寫獻述榮升大理寺正卿，恰好參與會勘楊繼盛案，王氏明知「楊兵部一片忠誠為國」，卻「葫蘆倒提，定了個斬決覆奏上去」，當于冰詢問：「嚴嵩奸惡萬狀，四海通知，老師既知其冤，何不上本急救」，獻述卻大笑道：「如今做官的人，總要不為福首，不為禍先，審度時勢，斟酌利害，一句有關係的話未曾說出，先要肚裏打幾遍稿兒，那從井救人的事，誰肯去做」；至回末獻述欲邀于冰入都，本意因「于冰是個富戶，留他等家眷來時，教四個兒子見一見，便是異日一個好幫手，可備緩急」。刻本把獻述改成卑弱無能，善於計算的腐臣，且覬覦于冰的富有，與抄本中的清介形象截然不同，這固然反映了明嘉靖朝的官場黑暗，亦說明人在仕途身不由己。這類改動，可能是刻本作者欲補入楊繼盛因參劾嚴嵩而被害的史實，才使得王獻述在這兩個版本中有著不同的表現，故第四回回目也由「易素服官署哭恩師」改成「灑血淚市曹矜忠良」。

2. 冷于冰：（1）「渡脫眾生」與「替天行道」的不同思想：抄本寫于冰在山東濟寧道上從官軍中救出連城璧，城璧請求同時援救他的同黨。抄本第十四回原作：

> 于冰道：賢弟，我今日救你，本是蔑法欺公，背反朝廷的事，皆因你身在盜中，即能改過回頭，于數年前避居范村，這番劫牢是迫于救兄，情有可原，故相救也。若論韓鐵頭等自幼壯以至老大，劫人之財，傷人之命，目無王法，心同叛逆，理合正法纔是。但念此輩為救令兄，拼死無悔，斬頭瀝血，義氣堪誇。……也罷，待我救他們。

後來這些人「各為良民」。刻本第十三回卻把冷于冰的話改為

> 賢弟，你休怪我語言干犯你，你聽我說，論韓鐵頭等自少壯以至老大，劫人財，傷人命，破人家，心同叛道目無王法，我遇此輩，應該替天行道，為國家除害，個個斬決才是，怎麼你反叫我救起他們。

就是我今日救你（以下同百回抄本）。……

這兩個版本的情節發展，前者所強調的是有一善念，即使大惡之人，神仙亦肯渡其爲良民，後者強調天理昭彰，人世自有正法可處置大惡之盜匪，勸人莫要行惡。

（2）抄本中的鄱陽夫人的形象不一及冷于冰對待鄱陽夫人不同的性格表現：抄本第六一、六二回于冰受修文院天狐之託，查詢天罡總樞之下落，此書被鄱陽湖一鯤魚精盜去，于冰追至鄱陽湖，遣湖神問之，湖神答曰：

> 某等奉勅各分汛地鎮守，凡水族類有興妖作怪，傷害生靈者，無不細加逐除，替天行道，先時果有一老鯤魚，其大無比，在此湖內出入數百餘年，從未見其殺傷性命。（第六一回）

又第六一回鄱陽夫人的侍女述其主人：

> 他自修練至今，從不害一人一物性命，他若變蛟變龍，亦早正其果位，他因恥爲鱗甲一類，必欲脫盡凡骨，做一上界金仙，才是他的志願。只因他道行日大，于二三百年內陸續來了三位夫人拜爲門下，……我聖母甚喜愛他們，常指教法術，又戒他們貪淫恐壞正果。

如此，則鄱陽夫人乃一異類而誠心修行者，但抄本第六二回，于冰召雷部司追殺鄱陽夫人，情節卻前後敘述不一：

> 于冰指著大鯤魚道：此妖毒害生靈，有干天怒，今被貧道打死，誠恐復生，煩眾天君可速發雷火將他皮肉霹爛，自必後患永絕。

如此一來，鄱陽夫人的形象，便前後矛盾。刻本第四九回只保留「于冰指著大鯤魚道」一節，使鯤魚盜書作怪這一形象回應第三八回天狐所言－此妖「率領眾魚精在饒卅九江等作祟」，形成頭尾相應局面。

刻本鄱陽夫人這一形象前後統一，則冷于冰取天書，殺妖害，便是順理成章的替天行道；但抄本鄱陽夫人這一形象前後矛盾，卻使冷于冰成了爲求得仙書，不惜殺害同道的人，且與本書「異類亦可做金仙」之主旨相違背（如冷于冰弟子猿不邪、錦屏、翠黛是猿猴、妖狐化身，未修正道以前，四處造惡，于冰收爲弟子以後，才誠心修道，始得正果。而于冰所追殺之鯤魚，其修行之勤，居心之善，更甚於猿狐，只因求道心切，一念之惡，而盜天書），如第六二回于冰打倒鄱陽夫人時云：

> 我火龍眞人弟子冷于冰是也，遍行天下，斬盡妖邪，你雖非人類，豈沒個耳朵，我念你在鄱陽湖苦修二三千年，不忍傷你性命，深知

> 從閣皂山凌雲峰下盜下天罡總樞,此太上第一等符咒祕籙,大道源
> 流,量你是個鱗介之物,焉能有福承之……

「豈沒個耳朵」是誇耀自己出于火龍之門,「你雖非人類」、「量你是個鱗介之物,焉能有福承之」,是鄙其異類修行,安敢冀望成道;于冰這話口氣,已失一個修道者濟渡眾生之行徑,而成了一個誇示自己係出名師,與同道爭奪仙書的眾生;更甚的是于冰追殺鄱陽夫人,見其失敗之慘狀,雖「頗有動惻隱之心」,但因「求書心勝」,最後還是令諸雷霹爛其屍,取得天書。

抄本中兩相比較,刻本的情節刪修則成功完整。

3. 周璉:周璉的結局兩本也不同。抄本第九十回寫他得猿不邪救助。終於擺脫妖魚精的糾纏後,在沈襄苦勸讀書,盡心指引下,「只一年便中了本省鄉試第十六名舉人,出了那口銅氣。他也不下會試場,捐了個候補員外郎職銜,在家過充裕歲月。」(第九十回);而刻本則改成周璉歷劫後,「恍然若悟,現見得神仙也是人作的,…,如何立定腳跟自己做一個長生不死的仙人,…,從此離家學道之志益堅」(刻本第七十回),只因「父母生成之恩」及「又沒宗嗣」(刻本第七十回)這兩件是擺佈不脫;過了數十年,父母終後,妻蕙娘有子女田產可依靠,他便「私自逃走」,一直赴衡山玉屋洞從冷于冰遊去」(刻本第七十回)

刻本的安排,較能突顯「修仙成道」的主題。

4. 溫如玉:人物和文字改動最多最大的是溫如玉,抄本第六四至七十回,如玉入華胥國一夢,刻本盡刪之,但如玉此時已立志修道。抄本第九四、九五回述如玉入幻境,貪圖美色,迎取孋婦;刻本第七五回改成重遇妓女金鍾兒,金鍾兒未亡,為如玉守節,在水月庵作道姑,成為「有志氣的烈女」(刻本第七五回)。從故事的發展觀察,溫如玉當時已是道器初成之象,故抄本述其遇孋婦敗道顯得不合情理;而重續與金鍾之舊情,則雖修道之人亦難自持,顯然合理得多。所以溫如玉的結果兩本亦有不同,抄本第九八回,如玉于此幻境二十年後,又與泰山狐狸飛紅仙子苟合,好淫敗道,為于冰杖死在岩華洞內,重新投胎為人,歷二百餘年之修持,始獲上帝?詔晉職為玉芳真人。而刻本則無此插曲。

整體而言,刻本在人物情節的改動上算得上成功,但亦有疏漏之處。如刻本既刪去了溫如玉的華胥國一夢,而在第七四回卻提及:

> 城璧道:當年如玉師弟作過一夢,鬼混了三十餘年,醒後只約半日

功夫。

同回：

> 如玉心裏打起稿兒來，道：我在瓊岩洞三十年，難道又和大椿國三
> 十年一樣嗎？〔註29〕

這裡把「華胥國」搞成「大椿國」，原因不得而知。

　　以上之例證，在說八十回刻本並非僅僅刪修合併，在內容、結構、人物
等方面都做了適當的修改；于冰的形象保存首尾相應之完整性、周璉出家突
顯「修仙成道」的主題思想，如玉入幻境重會金鍾兒之情結，顯得高明，修
改者是誰？爲何要大費周章的修改了這部在當時不是很有名的小說？這些問
題都有待一步的探討，不在本文論範圍之內。〔註30〕

〔註29〕此段引文，天一出版社之八十回刻本原闕，故引述文化出版社之《綠野仙踪》
　　　　八十回通行本，見第七四回，頁 563，1988 年 6 月 5 日。
〔註30〕依據陳新先生的看法，八十回本是作者李百川晚年自己改定的。他所持的理
　　　　由是：
　　　　1. 金聖歎改《水滸傳》，毛宗崗改《三國志通俗演義》，高鶚改《紅樓夢》，對
　　　　　 原本的結構文字很少改動，而《綠野仙踪》八十回本則對百回本的內容、
　　　　　 結構和人物等方面全面修改。這本書名不見經傳，在當時無多大影響，何
　　　　　 以刊刻時要如此大費周章修改。
　　　　2. 改寫本都有序跋，《綠野仙踪》卻沒有
　　　　3. 改寫者考慮周密、剪裁妥貼、構想明顯高出原本，文筆也宛然與全書同一
　　　　　 人，不可能出自書坊僱用的斗方文士之手。

第二章 《綠野仙踪》的歷史背景

本章共分三節討論：

第一節　奸相嚴嵩及其黨羽的興起

第二節　忠臣烈士受害的經過（說明忠臣烈士的蒙冤）

第三節　忠奸集團的抗衡（說明忠臣烈士與嚴嵩集團的抗衡）

我所用的方法是：以《綠野仙踪》的敘寫內容為主，以正史為對照；再就二者之間的相同或差異處，探討人物、情節在小說中的特殊義涵。

要說明的是，以正史為對照，並非藉此辨証小說是否有失實的內容，那是屬於史學或考證的角度；本文重點乃在於透過與史實的比對，嘗試探討小說作者的創作意圖。

第一節　奸相嚴嵩及其黨羽的興起

這一節主要是探討《綠野仙踪》嚴嵩集團諸角色的人物造型，他們分別是羅龍文、胡宗憲、趙文華、嚴世蕃，在此之前，先說明嚴嵩興起

一、嚴嵩興起

政治鬥爭即是權力鬥爭，有了權力，才能無所不為，才能無惡不作。《綠野仙踪》的歷史情節大都從嚴嵩黨羽或受害的忠臣烈士側面描述嚴嵩的專權跋扈，較少直接涉及其正面的藝術特徵（包括品德、氣質、性格、心理活動），即便有之，亦不足以提供完整的人物形象，唯有透過忠奸對立的抗衡，才能使我們掌握嚴嵩這一角色的明晰輪廓。「嚴嵩興起」，正是忠奸衝突的關鍵。

　　《綠野仙踪》第四回〈割白鏹旅舍恤寒士，易素官署哭恩師〉的前半回，寫虛構人物冷于冰省親歸來，於途中落店，因動了惻隱之心，贈金給當朝要犯的家屬：夏太師的夫人和公子，又差人問過解役，方知「夏太師與嚴太師不合，被嚴太師和錦衣衛陸大人參倒，已斬首在京中，如今將夏老夫人和公子充發廣州」。

　　這段于冰贈金的情節，重點不在贈金的過程，而在探討夏言與嚴嵩政爭失敗的原因及交代嚴嵩興起。

　　嘉靖之世，宰相嚴嵩與夏言皆得帝寵，但兩人明爭暗鬥已久，但使「夏太師與嚴太師不合」，致令夏言斬首京中的原因，就正史之考察，乃由「議複河套」引起。河套入寇早在英宗年間，經孝、武二帝，而至嘉靖時期，危害尤烈，百姓死傷、財產損失，不可勝計〔註1〕；嘉靖廿五年，總督三邊侍郎曾銑講復河套，言「套賊不除，中國之禍未可量也」〔註2〕，彼時，夏言好邊功，遂力主持之，謂「群臣無如銑忠者」〔註3〕世宗亦以寇據河套，爲中國患久以，連歲關隘被荼毒，而邊臣無分主憂者，唯銑能之，乃令銑更與諸邊臣悉心圖議，務求長算。〔註4〕。

　　嘉靖廿七年，澄城山崩裂，京師起大風〔註5〕，世宗素崇道信災異，嚴嵩遂以此媾陷曾銑開邊起釁，夏言雷同誤國〔註6〕，是年三月，曾銑論斬，夏言以尚書致仕。

　　其次談錦衣衛陸炳何以和嚴嵩聯手害夏言：起初，陸炳分別與嚴、夏交歡，夏言陸炳素親近，後御史陳其學彈劾陸炳諸多不法之事〔註7〕，夏言不顧情面，立即逮治，陸炳以三千金賄賂夏言，仍然得不到和解，最後跪泣謝罪，此事方得罷休，此後，陸炳恨言入骨〔註8〕。「河套事件」，曾銑論斬，夏言閒

〔註1〕詳見《明史紀事本末》卷58〈議復河套〉，谷應泰著，三民書局，民國74年8月再版。
〔註2〕同上，卷58，嘉靖二十五年條。
〔註3〕見《明史》卷196〈夏言傳〉，張廷玉等撰，鼎文書局。
〔註4〕同註2。
〔註5〕參見註1，卷54〈嚴嵩用事〉，嘉靖二十七年條。
〔註6〕同上。
〔註7〕《明史》〈夏言傳〉載：「御史陳其學以鹽法事劾崔元及錦衣都督陸炳」。又《明書》卷132〈陳其學傳〉載御史陳其學「彈緹師陸炳擅作威，縱諸校乘傳驛，自立錢法，禁切民間，至於罷市，又使私人徐某結京山侯崔元擅利，有詔下徐某獄，責炳元各對狀，事雖釋，而權奸凜然敬憚之」。《明書》傅維麟纂。
〔註8〕《明史》卷307〈陸炳傳〉載：「一日，御史劾炳諸不法事，言即擬旨逮治。

職在家，「上尚無殺意」〔註9〕，嚴嵩遂與陸炳設計陷害夏言，上疏奏明夏言接受曾銑的賄賂，兩人交相勾結，謀取邊關利益，危害國家〔註10〕，夏言伸冤無效，是年十月，夏言論斬。言、銑之死，天下並冤之。

夏言的死，等於宣布嚴嵩的興起，《明史記事本末》：

　　言既死，大權悉歸嵩。〔註11〕

《明史》：

　　言死，嵩禍及天下。〔註12〕〔註13〕

夏言的死，是嚴嵩專權擅政的開始，《綠野仙踪》的歷史情節，便由此舖展：奸相嚴嵩害死夏言，除掉敵手，培植黨羽羅龍文、胡宗憲、趙文華、嚴世蕃等人，並任其爲非作歹；而忠臣集團張㹟、楊繼盛、沈煉、董傳策、鄭曉、王忬、張經、海瑞，一一受到迫害，或貶官流徙、或判處極刑，皆鬥不過嚴嵩黨羽；直到忠臣集團的第二代林潤、鄒應龍，因得到徐階的助力，方能參倒嚴嵩，《綠野仙踪》的歷史背景，便是以忠奸兩股勢力的抗衡，忠臣獲得平反，奸人一一受到報應的內容改寫的。

就小說的歷史意義而言：夏言的死，象徵著忠臣勢力衰微，是忠臣烈士淪爲刀俎的開始；夏言死後，嚴嵩權勢高漲，再無一足以與嚴嵩相抗衡之勢力以庇護忠臣烈士。

二、走狗羅龍文

《綠野仙踪》第二、三回主要是藉冷于冰入都鄉試，承租嚴嵩手下羅龍文的房子，龍文受嚴府之託，尋找一個能爲趙文華愛子寫壽文的人，因此找上冷于冰，于冰的壽文得了嚴嵩賞愛，被聘爲嚴府專管札函的書啓先生，後因不願與嚴嵩共謀陷害忠臣張仲㹟，憤而求去。這段情節雖屬虛構，但在小

　　炳窘，行三千今求解不得，長跪泣謝罪，乃已。炳自是嫉言次骨。」
〔註9〕 同註3，嘉靖二十七年正月以議復河套失敗，盡奪夏言官職，夏言以尚書致仕，世宗猶無意殺之。
〔註10〕 河套之寇猖獗，我諸鎮烽卒常爲之嚮導藉此謀利，故套寇始終爲患，嵩、炳以此爲由陷夏言，言不復生矣。事見《明史紀事本末》卷58〈議復河套〉、《明史》夏言傳。
〔註11〕 同註5。
〔註12〕 同註3。
〔註13〕 嚴、夏之爭，亦與世宗崇道信仰有密切關係，但本文不旁涉枝節，而僅就小說情節所提供的內容，探討直接導致夏言死亡的「議復河套」事件。

說中自有其特殊的意涵：

小說一開始介紹羅龍文的長相，第二回：

一隻貓眼睛，幾生在頭頂心中，兩道蝦米眉竟長在腦瓜骨上，談笑
時仰而朝天，交接處目中無物，魚腮鷂口短髯鬚，絕像風毛猿臂，
蛇腰細身軀幾同掛麵。

中國人「一向認為由人的外表，即可觀知人的內裏」〔註14〕，因此，一個人
的相貌往往有顯示其性格的作用，所謂「相由心生」，荀子亦有「相人之形狀
顏色而知其吉凶妖祥」〔註15〕，在中國傳統小說觀念裏，相貌與性格的關係
頗為密切，觀察龍文的「貓」眼睛、「蝦米」眉、「魚」腮、「鷂」口、「猿」
臂、「蛇」腰，竟是一群畜生的組合體，小說作者說他：

係中堂嚴嵩門下辦事的一走狗，凡嚴嵩父子贓銀過付，大半皆出其
手，每每使勢作威福害人。（第二回）

可見此人由相貌所反映的性格，必屬奸猾機詐凶惡之人。

張竹坡評點《金瓶梅》，說：

凡小說必用畫像……而善畫者亦可即此而想其人，庶可肖形以應其
言語動作之態度也。〔註16〕

除了相貌，語言、動作亦可反應一個人的性格，現就于冰與龍文交往的過程，
進一步探討其性格：

龍文與于冰初會，態度高傲、輕蔑：問了幾句下場的話，只呷了兩
口茶，便將鍾兒放下，去了。（第二回）

得知于冰受聘為嚴府書啟先生，中了嚴嵩孔目：（龍文）滿面笑容，
見了于冰，先做一揖，逐即跪下（第二回）

于冰因不願與嚴嵩共同謀陷忠臣張仲頫，憤而求去，龍文罵于冰：「真
是不識抬舉的小畜生」，要于冰「快快滾出去」（第三回）

前踞後恭、見勢轉舵，罔顧是非正是其走狗性格的特徵：除了勾畫出龍文唯
利是圖的性情，他在小說情節中還有那些作用，在正史上的地位如何：

羅龍文，明史上挨不上邊，他的事蹟附在世蕃傳中，與世蕃狼狽為奸，

〔註14〕胡萬川撰，《中國古典小說研究專集》第三輯〈粗魯豪放與肅穆威嚴〉，頁199，
聯經出版社，民國76年6月。
〔註15〕荀子〈相非篇〉。
〔註16〕張竹坡評點《金瓶梅》第29回。

最後以「通倭叛國」的罪名被處死。這樣無足輕重的人爲什麼擺在全書歷史
背景的序幕？

　　首先，從龍文對于冰戲劇性的態度，我們知道他是一個非常善於揣摩嚴
嵩內心活動的腳色，他的喜怒好惡是與嚴嵩相通的，而正史上的嚴嵩之於世
宗，亦正是龍文此一性格的寫照，《明史記事本末》卷五四，谷應泰曰：

> 況嵩又眞能事帝者，帝以剛、嵩以柔；帝以驕、嵩以謹；帝以英察、
> 嵩以樸誠；帝以獨斷、嵩以孤立；贓婪累累，嵩即自服帝前；人言
> 藉藉，嵩遂狼狽歸，……嵩寵日固矣。〔註17〕

手段儘管不同，但兩人善於察言觀色的本領則一，因此正史的龍文雖無地位，
但在小說中卻有著影射正史上的嚴嵩之特殊意涵。

　　其次，透過龍文的引導，我們可以了解嚴府的威勢，龍文在嚴府，是個
「算不得什麼顯職」（第二回）的書中，但卻「每天車馬盈門」；而龍文引導
于冰去見嚴嵩：

> 在相府大老遠就下了車，但見車轎馬跡，執帖的、稟見的紛紛，官
> 吏出入不絕。（第二回）

毛宗岡評點《三國演義》云：

> 以醜女形之而美，不若以美女形之而更覺其美；寫虎將者以懦夫形
> 之而勇，不若以勇夫形之而覺其更勇〔註18〕

同樣的，寫龍文一個小小的中書職位已是「車馬盈門」，而寫嚴嵩更在其上，
透過正襯的手法，讀者更可了解嚴府權勢之大，幾與天子並駕。

　　第三，于冰入嚴府前，將家丁托龍文看管，龍文道：

> 除謀反外，就是在京中殺下幾個人也是極平常之事。（第二回）

倒把：

> 一茶一飯與相府中人口角起來（第二回）

視爲「大不好看事」（第二回），兩者形成一強烈對比，足見只要能討好嚴府，
即便草菅人命，亦不足掛懷，這便是以嚴府爲中心的走狗作風，龍文後來被
徐階冠上莫須有的罪名：通倭報國，也算是冥冥中的報應，其所懼者在此，
而竟死於此！而更可悲的是當時已嚴嵩爲中心的官僚群相，無一不是龍文的
縮影：「不是乞憐的，就是送禮的，沒有一個眞正爲國爲民」（第二回），因

〔註17〕同註1《明史紀事本末》卷54〈嚴嵩用事〉，頁584。
〔註18〕毛宗岡評點《繡像全圖三國志演義》第45回。

此龍文的性格又具有典型意義〔註19〕，代表著一群奉承阿諛，罔顧民命的官吏。

綜合以上分析，可知小說作者何以將龍文放在全書歷史背景的序幕：他是一個穿針引線的重要角色，他引導讀者走進嚴府，透過他的動作、態度、性格，我們可以了解到嚴嵩的性情，嚴嵩的權勢，以及一群圍繞著奸相嚴嵩的貪官污吏嘴臉。

三、懦夫胡宗憲──兼論小說中的兩件戰爭事蹟

《綠野仙踪》的胡宗憲屬嚴嵩集團，他的事蹟集中地表現於小說的戰爭事件中，因為這兩件戰爭事蹟：「師尚詔叛亂」及「倭寇入侵」，都與胡宗憲這一人物形象有密切的關係，故附於此討論之。

1. 師尚詔叛亂：《綠野仙踪》第三十至三十五回敘述歸德府師尚詔叛亂，得秦尼、妻蔡金花妖術之助，招聚四方無賴之徒，四處為惡，後賴曹邦輔、林桂芳、林岱諸人之力始得敉平叛亂。

據《明書》所載，嘉靖三十二年七月確有師尚詔叛亂案，平亂的將領是袁燦、張國彥、尚允詔、李瑭、曹邦輔等人。〔註20〕，小說與正史相較；小說人物除曹邦輔於史可查，盡屬虛構；正史亦無載秦尼、金花施妖術以助尚詔，小說情節遂自加入；此外，又添入明史有名之人物胡宗憲，為什麼正史

〔註19〕所謂典型，據蕭兵言，在美學上是指一種「既有個性又有共性，既有殊異性又有豐富性，既有獨立性又有代表性，既有封閉性又有開放性的藝術概括」此載《明清小說研究》第一輯之論文〈中國古典小說的典型群〉，蕭兵撰，1985年8月，北京中國文聯出版社。

〔註20〕《明書》卷163〈亂賊傳〉三，載師尚詔叛亂經過如下：師尚詔，拓城人，初以販鹽作奸，結山東響馬賊，攻剽官府不能制，由是黨羽漸盛，人皆知必為亂。河南巡撫謝存儒，苟幸無事，假以總保長，得督諸鎮民訟，由是肆行威虐，殺人取財，無敢忤者，而竊竊懼官府掩捕正罪，遂廣納諸不逞，謀為不詭，其黨凡數百千人，剋日舉兵。嘉靖三十二年七月，適府中遣二邏卒至所居鎮落，追攝他有罪者，尚詔黨見之，疑來偵己，昇二卒至關侯祠，斬首以祭，率眾馳薄府城，夜及城下，府衛官知變，倉卒乘城，而其黨先布為詞者，已開門納之以。……新任巡撫楊宜發兵討之，……都司尚允詔，指揮李瑭，率兵來援，戰於鄢陸，敗績，賊益猖獗，……後兵無敢進，副使曹邦輔挺刀驅之，誅其最後者，士卒乃競赴敵，……於是指揮袁燦擊之於蒙城，張國彥擊之於商邱，各有斬獲，諸有名首，……尚詔乃棄車械，變服散其徒而遯，十月庚子，獲之於莘縣。……賊起且四十餘日，……殺戮十萬餘人，三省為之震動，至是乃平。此外《明史》卷205〈曹邦輔〉傳、290〈陳聞詩〉傳皆載此事。

上沒有胡宗憲加入師尚詔叛亂的記載，而小說情節重大書特書？

　　據《罪惟錄傳》卷三十一〈叛逆傳〉，胡宗憲曾奉命剿平浙江烏程白蓮教徒馬祖師的亂事，其中馬祖師「自言能剪紙為兵或為蝴蝶樣」，人以刀杖擊之，則反擊多傷：總制胡宗憲雖委二千多戶督兵剿之，馬祖師終不獲。〔註21〕小說中的師尚詔叛亂，曾一度再述及秦尼、蔡金花的法術，而胡宗憲敉平尚詔之亂又始終不力，這不禁使我推測胡宗憲會在小說情節中的尚詔叛亂事件中出現，是否多少與他曾經奉命剿伐馬祖師叛亂失敗及馬祖師的善於妖術有關？！

　　次就宗憲這一人物形象探討其在師尚詔叛亂案中的特殊涵義，第三十二回邦輔與尚詔對陣：

> 邦輔道：你本市井小人，理合務農安分，何得招聚逆黨，攻奪城池、殺害軍民官吏，作此九族俱滅之事？尚詔道：皆因汝等貪官污吏逼迫使然。（第卅二回）

尚詔之言或許猾詐詭變，但也說明了除了稱帝的私慾外，貪官污吏的逼迫亦是叛亂的理由之一，就小說情節顯示，此次奉命平倭的將領，莫不竭心盡忠，唯一企圖投降的是胡宗憲，是嚴嵩集團的一份子，地位特殊，因此，尚詔口中罵的「貪官污吏」，不是以曹邦輔為首的諸將領，而是以嚴嵩為主的奸邪集團。

　　第三，著力塑造宗憲的人物形象，為日後的平倭事件預留前筆，並間接指斥嚴嵩用人不當，第三十回介紹宗憲的來歷：

> 是個文進士出身，……係嚴世蕃長子嚴鵠之妻表舅也，已做到兵部尚書，……嚴嵩保舉他做了河南軍門，只會吃酒做詩文，究竟一無識見，是個膽小不過的人。

這說明他是仗著裙帶關係，得了嚴嵩幫助才得以為官，另外，也間接指出嚴嵩「附己者加諸膝」〔註22〕的用人標準，不論其性格；能力是否能夠擔當、勝任，一切以阿從於己為原則，至於國家的需要，倒在其次。

　　宗憲在平尚詔之亂的過程中，表現得是十足的駝鳥心態，他唯一的戰略

〔註21〕《罪惟錄》傳卷31叛逆傳：馬祖師這，不知何許人，傳正德中妖賊李福達之術。……嘉靖三十六年，群聚浙江烏程之雲霧山中。自言能剪紙為兵或蝴蝶樣，人以刀杖擊之，則反擊多傷。……總制胡宗憲委二千戶督兵剿之，協從者被殺百餘人，馬祖師終不獲。

〔註22〕《明史》卷210〈張翀傳〉。

是「屯兵待降」（第卅回），他的同僚部屬及敵方對他的評價是一致的：

> 同僚桂芳：見他文氣甚深，知係膽怯無謀。（第卅回）
>
> 部署官翼：胡大人無才無勇。（第卅回）
>
> 師尚詔：無謀無膽。（第卅回）
>
> 尚詔的參謀秦尼：胡軍門係膽怯之人。（第卅二回）

弱者由於害怕別人超越自己，因此大多缺乏氣度，當諸將捷報頻傳，宗憲羞憤道：

> 不料伊等竟能徼倖到底。（第卅一回）
>
> 偶爾徼倖得勝，算什麼軍功。（第卅二回）

曹邦輔犒賞有功之士，賜坐同食，宗憲道：「無祿人安可與仕宦同席！」（第卅二回）；透過曹、胡對話指出兩人氣量的不同，暗示忠臣爲國握才的寬大氣度及奸臣不容異己、善忌妒功的狹隘胸襟。

「膽怯無謀」、「退縮不前」、「不善用人」、「缺乏氣度」，宗憲懦弱的性格一覽無遺，日後兩次平倭戰爭，宗憲之表現，一同於此，恰與正史上足智多謀的宗憲成一反比。

2. 倭寇入侵：《綠野仙踪》第七十三至七十八回敘述兩次倭寇入侵。第一次，奸民汪直、徐海、陳東、麻葉等四人投效日本，引倭寇夷目妙美劫州掠縣，侵吞民產；宗憲膽怯懦弱，處處受制於文華，文華殘害忠良，致令忠良多謀之士盡去，宗憲素無謀，藉著與汪直同鄉之關係，在錢塘江一役（第七四回）買敵縱寇，冒領軍功。來年，倭寇又侵，文華、宗憲如法泡製，不料，洋子江一役（第七五回）爲賊所欺，大敗。

宗憲在此役的表現是：

> 參謀文煒：比先越發迂腐了。（第七三回）
>
> 賊將辛五郎：今姓胡的寫書字，必是害怕到極處。（第七四回）
>
> 奸民徐海云文華、宗憲是：沒用的材料。（第七四回）

通倭爲賊所欺，宗憲「嚇的神魂無主，渾身寒顫起來。」（第七五回）；這與前次評尚詔之亂的表現一致，可知宗憲在小說中屬扁平人物：

> 他們的性格固定不爲環境所動；而各種不同的環境，更顯出他們性
>
> 格的固定。他們依循著一個單純的理念或性質而被創造出來。〔註23〕

〔註23〕佛斯特著《小說面面觀》第四章〈人物〉下，頁 59，志文出版社，民國 75 年 2 月。

而百川先生所依據的理念，即是在各種不同的戰役，將宗憲塑造成「膽怯無謀」之輩。

然而，正史上的胡宗憲表現如何？據《明史》載嘉靖三十二年，宗憲任官浙江，汪直據五島，煽日倭侵我沿海，其黨徐海、陳東、麻葉亦相繼侵擾，宗憲採以寇制寇之策，智取四人，其先令徐、陳、葉三人相互猜忌，然後各個擊破；復釋汪直母妻於金華獄，遣朝官夏正為人質，招誘汪直，直至，宗憲善待之，使之見杭州巡撫王本固，本固立下直獄。〔註 24〕王儀在《明代平寇史實》中指出：

> 宗憲才華卓越，尤善軍事，且對寇情了解特多。〔註 25〕

又魯迅《小說舊聞鈔》引《小說小畫》：

> 唯平倭一節，詆胡梅林（宗憲）不留餘地，不知何意？梅林將業雖不足觀，然功過尚足相掩，在當時節鎮中不可謂非佼佼者，正未容一筆抹煞也。〔註 26〕

可見宗憲不但非儒弱之輩。亦且足智多謀，在當時諸將中稱得上優秀，其戰績亦非如小說中所寫的如此不堪，然小說作者何以醜詆之？

據《明史》本傳載：

> 宗憲多權術，喜功名，因文華結嚴嵩父子，歲遺金帛子女珍奇淫巧無數。文華死，宗憲結嵩益厚。……〔註 27〕

〔註 24〕宗憲平倭經過簡述如下：阮鶚困守桐鄉，城破旦夕，宗憲以賊眾勢銳，不能力勝，遂謀離間其黨。先遣朝臣夏正持汪激書（激為汪直義子，直因宗憲勸請歸順，特囑激來杭，與宗憲洽議歸順，時在總督府內），至徐海營中勸降，徐直病重，見之，驚曰：「老船主（指汪直）亦降乎？」夏正趁機進言，徐遂有歸順意，但言：「兵三路進，不由我一人」，夏正偽稱「東已有他約，所慮獨公耳。」而陳東知徐海營中，有宗憲使者，大驚，由是二人互猜忌。　宗憲又諭徐縛陳、葉二人，許以世爵；徐果縛葉來獻。宗憲解徐縛，令以書至陳圖徐，而陰泄其書於徐。徐怒，復以計縛陳來獻。徐自叩首伏罪，宗憲慰諭之。徐自擇沈莊屯其眾，沈莊者東西各一，宗憲居徐莊東，以西莊處陳黨。令西莊陳東致書其黨曰：「督府檄徐，夕擒若屬矣」陳黨懼，乘夜將攻徐，徐掘深壍自守，不克，投水死。以上簡述宗憲擒徐海、陳東、麻葉之經過；智擒汪直，參見正文。宗憲平倭過程見《明史》卷 205〈胡宗憲〉傳、《明史紀事本末》卷 55〈沿海倭亂〉、《明書》卷 162〈亂賊傳〉汪直。

〔註 25〕王儀著《明代平倭史實》三十一之五，頁 126，台灣中華書局，民國 73 年初版。

〔註 26〕魯迅《小說舊聞鈔》，台北：萬年青。

〔註 27〕《明史》卷 205〈胡宗憲〉傳。

嘉靖一代，因不滿嚴嵩專權擅政的忠臣，如小說中的張仲猷、沈鍊、楊繼盛……等人，無不冒死參劾嚴嵩罪行，而宗憲爲了個人的政治利益，罔顧國家前途、百姓福利，一昧鑽營，與嚴黨掛勾，難怪令人不齒。

又平倭一事，據正史所載，帝命張經爲總督，侍郎趙文華督察軍務，文華恃嚴嵩內援，恣甚；張經不附，獨宗憲附之；及經破王江涇，宗憲與有力，文華盡掩經功歸宗憲，經遂得罪，論斬。〔註28〕爲了討好奸臣，竟同文華屈殺功臣張經，獨佔軍功，致令張經蒙冤而死。（此容後詳述），無怪令人切齒。《明史紀事本末》谷應泰對他的評價是：

> 宗憲才望頗隆、氣節少貶。〔註29〕

他一生之功雖足相抵。但以側身嚴、趙，助紂爲虐，固仍難逃小說家的口誅筆伐。

四、蟆蛤趙文華

趙文華在《綠野仙踪》的嚴嵩集團，地位雖然特殊（是嚴嵩的乾兒子），角色定義卻十分曖昧（是嚴黨中唯一背離過嚴嵩的人），不論是父子或是敵人，都只是一種假象、表象，謀取最大的政治利益，以滿足一己之私慾，才是其野心的所在。

《綠野仙踪》的文華形象，仍據正史敷寫而成，「初次平倭」、「百花進酒」分別說明其一生之功名得失與嚴嵩之休戚關係。至於文華之死，已涉及忠奸集團抗衡過程的勝敗，容留第三節敘述。

初次平倭：《綠野仙踪》第七三回敘述東南倭亂，嚴嵩保奏文華爲兵部尚書，聲稱「浙江人望他無異雲霓」，他奉旨平倭，然

> 延誤軍機：兩月有餘，尚未抵浙江邊境。
> 要賄闍官：按地方大小饋送，爭多較少，講論的和做買賣一般。
> 刮斂民才：逼使百姓賣兒女，棄房屋，刎頸跳河，服毒自縊身死者，不計其數。（以上第七三回）
> 錢塘一役，縱寇養奸；屈殺張經，冒領軍功。（第四七回）

正如王儀《明代平倭史實》所載：

> 東南倭犯，文華南下督視軍情，挾嚴嵩勢，頤使大吏，公私告擾。

〔註28〕同上。
〔註29〕《明史紀事本末》卷55〈沿海倭亂〉，谷應泰之評，頁606。

〔註30〕
種種惡行惡跡，皆得自嚴嵩之庇護。故小說第七五回述：

> 趙文華一生功名富貴，都是從諂事嚴嵩父子起。

此時他與嚴嵩維持父子關係，外則挾勢胡為，欺虐百姓；內則對嚴氏父子「屈膝跪拜，作日夕尋常事」（第七五回）。

百花進酒：第七五回敘述文華於錢塘一役，冒領軍功，陞為宮保尚書，「與嚴嵩只差一階，自己覺得位尊了，待嚴嵩父子漸不如初」，欲自結於帝，遂獨造百花酒進貢，詭稱嵩服之而壽，帝尋嵩，嵩藉此報復文華之怠慢背離，文華恐，乞憐自屈，事乃得解。小說作者於本文中云：

> 凡嚴嵩父子叱辱逐出，祝壽被逐，對眾文武跪院，歐陽氏容留臥室，
> 事事皆入趙文華本傳。

百花進酒一節，乃借鑑史實之作，據《明史》本傳載：

> 文華欲自結於帝，進百花仙酒，跪曰：「臣師嵩服之而壽」帝飲甘之，
> 手勅問嵩。嵩驚曰：「文華安得為此！」乃宛轉奏曰：「臣生平不近
> 藥餌，犬馬之壽誠不知何以然。」嵩恨文華不先自己，召至直所詈
> 則之。文華跪泣，久不敢起。嵩休沐歸，九卿進謁，嵩猶怒文華，
> 令從吏扶出之。文華大窘，厚賂妻。嵩妻教文華伺嵩歸，匿於別室，
> 酒酣，嵩妻為之解，文華即出拜，嵩乃待之如初。〔註31〕

由上可知，文華之於嚴氏，既無宗憲一昧的懦弱曲和，亦無龍文的走狗性格；其背離嚴氏，亦非如忠臣烈士向惡勢力挑戰；其與嚴氏的離合，完全基於個人生存及政治利益的考量，而從嚴氏之於文華的相對關係，亦可看出嚴氏「附己者加諸膝，異己者墜之淵」〔註32〕的用人態度；至於父子關係，只不過是政治利益相掛勾的假象！

五、主謀嚴世蕃

《綠野仙踪》的歷史情節，一開頭便介紹世蕃：

> 他的才情在嘉靖時為朝中第一，凡內閣奏擬票發以及出謀害人之
> 事，無一不是此子主裁。（第三回）

〔註30〕同註25，二十九之四〈工部侍郎趙文華南行祭海兼區防倭〉，頁109。
〔註31〕《明史》卷308〈趙文華〉傳。
〔註32〕同註22。

這樣一個關鍵人物，小說作者在情節中甚少正面敘及，他的性格是隱性的，他的作用是潛伏的，然而他的效應卻十分驚人。

首先，就嚴嵩集團的組成分子而言，小說云：「胡宗憲原本木偶」（第七五回），他的作用處處受制於趙文華，正史說他「因文華結嚴嵩父子」〔註33〕。趙文華則倚使「嚴嵩之勢」（第七三回），功名富貴全操之於嚴嵩。而嵩專政擅權，獨得帝寵十幾年，又拜其子世蕃之賜；失寵，亦是其子作壞他，小說第九二回敘述世蕃之於嵩：

> 年來嚴嵩屢失帝寵，正式成全乃父是他，敗壞乃父是他。

小說中提及世蕃處，亦本正史，〈嚴嵩傳〉，云：

> 嵩雖警敏，能先意揣帝指，然帝所下手詔，語多不可曉，惟世蕃一覽了解，答語無不中。及嵩妻歐陽氏死，世蕃當護喪歸，嵩請留侍京邸。帝許之，然自是不得入直所代嵩票擬，而日縱淫樂於家。嵩受詔多不能答，遣使持問世蕃。值其方耽女樂，不以時答。中使相繼促嵩，嵩不得已自為之，往往失旨。所進青詞，又多假手他人不能工，以此積失帝歡。〔註34〕

由此可見，小說中嚴黨分子的依存關係，頗似骨牌效應，一張倒向一張，一人倒向一人，而世蕃是最關鍵的一張王牌，世蕃一死，嚴黨就垮台了。

其次，就忠奸集團的抗衡過程分析：由於世蕃善揣帝意的才情，嚴嵩方能坐穩其宰相之位，致使嘉靖之世參劾嚴嵩的忠臣烈士無一不被害，小說參考正史〔註35〕開列了一張受害者名單，第九二回：

> 素日嚴嵩父子的諸官，……如童漢臣、陳塏、陳紹詩、謝瑜、葉經、王宗茂、趙錦、……屬汝進、楊繼盛、張翀、董傳策、周鐵、趙經、丁汝夔、王忬、沈練、吳時來、夏言等。俱請旨開恩，已革者復職簡用；已故者追封原官；抄沒者賞還財產；現任者交部議敘。又將嚴嵩父子門下黨惡大小官員，開列八十餘人，已故者請旨革除，追

〔註33〕同註27。
〔註34〕《明史》卷308〈嚴嵩〉傳。
〔註35〕同註34，本傳云：嵩無他才略，唯一意媚上，竊權罔利。帝英察自信，果刑戮，頗護己短，嵩以故得因事激帝怒，戕害人以成其私。張經、李天寵、王忬之死，嵩皆有力力焉。前後劾嵩、世蕃者，謝瑜、葉經、童漢臣、趙錦、王宗茂、何維柏、王曄、陳塏、屬汝進、沈練、徐學詩、楊繼盛、周鐵、吳時來、張翀、董傳策皆被譴。

奪封典；現任者請立行斥革……。

其中楊繼勝、張翀、董傳策、王忬、沈練、夏言更參與小說的情節發展（見第二節），由此可見世蕃世忠奸集團抗衡過程的靈魂人物，世蕃一死，忠奸集團的抗衡便停止了。

透過世蕃這一形象在《綠野仙踪》歷史情節的重要性，可以知道，最大的奸臣不是嚴嵩，而是世蕃，他才是歷史情節忠奸集團衝突的幕後推動者。

第二節　忠臣烈士受害的經過

這一節主要探討《綠野仙踪》的歷史人物受嚴黨迫害的經過，他們分別是楊繼盛、鄭曉、張翀、沈練、董傳策、王忬、張經、海瑞等人。分述如下：

一、楊繼盛

抄本第五回載：「又一聞兵部員外郎楊繼盛也正了法，此總係嚴嵩作惡……」，短短幾句話提及繼盛之名，此後，全書不再述之。

據《明史》載繼盛之死因：外寇俺答躙京師，大將軍仇鸞冀語俺答媾，固恩寵。繼盛以為仇恥未雪，遽議和，示弱，大辱國，乃奏言不可，疏入，貶官。後鸞奸大露，帝思繼盛言，遂一歲四遷官；繼盛思報國恩，當是時，嚴嵩用事，繼盛劾其十罪五奸，繫獄三載，帝猶未殺之；會都御史張經、李天寵坐大辟，嵩揣帝意必殺二人，因附繼盛名，其妻張氏伏闕上書，以代夫誅，嵩屏不奏，嘉靖三十四年十月棄西市。〔註 36〕《明史紀事本末》卷 54 載：

蓋殺諫臣自此始，由是天下益惡嚴嵩父子矣。〔註 37〕

可見繼盛之死，在正史上有其關鍵性的意義，抄本雖然舉繼盛之名，以說明嚴嵩之惡，但卻未有補其事蹟之相關情節，是美中不足處；但在其後的刻本（八十回本）第四回〈割白鏹旅舍恤寒士，灑血淚市曹矜忠良〉，則增加繼盛因參劾嚴嵩五奸十罪，待罪論斬，其妻張氏表欲代夫受戮，眾官懼高，不敢代奏，及繼盛慷慨赴義之悲壯場面；朝臣的懦弱，繼盛的忠勇；嚴嵩的自私禍國，繼盛的捐軀愛國，形成強烈尖銳的對比，達到所謂「說國賊懷奸從佞，

〔註 36〕《明史》卷二〇九〈楊繼盛〉傳，鼎文書局。

〔註 37〕《明史紀事本末》卷 54〈嚴嵩用事〉，嘉靖三十四年條，谷應泰著，三民書局，民國 74 年 8 月再版。

遣愚夫等輩生嗔；說忠臣負屈啣冤，鐵石心腸也需下淚」的藝術效果。

刻本第四回載繼盛臨刑前所賦之詩，曰：

> 浩氣還太虛，丹心照千古；
>
> 生前未了事，留與後人補。

與正史本傳載其臨刑所賦詩：

> 浩氣還太虛，丹心照千古；
>
> 生平未報恩，留作忠魂補。

兩相比較，可知刻本之增加繼盛的情節，乃在實錄正史原則上，突顯繼盛的忠君謀國，亦有補抄本之不足處。

二、鄭　曉

第四十六回藉路人私語，帶出「戶科給事中鄭曉諭的腦袋去了」，全書提及曉名，僅此一處，《明史》有鄭曉本傳，抄本增一「諭」字，或許是抄錄之誤，故本文列入討論，以免掛漏。

小說載曉為嵩所殺，純是虛構，據《明史》本傳所載，鄭曉素與嚴氏父子不和，如：

> 嵩欲以子世蕃為尚寶丞，曉曰：「治中遷知府，例也。遷尚寶丞，無故事。〔註38〕

以此激怒嚴嵩。同傳又載鄭曉居刑部職，與嚴嵩行事之不同：

> （曉）尋還視刑部事。嚴嵩勢益熾。曉素不善嵩。而其時大獄如總督王以失律，中允郭希顏以言事，曉並予輕比，嵩則置重典。南都叛辛周山等殺侍郎黃懋官，海寇汪直通倭為亂，曉置重典，嵩故寬假之。〔註39〕

一再的與嚴嵩衝突抗衡，遂導致嵩的藉隙報復，使其遭受削職的下場：

> 故事，在京軍民訟，俱投牒通政司送法司問斷。諸司有應鞫者，亦參送法司，無自決遣者。後諸司不復遵守，獄訟紛挐。曉奏循故事，帝報許，於是刑部間捕囚畿府。而巡按御史鄭存仁謂訟當自下而上，檄州縣，法司有追取，毋輒發。曉聞，率侍郎趙大祐、傅頤守故事爭，存仁亦據律執奏。章俱下都察院會刑科平議。議未上，曉疏辨。

〔註38〕《明史》卷一九九〈鄭曉〉傳。

〔註39〕同上。

嵩激帝怒切讓，遂落曉職，兩侍郎亦貶二秩。〔註40〕

《明史》對其評價：

曉通經術，習國家典故，時望蔚然。爲權貴所扼，志不盡行。〔註41〕

綜上所述，可知小說之安排：一則鄭曉確曾爲嵩所陷害。二則嘉其與嚴嵩抗衡不屈不撓之勇氣。三扣緊嚴氏害政之主題，故虛構曉爲嚴氏所殺。

三、張翀（張仲翀）

抄本第三回作張仲翀，第九二回作張翀；比照刻本第三回，亦作張翀，《明史》無張仲翀之名，但卷二一〇、卷一九二有張翀之載，係嘉靖三十年進士，亦曾劾諫嚴嵩，招致貶官。疑抄本張仲翀應稱張翀，爲免掛漏，依然列入討論。

第二回敘述山西御史張翀（張仲翀）爲急賑恤以救災黎，參奏方輅玩視民瘼，嚴嵩壅塞聰聖，致令平陽等處連年荒旱，百姓易子而食。嵩怒，欲謀計使仲翀全家受戮。

這段情節並無交代張翀之下場，《明史》亦未載此事，可知係屬虛構，但正史上張翀確曾爲嵩所害而遭貶官。據《明史》本傳載，張翀疾嚴嵩父子亂政，以邊防、財賦、人才三大政言抗章劾之，這篇奏文指稱：自嵩輔政，文武將吏率由賄進，名實不核，但勤問遭，即被超遷，自使祖宗二百年防邊之計盡廢，豢養之軍耗盡，培養之人才敗壞貪污，並批判嵩之爲人：

險足以傾人，詐足以惑世，辯足以亂政，才足以濟奸。〔註42〕

此疏一上，遂遭貶官。

小說中張翀之事蹟與正史不相符合，但從其歷史背景探討，可知小說作者乃在說明嚴嵩之爲惡，及反映官場之殘酷腐敗。

四、沈鍊、沈襄

第二二回敘述沈鍊子沈襄跳運河獲救，引出沈鍊全家爲嚴黨所害經過。小說寫「沈鍊」，但其事蹟，完全與正史之「沈鍊」同，可知沈鍊即沈鍊。

沈鍊父子之情節，乃本於正史及《喻世明言》第四十卷〈沈小霞相會

〔註40〕同註38。

〔註41〕同註38。

〔註42〕《明史》卷210〈張翀〉傳。

出師〉〔註43〕拼湊而成。據《明史》載，沈鍊參劾嚴嵩父子招權納賄，欺君誤國十罪，併論夏邦謨諂諛黷貨；疏上，充配保安，既至，日相與保安之民罵嵩，且縛草爲人，象李林甫、秦檜及嵩、醉則聚子弟攢射之，語稍聞京師，嵩大恨，思有以報鍊；後宣大總督楊順、路楷，依附嚴氏父子，藉蔚州妖人閻浩以白蓮教惑眾之名，誣害沈鍊，以浩等逆眾聽其指揮，致令其死〔註44〕，凡上所述，皆爲小說所本。

小說中關於沈鍊妻及子沈褒受牽連，被一併斬首事，《明史》僅載「取鍊子袞、褒、杖殺之」〔註45〕，〈沈小霞相會出師表〉亦記其妻充配雲州，二者皆未及其妻，可見作者是有心宣染沈鍊一家蒙冤受害之經過。

此外，沈家唯一的活口沈襄，賴其妾之謀，得以逃脫一節，與《明史》本傳、《明史紀事本末》、《明書》等所載：「順楷逮襄至，射日掠治，困急且死，後二人以他事逮，乃免」〔註46〕，出入甚大，其事實本〈沈小霞相會出師表〉；簡述如下：差人張千、李萬押解沈襄，襄妾聞氏隨行，覺二人有殺意，意令沈襄先行脫身；行至濟寧府，襄遂以假文契蒙騙差人，謂濟寧府馮主事積欠父銀百兩，欲索回；李萬貪財，解沈襄同往，留張千及妾旅店中，甫出門，李忽內急，襄藉此得脫。《綠野仙踪》則改成「去董主事家借盤費」，將索債換成借錢（這種理由較合情理，焉有待罪之身，而能念及他人之積債，且隨身帶文契者？），易馮姓爲董姓。

沈襄脫逃後，《綠野仙踪》作者未再一本正史或小說舊聞，敘述其如何替父昭雪蒙冤〔註47〕，而轉入第七九回〈葉體仁席間薦內弟，周小官窗下戲嬌娘〉，以此引出周璉與齊蕙娘通奸一事，不再涉及歷史事件。可見作者之著力點乃在說明沈鍊一家蒙冤受害之經過，並安頓沈襄的下落，昭雪蒙冤的重任則交由他人。

〔註43〕馮夢龍編《喻世明言》第 40 卷〈沈小霞相會出師表〉，文化圖書公司出版。

〔註44〕《明史》卷 209〈沈鍊〉傳。

〔註45〕同上。

〔註46〕《明史》卷 209、《明史紀事本末》卷 54〈嚴嵩用事〉，嘉靖三十六年條，《明書》卷 108〈沈鍊〉。

〔註47〕《明史》載世蕃坐誅後，「襄乃上書，言順，楷殺人媚奸狀，給事中魏時亮、陳瓚亦相繼論之；遂下順，楷吏，論死」。〈沈小霞相會出師表〉則寫沈襄得馮主事之助，將沈鍊父子冤情說與鄒應龍，鄒一力擔當，乃使沈鍊准復原官，仍進一級；並提楊順、路楷到京，問成死罪。

五、董傳策、董瑋（林潤）

　　第二六回連城璧救董傳策之子董瑋，而引出傳策全家受害之經過，並藉董瑋，伏下日後忠臣集團復興的希望。

　　小說藉董瑋之述言傳策參劾嚴嵩十一項大罪，致招世宗革職；及吏部給事中姚燕受嚴嵩指使，參劾傳策收知州吳丕都銀四千兩、梁鈇銀壹仟兩，世宗遂以大壞國家銓政爲由，連吳丕都、梁鈇二人一同問擬軍罪，將傳策斬決，並抄沒家私，而其則發配金州。據《明史》本傳載，傳策因「嵩以蔽欺其專權，生死予奪惟意所爲。而世蕃又以無賴之子，竊威助惡。父子肆凶，中外飲憤」，故不惜一死以謝權杆，參劾嵩六大罪〔註48〕，而遭貶官，但並非如小說所言參劾十一項大罪。又受嵩之誣陷受賄一案，致招斬首、抄沒家私，查明史《嚴嵩》傳、《董傳策》傳、《明史紀事本末》並無相關記載；其本傳雖有「言官劾傳策受賄、免歸。繩下過急，竟爲家奴所害」〔註49〕之交代，然此言官究是何人不得而知，而此言官並家奴二人是否爲嵩唆使，傳策是否冤枉，正史皆交代不清；兩相比較，小說與正史之間頗有出入，然作者何以如此安排，其可能是：一則以正史上確有「言官劾傳策受賄」一事，作者藉此引申；二則小說安排傳策爲嵩所誣陷受賄一案，更大意義是諷刺嚴氏父子受人賄而反誣他人受賄，明史〈沈練〉傳諫其「要賄鬻官」、「納將帥之賄」、「受諸王饋贈」、「縱子受財」〔註50〕，〈楊繼盛〉傳諫其「厚賄結納〔註51〕」、〈張翀〉傳有「自嵩輔政，文武將吏，率由賄進〔註52〕」〈董傳策〉傳有「諸邊軍餉歲費百萬，強半賂嵩」、「嵩財私藏，富於公帑」之言〔註53〕；第九二回亦有本於正史之相應情節，結計嚴嵩被抄沒之家私，竟令「聞者無不吐舌」，明帝見之「大爲驚異」，可見作者乃著力於描述嚴氏父子受賄之嚴重，其禍國殃民足令朝野髮指。

　　關於其子董瑋，第三六回得冷于冰之助，將他改名林潤，而認小說中的虛構人物林桂芳之子林岱爲叔，以林岱任河陽總兵官，二人叔侄相稱，好用林家三代籍貫下場求取功名，第六三回董瑋以林潤之名，中了舉人，第六四

〔註48〕《明史》卷210〈董傳策〉傳。
〔註49〕同上。
〔註50〕同註44。
〔註51〕同註36。
〔註52〕同註42。
〔註53〕同註48。

回于冰又洩漏天機，私傳題目，以助其得中進士，凡此之目的，皆是為了「將來好完結嚴世蕃、閻年等案件」（第六三回），第九二回林潤參倒嚴黨。

考明史〈董傳策〉傳並未載其有子董瑋，〈林潤〉傳亦未載其父原名傳策，可知董瑋乃是因應小說情節需要而加入的角色，第三六回以後又借用正史林潤之名參加科考，小說作者巧妙的將虛構的人物情節和歷史真實的人物情節融合，形成董瑋在小說中特殊的雙重意義：一他是傳策之子，藉由他說明傳策受害之經過，二藉由他的易名林潤，突顯正史上林潤參倒嚴黨的功蹟（見後文）；前者被安排成受迫害的忠臣之後裔，第三六回易名林潤之後，藉由科考步步轉進，成為消滅奸黨，為忠臣昭雪蒙冤的國家棟樑，可謂以一虛構角色，而兼營傳策、林潤二人之歷史。

然而為何要易董姓為林姓？因為在小說中其被安排為傳策之子，參加科考之際，為避免如第三回冷于冰因得罪嚴嵩而遭到被除名的政治迫害，故不得不借用他姓；而小說中的林岱，是現任官職，二人以叔姪關係相稱，在考場上自有其方便之處，故三六回強調「著他（林岱）認公子為姪，將來好用他家三代籍貫下場」，至於何以必擇林潤之名，明史本傳載：

> 世蕃之誅，發於鄒應龍，成於林潤。〔註54〕

世蕃既亡，嚴黨亦隨之傾滅，捨林潤則無他人矣！

六、王 忬

第七三回敘述嚴嵩與趙文華密藏浙省告急文書不報，帝覺之，反參巡撫王忬，謂倭寇入侵，皆其疏防縱賊所至，忬遂遭革職。

據正史分析，王忬平倭失敗遭革職之由，乃因浙省久已船敝伍虛、兵備不足；且沿海奸民，與日倭相通，乘勢流劫，反誣王忬，謂平倭不利，乃用人不當所至，御史趙炳然以其頻頻失利，遂劾其罪。〔註55〕

王忬平倭失利而遭革職，與嚴嵩的構陷無關，然小說作者何以要嫁罪嚴嵩？據《明史紀事本末》詳載：

> （嘉靖）三十八年，夏五月，逮總督侍郎王忬下獄論死。嚴嵩以忬恕楊繼盛死，銜之。忬子世貞，又從繼盛遊，為之經紀其喪，弔以詩，嵩因深憾忬。嚴世蕃嘗求古畫於忬，忬有臨摹類真者以獻，世

〔註54〕《明史》卷 210〈林潤〉傳。
〔註55〕《明史》卷 204〈林忬〉傳。

蕃知之，益怒。會灤河之警，鄢懋卿乃以嵩意爲草授御史方輅，令
劾忬，嵩即擬旨逮繫。爰書具刑部，尚書鄭曉擬謫戍奏上，竟以邊
吏陷城，律棄市。〔註56〕

由此可知：王忬父子素與嚴氏父子不和，得罪嚴氏在先；繼盛曾劾嵩五奸十
罪，嵩已不容，其子世貞又經紀其喪，嚴氏更恨之入骨；王忬屢戰不利，已
漸失帝寵〔註57〕，灤河兵變，寇駐內地五，京師大震〔註58〕，遂給予嚴嵩下
手殺害王忬的機會。小說作者以王忬之死嚴嵩難咎其責，及王忬平倭確曾失
利而遭革職之史實，將二次事件拼湊成小說情節。

七、張　經

第七四回敘述文華於錢塘一役，買退倭寇，不戰而功，是計爲張經識破，
文華惱羞成怒，上疏誣陷張經乃喪師誤國者，疏入，文華因假冒軍功得封賞。
忠臣謀國的張經則被屈殺冤死。

錢塘一役，文華買退倭寇，不戰而功，係屬小說虛構；然在正史上的平
倭戰役，文華確有假冒軍功，屈殺張經一事，張、趙何以有隙？趙所冒者何
功？在「胡宗憲」一節中，我曾引正史提到文華督察浙省，恃嚴嵩內援，驕
縱跋扈，張經因不願與其狼狽爲奸，又「自以位文華上，心輕之」〔註59〕，
致埋下兩人嫌隙之因，而後有「經大捷王江涇，文華攘其功，謂已與巡按胡
宗憲督師所致，經竟論死」〔註60〕之果。

小說除了藉錢塘一役溶入文華假冒軍功，屈殺張經的史實，主要還是突
顯忠奸的對立與不同，奸臣往往仗勢而罔顧是非，貽誤國家；而忠臣則一心
爲國，對於奸臣的陷害往往束手無策，如第七四回，文華僞稱：「張經伊於未
戰之前，先歸城內」乃「喪師誤國之流」、「浙省被陷郡縣無一非張經委靡退
縮所致」，然此實乃文華之過，文華：

〔註56〕同註37，嘉靖二十八年條。
〔註57〕明史本傳載：「才本通敏，其驟拜都御史，及屢更督撫也，皆帝特簡，所建請
　　　　無不從；爲總督數以敗聞，由是漸失寵」。
〔註58〕本傳載：「（嘉靖）三十八年二月，把都兒、辛愛數部屯會州，挾朵顏爲鄉導，
　　　　將西入，聲言東。　遽引兵東。寇乃以其間由潘家口入，渡灤河西，大掠遵
　　　　化、遷安、薊州、玉田、駐內地五日，京師大震。」
〔註59〕《明史》卷308〈趙文華〉傳。
〔註60〕同上。

到了蘇州，……問了番倭寇的動靜，將人馬船隻俱要安插在城外，……不肯在城外安歇，惟恐倭寇冒冒失失跑來劫他們的營寨，……日日在城內與幾個心腹家人相商。（第七四回）

但卻於疏上宣稱：

臣率前軍鳴鼓，直搏賊眾，炮盡而繼之以鳥統，鳥統盡而繼之以弓矢，弓矢盡而兵刃相接，……幸胡宗憲軍至，各拼命相持，……賊始大敗，江水盡赤，……（第七四回）

此實乃述張經之軍功，張經於「文華在蘇揚二州大索金帛，擁三省人馬不來救應」之際，「與倭寇前後大戰兩次，殺賊五千人」（第七四回）。作者陳述了奸人抹黑爲白，顛倒是非的本領，沈痛的敘述平倭戰役中號稱「戰功第一」〔註61〕的張經被屈殺的經過，在一定的程度上反映了歷史眞象。

八、海 瑞

第七五回「結婚姻郎舅圖奸黨」，寫林潤、鄒應龍互敘郎舅之情並圖議剷除嚴氏奸黨之際，突然插入海瑞因上疏直言世宗「寵信奸臣」及「沈溺道教信仰」之事下獄，並錄海瑞諫章。

《明史紀事本末》載，嚴嵩去位於嘉靖四十一年五月，死於嘉靖四十四年十二月〔註62〕；海瑞諫章則上於四十五年二月〔註63〕，此則，嚴嵩諸兇，皆已剷除，故其本章有「邇者嚴嵩罷相，世蕃極刑，一時差快人意」之文〔註64〕，然《綠野仙踪》的海瑞奏章，卻有「速拿嚴嵩父子，並其黨羽文華「急付典刑」之語，可見作者爲了配合情節的需要（小說中插入海瑞下獄一案時，嚴嵩尚未殲滅），擅自修改了正史上的海瑞奏章，而突顯了小說中「當今元惡無有出嚴嵩父子右者」（第七五回）的歷史主題。

論及世宗沈溺道教信仰之狀況，小說則一本正史上的海瑞奏章云：

……繆謂長生可得，一意修元，二十餘年，不理朝政，法紀弛矣；數行捐納，名器濫矣。二王不相見，人以爲薄於父子；……樂西苑而不返，人以爲薄於夫婦……

〔註61〕《明史》卷205〈張經〉傳載：「自軍興來稱戰功第一」。
〔註62〕同註37。
〔註63〕《明史》卷225〈海瑞〉傳。
〔註64〕同上。

這一部分，則眞實的反應明帝崇道的歷史背景，據《明史》載，世宗於嘉靖二十年遭宮婢之變後，遂「移居西內，日求長生，郊廟不親，朝講盡廢，君臣不相接」〔註65〕，此後，廿五年不復視朝，政事悉委嚴嵩一人，朝綱由此日壞。又以政治配合其信仰，〈諸王列傳〉云，世宗晚年又因「信方士語」，二王皆不得見〔註66〕。

　　奏章中並論及「修齋建醮」、「建宮築室」、「師事陶仲文」諸事（第七五回）；世宗善齋醮，舉凡國家兵難、自然災荒、百穀豐稔、祥瑞；歲末感恩，皆藉齋醮舉行以消災謝恩。嘉靖二年，張翀有「禱祠興繁」之言〔註67〕，安磐疏云「不齋則醮，月無虛日」〔註68〕。又濫興土木，食貨志賦役門載「世宗營建最繁」〔註69〕，劉魁嘗抗疏「一役之費，動至億萬」〔註70〕，世宗因奉玄而營繕，勞民耗財而不知恤。且優遇道士，《明書》載：「帝往往以嵩與仲文並論，嵩不恥也」〔註71〕，可見其份量。

　　小說何以要引海瑞奏章而詳言世宗崇道之活動狀況？就情節的安排言，以海瑞奏章陳述世宗溺道之嚴重，乃爲第九一回鄒應龍假「善會扶鸞」的道士藍道行之乩言參倒世蕃預留伏筆，何以屈屈一道士之乩言能輕而易舉取信於世宗，而忠臣烈士披肝瀝血、冒死直諫卻不能收效？交代世宗溺道的背景，則能使整個情節的發展較具信服力；這一安排，亦有助於說明應龍之計何以成功的歷史因素。就人物的安排言，海瑞生性剛直，忠貞謀國，小說本明史之海瑞本傳，敘述明帝讀此諫章之經過，其文：

> 明帝讀諫本訖極，忿怒，有母令逃去之語。一內官奏言：海瑞于兩
> 日前備棺十數口，爲全家死地計，決非逃去人也。（第七五回）

事後，據《明史》載，世宗嘗語人曰：

> 此人可方比干，第朕非紂耳。〔註72〕

這樣一個冒死直諫，不計個人利害的忠臣，安排在林、鄒圖謀參倒奸黨之際下獄，不但具有警醒作用「此公（海瑞）膽氣無雙，……卻無濟於事，而奸

〔註65〕　《明史》卷307〈陶仲文〉傳。
〔註66〕　《明史》卷120〈諸王列傳〉，二王指穆宗裕王、載圳景王。
〔註67〕　《明史》卷192〈張翀〉傳。
〔註68〕　《明史》卷192〈安磐〉傳。
〔註69〕　《明史》卷78〈食貨志賦役門二〉。
〔註70〕　《明史》卷209〈劉魁〉傳。
〔註71〕　《明書》卷149〈嚴嵩傳〉，傅維麟纂。
〔註72〕　同註63。

黨亦不能除」（第七五回）」——捨命犯上之愚忠，徒勞無功；亦具有激勵二人心志之積極意義——「當今元惡無有出嚴嵩父子者」，必要想出「計出萬全的勾當」，替國家除害斬惡。

第三節　忠奸集團的抗衡

　　這一節我將由鄒林的結親探討忠奸勢力的消長，以文華的被斬代表嚴黨的失勢，以嚴黨的覆亡，說明忠奸集團抗衡的最後結局。

一、結親的意義

　　歐陽修〈朋黨論〉云：

> 大凡君子與君子，以同道爲朋；小人與小人，以同利爲朋，此自然之理也。然臣謂小人無朋，惟君子則有之，其故何哉？小人所好者，祿利也；所貪者，財貨也；當其同利之時，暫相黨以爲朋者，僞也；及其見利而爭先，或利盡而交疏，則反相賊害；雖其兄弟親戚，不能相保，故臣謂小人無朋，其暫爲朋者，僞也。君子則不然，所行者忠信，所惜者名節，以之修身，則同道而相益，以之事國，則同心而共濟，終始如一，此君子之朋也。〔註73〕

《綠野仙踪》的趙文華之拜嚴嵩爲父，是小人以同利爲朋；林潤與鄒應龍之結親，則是君子以同道爲朋；何以見之？

　　第七五回〈結婚姻郎舅圖奸黨〉，敘述林潤見趙文華爲非作歹：

> 便動結親仕宦，做自己的幫手，好參嚴嵩父子，爲父報仇。

然：

> 誰想鄒應龍與林潤是一個意思，也要借他妹子尋一個肝膽丈夫做他參嚴嵩的幫手。

一個是忠臣之後，負有爲忠臣集團雪冤報仇的使命，一個貴爲新科狀元，卻「性格剛直」，「從未見他奔走權門」；《明史》載二人之事蹟，述林潤：

> 嚴世蕃置酒召潤，潤談辨風生，世蕃心憚之。
>
> 隆慶元年以右僉都御史巡撫應天諸府，屬吏懾其威名，咸震慄；潤

〔註73〕歐陽修〈朋黨論〉，見《古文觀止》，三民書局。

至，則持政寬平，多惠政，吏民皆悅服。〔註74〕

持政寬平，不懼權勢，小說取之正史，本色依在。而應龍：

嚴嵩擅政久，廷臣攻之者輒得禍，相戒莫敢言。而應龍知帝眷已潛
移，其子世蕃益貪縱，可攻而去也。〔註75〕

肝膽義氣，比美林潤，這兩人皆有意爲國除奸，忠貞事國，可謂君子以道同
爲朋。

再觀嚴、趙之交，嚴嵩之薦文華平倭，非爲國舉賢良之才，乃爲鞏固自己
之權位；而文華之平倭，到處搜刮民財，以賄賂嚴氏，只爲攀結權貴，亦無心
爲國；通倭冒功後，自以爲羽翼已豐，父子之情則疏，可見是同利之時，暫相
黨以爲朋，其情也僞。百花進酒，欲自結於帝，爭帝寵先於嚴氏，嵩藉此以報
復，可謂見利爭先，反遭賊害；再次平倭失利，雖嚴嵩亦無法救文華，反遭明
帝責難，小人之交，既以利爲首，則利盡交疏，雖暱稱父子，亦不能相保；故
曰小人無朋，唯利是圖；莫若君子之交，忠肝義膽，志同道合；而忠臣之爲朋
黨，亦是國家之希望，觀林、鄒之結親，而終能齊力參倒奸黨，而奸黨雖得意
一時，利盡而散，一個個走向覆亡破敗之途。

「結親」有著「團結」的意義，林、鄒的結親象徵著忠奸勢力的消長邁
入一個新階段，小人既可結拜父子共同禍國殃民，忠臣亦可藉結親的力量，
推倒奸邪勢力，以建立正義的秩序。

二、奸黨的失勢

第七六回敘述林潤得吏部尙書徐階之助，參劾趙文華於錢塘江、洋子江
二役，養寇縱敵，並屈殺張經、冒領軍功；第七八回則諸將剿倭平寇之後，
論罪處斬文華。

這段情節係屬虛構，正史上林潤並無參劾文華，徐階亦未助林潤，文華
的去職，據本傳載：

帝欲建正陽門樓，責成甚亟，文華猝不能辦；帝積怒，且聞其連歲
視師黷貨要功狀，思逐之。〔註76〕

此述文華辦事不力，黷貨要功，遂引起明帝之反應；後文華上章稱疾，帝曰：

〔註74〕《明史》卷 210，〈林潤〉傳。
〔註75〕《明史》卷 210〈鄒應龍〉傳。
〔註76〕《明史》卷 308〈趙文華〉傳。

「文華既有疾，可回籍休養」〔註77〕，遂逐文華；然：

> 帝雖逐文華猶以爲未盡其罪，而言官無攻者，帝怒無所洩，會其子
> 錦衣千戸懌思以齋祀停封章日請假送父，帝大怒，黜文華爲民，戍
> 其子邊衛。〔註78〕

文華之去職，乃因不稱帝意，並非言官參劾所致。而徐階所助者乃鄒應龍，〈徐階〉本傳云：

> 嵩子世蕃貪橫淫縱狀亦漸聞，階乃令御史鄒應龍劾之。〔註79〕

徐階見時機成熟，故令應龍劾之。

然小說何以如此安排？第一在使林潤嶄露鋒芒，表現其過人的膽識，爲日後參劾世蕃、龍文不法之事伏下前筆，第七六回林潤參劾文華成功：

> 朝野稱慶，京中大小文武，沒一個不服林潤少年有膽有智。

其次，將嚴嵩的死對頭徐階，引入情節之中，並藉徐階與林潤的師生關係，強化忠臣的力量，徐階的藉入，爲忠臣集團注入一股新力量，小說第七六回說他：

> 爲人極有才智，也是個善會鑽營的人，明帝甚是喜歡他，他心裡想
> 做個宰相，只是怕嚴嵩忌才。

《明史》對其亦有正面評價：

> 階立朝有相度，保全善類。嘉、隆之政多所匡救，間有委蛇，亦不
> 失大節。〔註80〕

這些想法與性格，加上明帝的寵愛，恰好構成抗衡奸黨嚴嵩的條件。第三文華被劾，嚴嵩奔救無力，以致文華被判處極刑，這顯示嚴嵩之言已對明帝起不了絕對的作用；文華之死，乃象徵嚴黨的勢力已開始動搖。

三、嚴黨的覆亡

第九一回〈避春雨巧逢袁太監 走內線參倒嚴世蕃〉敘述鄒應龍送親遇雨，而得太監之助，假道士藍道行之扶乩仙言，參倒世蕃。

前述海瑞一節，說明世宗溺道之嚴重，與道教相關之事無不信服，因此，

〔註77〕同上。
〔註78〕同註76。
〔註79〕《明史》卷101〈徐階〉傳。
〔註80〕同註79。

亦每藉乩仙扶鸞以評斷國家大事，而藍道行，便是以扶鸞得幸的一個，小說載明帝閱畢應龍之奏文，對世蕃之作惡，猶疑不決，遂令道行藉乩明示，那道行亦受太監囑託，遂言：

> 嚴嵩主持國柄，屢行殺害忠良，子世蕃等貪賂無已，宜速加顯戮，
> 快天下臣民之心。

明帝信道行之言，遂將世蕃革職，拿送刑部。據《明史》載其奸詭：

> 藍道行，以扶鸞術得幸，有所問，輒密封遣中官詣壇焚之，所答多
> 不如旨，帝咎中官穢褻，中官懼，交通道行，啓視而後焚，答始稱
> 旨。帝大喜曰：「今天下何以不治？道行故惡嚴嵩，假乩仙言嵩奸罪。
> 帝問：「果爾，上仙何不亟之。」答曰：「留待皇帝自亟。」〔註81〕

這段情節雖取諸正史，但其情節次序之安排恰與正史之發展相反，據〈嚴嵩〉傳載：

> 帝入方士藍道行言，有意去嵩，御史鄒應龍避雨內侍家，知其事，
> 抗疏極論父子不法。〔註82〕

又〈鄒應龍〉本傳云：

> 帝頗知世蕃居喪淫縱，心惡之。會方士藍道行以扶鸞得幸，帝密問
> 輔臣賢否？道行詐爲乩語，具言嵩父子弄權狀，帝由是疏嵩而任徐
> 階。及應龍奏入，遂勒嵩致仕，下世蕃等詔獄，擢應龍通政司參議。
> 〔註83〕

就正史之觀點，嚴氏之被參倒，乃因罪惡多端，不得帝心引起，而道行適時利用明帝崇道之心在先，應龍伺機而動在後，故〈林潤〉本傳云：

> 世蕃之誅，發於鄒應龍，成於林潤。二人之忠，非過於楊繼盛，其
> 言之切，非過於沈練、徐學詩等，而大憝由之授首。蓋惡積滅時，
> 而鄒、林之彈擊適會其時歟。〔註84〕

但就小說的結構，即忠奸抗衡→忠臣雪冤、打倒奸人，爲了突顯忠奸對立，在參照史實的基礎上，更加強了應龍的忠臣形象，他成了策動參倒世蕃的主謀，居功最大，道行卻成了一受人之託，忠人之事的配角。故第九一回回末

〔註81〕《明史》卷 307〈藍道行〉傳。
〔註82〕《明史》卷 308〈嚴嵩〉傳。
〔註83〕同註 75。
〔註84〕同註 74。

題詩：

　　　避雨無心逢內臣，片言杯酒殺奸雄。

　　　忠臣義士徒拼命，一紙功成屬應龍

第九二回寫嚴嵩遭革職，世蕃、龍文遣發邊郡，然猶恃帝寵，胡作非爲，林潤乃繼應龍之後，再參劾奸黨諸不法事，徐階從旁協助，遂一舉殲滅之。

　　林潤之參嚴黨，其奏文亦本《明史》，傳載：

　　（嘉靖）四十三年冬，潤按視江防，廉得其狀，馳疏言：「臣巡視上江，備訪江洋群盜，悉竄入逃軍羅龍文、嚴世蕃家。龍文卜築深山，乘軒衣蟒，有負險不臣之心。而世蕃日夜與龍文誹謗時政，搖惑人心。近假名治第，招集勇士至四千餘人。道路恂懼，咸謂變且不測。乞早正刑章，以絕禍本。」帝大怒，即詔潤逮捕送京師。〔註85〕

世蕃被逮後，仍有恃無恐，謂獄且解，後以法司黃光昇等將世蕃口供送徐階看閱，諸公必欲世蕃死之，徐階遂改口供，遜加「龍文通倭」、「世蕃欲自爲王」兩條罪名，《明史》載：

　　徐階爲手削其草，獨按龍文與汪直姻舊（汪直乃倭寇首領），爲交通賄世蕃乞官。世蕃用彭孔言，以南昌倉地有王氣，取以治第，制擬王者。……龍文又招直餘黨五百人，謀爲世蕃外投日本，……誘致外兵，共相響應。……世蕃聞，詫曰：「死矣。」，遂斬於市。〔註86〕

世蕃死後，小說寫嵩「寄食墓舍」〔註87〕，竟活活餓死。

　　「嚴黨的覆亡」一節，小說作者未再本「虛實參半」的創作原則，而傾向於「實錄」，何以如此？因正史的記載本身就具有小說的傳奇和曲折，如述應龍避春雨巧逢內侍，藍道行之乩，及嚴嵩、趙文華之死：「文華故病蠱，及遭譴臥舟中，竟邑邑不自聊，一夕手捫其腹，腹裂，臟腑出，遂死。」〔註88〕，這不是如小說般使人讀之怵目驚心，而知惡有惡報的因果昭然不爽，《金石緣全傳》作者靜恬主人序言：

　　小說何爲而作也？曰以勸善也，以懲惡也。夫書之足以勸懲者，莫

〔註85〕同註74。

〔註86〕《明史》卷308〈世蕃〉傳。

〔註87〕小說之說亦本正史〈嚴嵩〉傳。

〔註88〕同註76。

過於經史，而義理艱深，難令家喻而戶曉，反不若禅官野乘福善禍

淫之理兼備。〔註89〕

然若取經史中具有福善禍淫之理兼備者，而易之以通俗白話，其勸懲之信服

力又當如何？

〔註89〕《金石緣》序，頁436，見《中國歷代小說論著選》，江西人民出版社。

第三章 《綠野仙踪》的道教思想之一

第一節 宣揚修煉內丹成仙的思想——兼論外丹的效用

任繼愈主編的《中國道教史》，談到明清道教對民間俗文學的影響，云：

> 明清以來的小說戲曲、鼓詞等俗文學中，無神佛僧道鬼怪出場者尚
> 不多見，還出現了一批專以道教故事爲題材的作品，如《東游記》、
> 《韓湘子傳》、《七眞天仙寶傳》、《綠野仙踪》等，以宣揚修煉內丹
> 成仙爲主題，仙佛混融，更爲多數俗文學作品中普遍具有的宗教觀
> 念。〔註1〕

《綠野仙踪》一書，基本上即是受了明清兩代日趨通俗化的道教內丹煉養術
之影響的產物。《綠野仙踪》一書中雖有不少法術、戲法之情節，然以師門
傳授的要旨看來，主要還是在宣揚修煉內丹成仙的道教思想，如第十回冷于
冰遇其師火龍眞人云：「願拜求金丹大道」，火龍眞人遂詳言修煉內丹之要
旨；第七二回于冰傳道給二妖狐，更明言已所授與者乃與天同壽的性命之
學；而非應急一時的法術之學，而「金丹大道」一詞更反覆出現在師徒討論
中。所謂「金丹大道」，簡言之，指修煉內丹的基本原則和要領，此外《綠
野仙踪》所引之內丹觀念，不乏截取道教經典原文融入情節敘述，或是一般
通俗、流行的基本煉養思想，據此，本文擬將《綠野仙踪》所敘述的內丹思

〔註1〕 任繼愈主編《中國道教史》第十七章之七〈明清道教在民間〉，頁675，上海
人民出版社，1990年。

想分成三部分討論：一、煉丹的理論；二、煉丹的過程；三、煉丹的境界。其中有關內丹名詞之詮釋，將引用道書爲輔，而以暢通小說行文義理爲主，至於其在道書中的旁生枝義，則略而不談，以免過於繁蕪，令讀者難以區分筆者所述究是小說之義，抑是道書之義。

一、煉丹的理論

分三重點：

1. 性命兼修之觀念兼論神、氣之意義及形神、形氣之間的關係。
2. 明心見性的內容，分別探討定觀、煉心等工夫之重要。
3. 介紹道教三寶及重視元精的觀念。

1. 性命兼修

《綠野仙踪》第十回及第七二回首揭修煉成仙之道在於性命兼修：

> 火龍眞人教諭于冰：吾道至大，總不外性命二字，吾道立竿見影，性命兼修，神即是性，氣即是命。（第十回）

> 于冰傳法二妖狐：我今日此來，所欲傳者乃性命之學非法術之學，蓋法術之學，得之止不過應急一時，性命之學，得之便可與天同壽。……道教以煉性壽命爲宗，其要只在于以神爲性，以氣爲命，神不內守則性爲心意所搖，氣不內固則命爲聲色所奪，此吾道所以要性命兼修。（第七二回）

據《中國方術大辭典》解釋，「性命雙修」是指「性功與命功相結合的功法。即精氣神并重，身心兼煉的修煉術」〔註2〕，內丹諸家，都強調性、命二者不可分離，將性命統於一體，是同一本體的不同作用，《中和集》卷四云：

> 性無命不立，命無性不存。〔註3〕

性指眞性、元神、道心，命指屬物質身體的氣、元氣，性命兼修方能達到煉性延壽的目的。清·劉一明《悟眞篇》注：

> 古眞云：性命必須雙修，工夫還要兩段。蓋金丹之道，爲修性修命之道，修命有作、修性無爲，有作之道者，以術延命也；無爲之道

〔註 2〕 陳永正主編《中國方術大辭典》內丹類，頁 503，廣東：中山大學出版社，1991年初版。

〔註 3〕 《中和集》卷四第一，元·李道純撰，見正統道藏冊四五，光字號，洞眞部，台灣藝文印書館，民國 51 年。

者，以道全形也。〔註4〕

從北宋中期到近代，道教內丹術有兩種傾向，一是禪、道融合；二是通俗化、明朗化影響及於社會大眾，《綠野仙踪》性命兼修的主張，正是當時社會所流行的內丹煉養觀念。

　　神、氣之定義及形神、形氣之關係，《綠野仙踪》所論之神、氣義，仍是取於道書，如前所引之「神即是性，氣即是命」、「神不內守則性爲心意所搖，氣不內固則命爲聲色所奪」（第七二回），王重陽《授丹陽二十四訣》云：

　　　　性者是元神，命者是元氣。〔註5〕

又張三丰《大道論》云：

　　　　氣脈靜而內蘊元神，則曰眞性；神思靜而中長元氣，則曰眞命。〔註6〕

神、氣即是性、命之義，爲了兼顧性命，必須神、氣並重，二者之關係有如母子：

　　　　火龍眞人云：須知神是氣之子，氣是神之母，如雞卵不可須臾離也，
　　　　你看草木根生，去土則死，魚鱉水生，去水則死，人以形生去氣則
　　　　死。（第十回）

小說以雞之於卵，草木之於根、魚鱉之於水爲喻，說明神氣相依方是性命之道，《無名氏胎息根旨要訣》云：

　　　　夫氣爲母而神爲子，氣則精液也，氣無形質，隨精液以上下，但先
　　　　立形，則因形住。神氣住形中，故能住世，長生久視。〔註7〕

以氣爲母，以神爲子，《綠野仙踪》論內丹思想，處處是道書的發揮，其云「人以形生去氣則死」，則進一步指出氣乃形之主，《嵩山太無先生氣經》云：

　　　　夫形之所恃者氣也，……氣之所依者形也，氣全則形全，氣竭則形

〔註4〕清・劉一明著《悟眞直指》卷二，七言絕句第四十二首〈言有爲〉，頁461。見《道教五派丹法精選》第五集王沐選編，中醫古籍出版社，1989版，劉一明小傳如下：劉一明，清代哲學家，全眞教龍門派傳人，生於雍正十二年（1734），羽化於嘉慶二十年（1815），號悟元子，別號素朴散人；全眞功法至劉一明，同時將儒、釋、道思想熔於一爐，加以革新，乃道教功法改革者，其著作達二十餘種。

〔註5〕《重陽眞人授丹陽二十四訣》第一，王重陽著，正統道藏，交字下，太平部。

〔註6〕張三豐著《三丰全書》第三卷〈大道論〉，頁63，新文豐出版，民國67年初版。

〔註7〕《無名氏胎息根旨要訣》轉引自《道教與超越・方法篇》，頁429，中國華僑出版社，1989年。

弊。〔註8〕

除了說明神、氣之相依關係，更點明何以「氣是神之母」，乃因氣是形之所峙，總之，形神氣三者相互關聯，各有其重要性，維持生命端在於此。

2. 明心見性

宋代以來，道教內丹煉養術，受禪宗影響，盛倡「性命雙修」的上乘丹法，強調明心見性，以明心見性爲築基煉己最重要的工夫。

《綠野仙踪》討論明心見性之煉丹理論，不乏取自道書，現析內容如下：

定觀：《綠野仙踪》的煉丹理論，乃是透過定觀，參悟心靈的本來虛空，與以道的清靜之性相契合：

火龍眞人云：大抵人神好清而心擾之，……無無亦無，湛然常寂（第十回）〔註9〕

這段話乃截取自全眞道所尊奉的《清靜經》，融入小說的情節敘述，經云：

夫人神好清而心擾之，人心好靜而欲牽之，常能遣其欲，而心自靜，……能遣之者，內觀其心，心無其心，外觀其形，形無其形，遠觀其物，物無其物：三者既悟，唯見於空，觀空亦空，空無所空，所空既無，無無亦無，無無既無，湛然常寂。〔註10〕

以佛家的「空」、道家的「無」爲主旨，通過觀一切皆空、無，空無的觀念亦爲空，而息滅一切念慮，令貪嗔癡之心不起，達到六根塵頓，萬緣俱化的境界，唯有常寂圓通的清淨本性與天地之道相契合，透過「定觀」而明了本心。

明心以見性：《唱道眞言》云：「煉心者，仙家徹始徹終之要道」《綠野仙踪》第七二回：

于冰云：心者，神之舍，心忘念慮即超慾界，心忘緣境即超色界，心不著空即超無爲界，故入手功夫總以清心爲第一。（第十二回）

《綠野仙踪》以清心爲內丹煉養的首要功夫，（清靜經）云：

〔註8〕《嵩山太無先生氣經》卷上，頁429，收錄于《道藏要籍選刊》第九冊上海古籍出版社，1989年，二版。

〔註9〕《綠野仙踪》全文：大抵人神好清而心擾之，人心好靜而欲牽之，誠能內觀其心，心無其心，外視其形，形無其形，遠觀其物，物無其物，三者既悟，唯見于于，觀空亦空，空無所空，所空既無，所無亦無，無無亦無，湛然常寂。（第十回）

〔註10〕《太上老君說常清靜經注》第二、第三，正統道藏，冊191，洞神部，玉訣類是字上，原題白玉蟾分章，正王元暉註。

　　　　人能常清靜，天地悉皆歸。〔註11〕

人能時時保持內心的澄澄湛湛、念念清淨，不被一切虛幻舊愛境界蒙蔽，心
處虛空，自能與道契合。

　　然清心之要訣何在？在於能「忘」，冷于冰所云「忘」的境界，乃取於王
重陽《立教十五論》：

　　　　心忘念慮即超慾界，心忘諸境即超色界，不著空見即超無色界。
〔註12〕

由忘卻諸忘想雜念，對外境的分別念想，不執著空的觀念，超出「三界」，以
一切時中對境心不染著爲煉心見性之要訣，達到小說所描述之境界：

　　　　無爲則神歸，神歸則萬物云寂；不動則氣泯，氣泯則萬物無生，耳
　　　　目心意俱忘，……故對境忘境，不沈于六賊之魔，居塵出塵，不落
　　　　于萬緣之化。（第七二回）

此外，于冰又強調「念」的重要：

　　　　于冰云：壞道必先壞念，……念頭一壞，收拾最難。（第七二回）

修行之道，貴於如是常行，功夫純熟，所謂見性只在一時，煉性卻在終身，
故念頭最爲重要，冷于冰以二妖狐淫念最重，故有「念頭一壞，收拾最難」
之告誡，終其旨仍不脫明心以見性之煉養原則。

3. 三寶及重視元精的觀念

　　　　二妖狐問：敢問守神固氣之道修爲者何？

　　　　于冰道：神與氣乃一身上品，妙葯重在不七精。（第七二回）

上葯三品，神與精氣。晚唐以來內丹學家以精氣神爲煉丹的藥物，稱爲「三
寶」，陸西星《心印妙經》釋義，云：

　　　　靈明知覺之謂神，充周運動之謂氣，滋液潤澤之謂精。〔註13〕

三寶是相互依存的關係，所謂：

　　　　神之所至，氣亦至焉；氣之所至，精亦至焉，又皆相依相濟，以成
　　　　自然之用。〔註14〕

透過後天精、氣、神之用以返回先天的元精、元氣、元神，以求得金丹大道，

〔註11〕同註10。
〔註12〕王重陽著《重陽立教十五論》第十三論〈超三界〉，見正統道藏，冊355，楹
　　　　字下，正乙部。
〔註13〕明‧陸西星著《無上玉皇心印妙經測疏》。
〔註14〕同上。

故寶嗇三寶，被道教內丹家視爲煉養要訣。

　　冷于冰強調上藥三品，「妙葯重在不亡精」，這種特別重視「精」的觀點，
（一）似有受明清流行的伍柳派內丹法之影響，伍柳派經典《金仙證論、正
道淺說》云：

　　　　仙道煉元精爲丹。〔註15〕

強調煉精，認爲不明白這一點，一切修煉都是徒勞。（二）一般修煉內丹的
程序是「煉精化氣，煉氣化神、煉神合道」（第七二回），以煉精爲首，故特
別重視。

　　《綠野仙踪》特別強調修煉之道，不能輕易敗精：

　　　　于冰云：精從下流，氣從上散，水火相背，不得淤結，不成胎矣，
　　　　則嬰兒姹女從何產育？人苟愛念不生，此精必不下流，忿怒不生，
　　　　此氣必不上炎，一念不生，則萬慮澄澈，水火自然交媾，產之育之
　　　　何難也。（第七二回）

水喻精、氣、火喻神，水火相背，指煉丹過程的相互矛盾。嬰兒、姹女喻元精、
元神；此句之義理云：後天淫媾之精下流，呼吸之氣上散，精、氣、神相互矛
盾，元精、元神自然無法修煉，則金丹大道如何可求？人苟能不起嗔愛之心，
達到澄心遣慾，一念不生之境界，則三寶相互交融，內丹自可煉成，所謂：

　　　　一念不起，六根大定，一塵不染，此即本來性之完全也。如是還
　　　　虛……；頓證最上乘。〔註16〕

二、煉丹的過程

　　分成三階段探討：

　　1. 本源論

　　2. 工夫論

　　3. 火候論（介於工夫與境界之間）

　　此外本書亦批判黃白術之不當，一併列入本節討論。

1. 本源論

　　　　于冰云：西南有鄉土，名曰黃庭，恍惚有物，杳冥有精，先仙曰：

〔註15〕《金仙證論：正道淺說》，頁419，收錄於《古本伍柳仙宗全集》，明·伍守陽，
　　　　清·柳華陽撰，馬濟人主編，上海古籍出版社。
〔註16〕同上《仙佛合宗》〈最初還虛第一〉，頁261。

分明一昧水中金，可于華車仔細尋，此即尋藥之本源也。（第七二回）
藥，內丹名詞。喻指使人由弱變強，由疾患變健康，由凡變仙的寶貝；本源，
語類哲學之本體義；尋藥之本源，即找尋身體內部可由凡人變成仙體的生命
超越本體所在。黃庭指丹田，乃藥之本源、位置，《夢溪筆談·象數》云：「故
養生家曰：能守黃庭，則能長生。」〔註 17〕「恍惚有物，杳冥有精」指黃庭
存在的狀態，老子云「道之為物，惟恍惟惚。惚兮恍兮，其中有象，恍兮惚
兮，其中有物」〔註 18〕，又悟眞篇詩云：「恍忽裏相逢，杳冥中有見」，即是
透過恍惚杳冥的方法，尋找黃庭存在的位置。水中金，喻藥物；華車，指舌
下地；「先仙曰……」以下語即要人於舌頭以下之身體部位，尋找黃庭之所在。

2. 工夫論

冷于冰於尋藥之本源後，續論採藥之時節、制藥之法度，入藥之造化，
此三段屬入道初機，乃煉丹過程之工夫論，今錄原文並如下：

> 垂簾塞兌，窒慾調息，離形去智，幾于坐忘，先仙曰，勸君終日默
> 如愚，煉成一顆如意珠，此採藥之時節。（第七二回）

采藥，據《中國方術大辭典》釋義：「指調息與調心。《脉望》卷七：金丹之道，
以人身一呼一吸之中念頭，一動一靜之處，合天地一周之數，假此而調停，謂
之采藥。」〔註 19〕；乃內丹術的初步功法，重點在於入靜守一，入靜守一，才
是採藥時節。垂簾塞兌，乃老子云「塞其兌，閉其門」，西昇經云「獨處空閑之
室，恬淡思道，歸志守一」〔註 20〕之意；窒慾調息，乃要人除嗜慾，去穢累（情
慾），絕思慮，達到心無二想，一意調息，使元神、元氣相互交融；離形去智，
幾于坐忘，乃煉丹家借自《莊子·大宗師》：「墮肢體、黜聰明、離形去知，同
於大通，此謂坐忘」〔註 21〕「先仙曰……」以下語，乃要人晝牝夜玄，攝心一
處，終日默默，如愚如癡，以採身中之丹物。

> 天地之先，渾然一氣，人生之初，與天地同，天以道化生萬物，人
> 以心律應百端，先仙曰：大道不離方寸，功夫細密要行持，此制藥
> 之法度也。（第七二回）

〔註 17〕《夢溪筆談校證》卷七〈象數〉一三六條，頁 281，宋沈括撰，楊家駱主編，
　　　　世界書局，民國 52 年。
〔註 18〕老子《道德經》第二十一章，三民書局。
〔註 19〕同註 2，頁 502。
〔註 20〕《西昇經集註》卷一第九，正統道藏，冊 163，維字上。
〔註 21〕《莊子·大宗師》。

「天地之光，渾然一氣，人生之初，與天地同」，天地萬物，皆以元氣爲本始，《抱朴子‧至理》：「人在氣中，氣在人中，自天地至於萬物，無不須氣以生者也」〔註22〕，故天地人本同一氣。接著于冰從天地人一也之觀點云「天以道化生萬物」，此乃老子「道生一、一生二、二生三、三生萬物」〔註23〕之衍申義；「人以心律應百端」，張伯端《悟眞篇》序云：「欲體夫至道，莫若明乎本心。夫心者，道之體也；道者，心之用也」〔註24〕，煉心，乃修道成仙之要訣；冷于冰在入靜守一的基礎上，將煉丹的過程進一步深化，說明制藥之法度在於「煉心」，並特別強調在行持的工夫上要細密。

> 心中無心，念中無念，注意規中一氣還祖，先仙曰：息息綿綿無間
> 斷，行行坐坐轉分明，此入藥之造化。（第七十二回）

心中無心，《仙佛合宗語錄》云：「還虛之功，唯在對境無心而已」。〔註25〕，指已打破一切分別識想；念中無念，則一念不起，元性自見。規中，指丹田；祖者，鼻頭〔註26〕，此段敘述入道初機最後一階段之功夫，此時心念不著一物，常處虛空，只專注於運氣調息之功夫，綿綿密密，若存若亡，而貴于晝夜無間斷，以達到心息相依，神氣交融之地步，此入道之造化。

3. 火候論

> 清靜藥材密意爲先，十二時中火煎氣煉，先仙曰：金鼎常教湯用煖，
> 玉爐不使火微寒，此煉藥之火候也。

火候，介於工夫、境界之間，清‧劉一明《悟眞直指》釋曰：「火者修持之功力，候者修持之次序」〔註27〕；「火指心所生的神、意念，煉丹過程中掌握意念的法則尺度，稱爲火候，乃借自外丹術語」〔註28〕；《悟眞直指》云「金丹全賴以火候修持而成」〔註29〕。十二時，古之一日：「清淨藥材……」二句，《綠野仙踪》評點，批：「氣運氣息貴于晝夜無間斷，然必須于深山窮谷人跡少到之處行之，人世應酬繁祿，未能無間斷自坐成道也」，一日之中無雜念妄

〔註22〕 《抱朴子‧至理》卷五第六，冊316，疲字下，太清部。

〔註23〕 同老子《道德經》第四十二章。

〔註24〕 同註4，張伯端《悟眞篇》後序，頁320。

〔註25〕 同註16，頁320。

〔註26〕 見抄本《綠野仙踪》第七二回批點。

〔註27〕 同註4，七言絕句第二十七首〈言火候〉注，頁432。

〔註28〕 《道教氣功百問》，頁158，陳兵著，王志遠主編，佛光出版社，民國80年初版。

〔註29〕 同註28。

想，清淨本心，是謂火候。「先仙曰……」以下句乃在敘述火候之妙，《眞詮》云：「火候之妙在人爲，用意緊則火燥，用意暖則火寒，勿忘勿助，非有定則，最怕意散」〔註30〕，故掌握火候非常重要，否則，雖有藥，而藥亦不能成丹。

　　《綠野仙踪》於火候以下又重述採藥、煉藥、火候之義，內丹術語比喻甚多，大要不離上述，總之，在調息、運氣、御神之時，要出任自然，專氣致柔，溫溫不絕，綿綿若存，行住坐臥守住丹田；於行火候之際，意念專注，切不可念起，念起則火飛，切不可念散，念散則火失；並強調火候乃丹法的秘中之秘，絕不向外人道破，重申「聖人傳藥不傳火」的道門傳統。

　　此外，《綠野仙踪》又批判黃白術之不當。

黃白術

　　　　金丹一道，仙家實有之，無如世俗燒煉之士，不務本原，每假黃白
　　　　術坑人害己，天下安有內丹未成，而能成外丹飛昇者。（第十回）
黃白術，外丹家所用，據《中國方術大辭典》云：「外丹術指黃金與白銀。《抱朴子・黃白》：『黃者，金也；白者，銀也；古人秘重其道，不欲指斥，故隱之云爾。後有道士說黃白之方，乃試令作之，云以鐵器銷鉛，以散藥投中，即成銀。又銷此銀，以他藥投之，乃作黃金。』黃白之術，目的往往不在致富，而在得道升仙，故『黃白』又常與『神仙』併稱爲『神仙黃白之術』。」〔註31〕，黃白術，一面做爲外丹家得道成仙之法門，一面又被人利用以點化金銀害人，故《綠野仙踪》云：

　　　　點石成金，大是難事，必須內外丹成，方能有濟，究亦損德誤人。（第
　　　　十四回）

　　　　還有以五十兩做一百兩，以三十兩做一百兩，其人總富得一時，將
　　　　來必遭奇禍，子孫不出三世，定必滅亡，此做銀者之報。（第十四回）
這裏指出兩點：一、點化金銀，必須靠內外丹雙修之深厚功力才能達到，但不論功力深厚，金銀必會還原，於修道之士的功德畢竟有損。二、指斥那些亂用黃白之術謀富者，將來必難逃因果報應。黃金術滋引之弊端甚多，故內丹修煉之士往往排斥之，《伍柳仙宗全集》序云：

　　　　自後世黃白之說興，妖僧盲道，往往挾其術以幻弄愚人，……幾等

〔註30〕《眞詮》，明・陽道生傳，清・彭定求校刻，收入道藏輯要。
〔註31〕同註2，頁477。

神仙於邪慝，……非茫茫眾生一浩劫哉！〔註32〕

《綠野仙踪》指出金丹大道確實存在，批判修煉黃白術之外丹家坑人害己，並進一步說明單憑外丹不足以飛昇成仙，很明顯的傾向於內丹修煉之觀點。

三、煉丹的境界

討論如下：

1. 三關修煉之定義
2. 三品丹法之定義
3. 三花聚頂　五氣朝元之定義

1. 七返九還之妙藥

于冰道：故修道者，煉精成氣，煉氣化神，煉神合道，此即七返九還之妙藥也。（第七二回）

《天仙正理直論》云：「初關煉精化氣，中關煉氣化神，上關煉神還虛，謂之三關修練。」〔註33〕

「煉精化氣」，屬內丹術的初階段功夫，指將後天之精煉成氣，使之不至泄漏；其主要內容在使心靜息調，並「於靜定恍惚中採取先天元精，行河車運轉，數足三六〇如地球一年三六〇天繞日一周」〔註34〕，故又稱「小周天」。

小周天的修煉過程分採、封、煉、止四階段：

採，即採藥，採藥須掌握時機，採藥過早，精未盈而意未動，反礙精生，若採之過晚，則元精變為後天之精，不堪採用；採藥最好之時候，在兩個半斤之間〔註35〕，故《悟真篇》云：「藥重一斤須二八」、「便好用功修二八」。〔註36〕。封、指採藥後，用真意將下行之精氣攝歸於下丹田中，加以封固，令其積聚增長〔註37〕。煉，在河車運轉過程中，元精入腦，煉去陰滓化為陽氣，歸藏於丹田，「日積黍米一粒」，漸漸凝結，稱為煉。〔註38〕止，指河車

〔註32〕同註15，《古本五柳仙宗全集》，光緒二十二年程德燦序。
〔註33〕同註15，《天仙正理直論，正道淺說》，頁49。
〔註34〕同註29，頁149。所謂「河車」，指精氣行小周天運轉，循督、任二脈升降。
〔註35〕兩個半斤，分別指鉛、汞。
〔註36〕同註4。
〔註37〕同註29，頁149。所謂「真意」，指從靜定時所現「真心」中所起內照返觀的意念，乃元神之用。真意屬土，又稱「真土」。
〔註38〕同上。

運轉到一定的時候，必須停止，停止之候，一般說爲三百周天數足。〔註39〕故《綠野仙踪》云：

> 故修煉內丹必須採二八兩之藥，結三百日之胎，全是心上工夫，坐中煉氣，吞津咽液皆末務也。（第十回）

所指乃是小周天從「採」到「止」四步驟循序完成。

「煉氣化神」，據《中國方術大辭典》釋義：「煉氣化神，爲修煉內丹的第二階段。又稱『中關』、『十月關』或『大周天』。指在煉精化氣的基礎上，將氣與神合煉，使氣歸入神中。」〔註40〕易言之，在於用意識調整內氣之分布、運行。《綠野仙踪》第十回描敘大周天的運行路線爲：鼻尖→關元→湧泉→督脉→泥丸→鼻尖。一般而言，古今能修煉至此者已不多見。

「煉神合道」，內丹煉養術在唐宋時代分成三步驟，曰煉精化氣，煉氣化神，煉神還虛；然宋代中期以後，內丹家受禪宗影響，認爲修到煉神還虛，只了命功，未了性功，故又補上一步驟，曰「煉虛合道」。《綠野仙踪》云「煉神合道」，可能是將「煉神還虛」、「煉虛合道」兩步驟，合併成「煉神合道」

「七返九還之妙葯」，七乃火數，九乃金數，此句釋爲以火煉金，返本還源的金丹大道。金丹大道應是眞正的內丹煉養所努力追求的目標。

從小說內容雜引各道派之經典看來，作者李百川並無意在《綠野仙踪》中依附正史上之任何道派，他所引用之觀念、經典都是當時通俗、流行之煉養觀念，這也正是這本通俗小說的特色所在，適度、眞實的反映當時某些流行在社會上的內丹思想。

2. 三品丹法

> 二女妖道：敢問龍虎如何調法方爲至善？
>
> 于冰道：調龍虎之道有三，上等以身爲鉛，以心爲汞，以定爲水，以慧爲火，在片刻之間，可以淤結成胎；中等以氣爲鉛，以神爲汞，以午爲火，以子爲水，在百日之間，可以混合成象；下等以精爲鉛，以血爲汞，以腎爲水，以心爲火，在一年之間可以融結成功。（第七二回）

「龍虎之道」，《重陽眞人授丹陽二十四訣》：「丹陽又問：何者是龍虎？祖師

〔註39〕同上。

〔註40〕同註2，頁505。

答曰：神者是龍，氣者是虎，是性命也」〔註41〕，龍虎之道即性命兼修之道。

《綠野仙踪》所云龍虎之道三等乃取自全眞教南宗四祖陳楠之說，其云：

> 修仙有三等，鍊丹有三成，……以身爲鉛，以心爲汞，以定爲水，
> 以慧爲火，在片餉之間，可以凝結，十月成胎，此乃上品鍊丹之法；
> 以氣爲鉛，以神爲汞，以午爲火，以子爲水，在百日之間，可以混
> 合，三年成象，此乃中品鍊丹之法；以精爲鉛，以血爲汞，以腎爲
> 水，以心爲火，在一年之間，可以融結，九年成功，此乃下品鍊丹
> 之法。〔註42〕

兩者比較，《綠野仙踪》上、中、下三等丹法分別省略「十月」、「三年」、「九
年」等成胎之期。

元初李道純把內丹修煉分成頓漸兩途，頓是最上一乘，其云：

> 最上一乘，……性命爲鉛汞，定慧爲水火。〔註43〕

此說有近於《綠野仙踪》及陳楠所述之「上品丹法」。

綜上所析，可知《綠野仙踪》三品丹法之內丹思想，乃借自陳楠的丹法
分類。而陳楠上、中、下三品丹法之分類又是總結當時各類流行丹法之成果。

3. 三花聚頂，五氣朝元

> 二女妖道：大成日有五氣朝元，三花聚頂，敢問若何。（第七二回）

《綠野仙踪》于冰答「五氣朝元」之定義，乃截取自張伯端《金丹四百字》
序之原文，序云：

> 眼不視而魂在肝，耳不聞而精在腎，舌不聲而神在心，鼻不香而魄
> 在肺，四肢不動而意在脾，是爲五氣朝元。〔註44〕

五氣指精神魂魄意，使五臟眞氣各回歸其位，稱之「五氣朝元」。

小說中，「三花聚頂」之定義，亦取自《金丹四百字》序之原文，序云：

> 以精化爲氣，以氣化爲神，以神化爲虛，故名曰三花聚頂。〔註45〕

乃透過前述煉精化氣，煉氣化神，煉神合道，而達于精、氣、神合一之生命

〔註41〕 同註5。

〔註42〕 白玉蟾著《修仙辨惑論》述陳楠所傳之內丹丹法，收錄于《修眞十書》雜著
〈指玄篇〉卷之四，見《道藏要輯選刊》第三冊，頁296，上海古籍出版社，
西元1989年二版。

〔註43〕 同註3，《中和集》卷二第十六條〈最上一乘〉。

〔註44〕 張伯端《金丹四百字》序，見正統道藏，冊269，太玄部，唱字下。

〔註45〕 同上。

超越的最高境界。

綜上所述，可知《綠野仙踪》的內丹思想，分別截取全眞道《清靜經》、《立教十五論》，張伯端《金丹四百字序》及陳楠所傳丹法三品之說的部分原文融入情節敘述。此外，又參考當時一般通俗流行的基本煉養觀念運用於小說之中；由此可知，李百川所構設的道派，雖不能歸於正史上之任何道派，然其宣揚修煉內丹成仙的道教思想及其使用之內丹經典傾向於全眞教之文獻則可見之。

四、外丹的效用

除了宣揚修煉內丹成仙的思想，本書亦論及外丹的效用，因外丹的效用及意涵沒有內丹修煉的過程來得複雜，但又爲修仙過程雖不可缺乏之要件，故一併列入本節討論。

「外丹」乃與「內丹」相對者，道教認爲服食丹藥或草木類藥物可以達到長生不死的神仙境界。《抱朴子》內篇〈金丹〉：

> 夫金丹之爲物，燒之愈久，變化愈妙。黃金入火，石煉不消，埋之，
> 畢天不朽。服此二物，煉人身體，故能令人不老不死。〔註46〕

這裏所指的金丹即外丹也，效用在使人不老不死。

在《綠野仙踪》一書中，作者將外丹的效用誇到極至。第三八回于冰令弟子猿不邪採煉丹之藥材，云：

> 丹藥乃天地至精之氣，所萃結非人世寶物可比，不產于山，定產于
> 海，既係珍品，自有龍蛇等類相守，更兼妖魔外道，凡通知人性者，
> 皆欲得此一物食之，爲修煉捷徑，較採日精月華其功效倍速，仙家
> 到內丹胎成而必取資於外丹者，蓋非此不能絕陰氣歸純陽也。

小說作者除了延用道教服丹可成仙的觀念，更誇大了採擷藥材的困難及外丹的驚人效用，這或許是基於煽動讀者服食丹藥以求仙的慾望和基於小說中通俗趣味的功能。此外，更強調內外丹雙修的觀念，但以「內丹胎成」爲首務；所云「天下安有內丹未成而能成外丹飛昇者」（第十回）之觀念，除了破斥一昧服食外丹的不當，亦在一定程度上肯定服食外丹的價值。（但須以內丹爲首，輔以外丹），故有第九三回于冰和六弟子共煉丹藥之舉。而從其所煉

〔註46〕抱朴子內篇卷之四〈金丹〉，見《道藏要輯選刊》第五冊，頁187。

之丹的作用：「絕陰」丹、「返魂」丹、「易骨」丹、「固形」丹故爲修煉成仙體之丹，然「請魔」丹是爲了「積功累形，救濟眾生」（第九三回）而煉，「隱身易形」丹則爲「修道人遊戲三昧之一物」（第九三回），可知，《綠野仙踪》的外丹效用已溶修煉成仙、法術運用、濟渡世間三者觀念於一爐，非道書所言僅是追求長生不死的單一效用。

第二節　法術的特色

《道教大辭典》云：

> 法術、道家之學術也。如術士之奇門遁甲，方士之禁咒行蹻，道士之符籙咒秘等，皆稱法術也。〔註47〕

解釋得很簡單。《中國方術大辭典》釋「道術」，云：

> 道術即方術。又爲道教法術的概稱。包括占卜、符籙、祈禳、禁咒、煉丹等。〔註48〕

範圍甚廣，道術、方術、法術成了異詞同義。《雲笈七籤》係道教名著，卷四五云：

> 道者，虛無之至眞也；術者，變化之玄伎也。道無形，因術以濟人；人有靈，因修而會道。〔註49〕

道術之內涵兼具形而上的道體及形而下的伎用，然內容特質並無具體規範。

「法術」，乃《綠野仙踪》的道教特質之一，具體的內容，定義要如何確定？張火慶先生在研究《三寶太監下西洋記》的「神佛譜系」時指出：

> 類似《西遊》、《封神》等明代的神魔小說中，所列舉的靈異角色及其法術效用，多爲民間信仰的想像附會，與正統道書所載的本事資料，若即若離：或藉其名號而改易內容；或傳聞異詞而逕自取捨；亦有作者別出心裁的創造變形；紛紜複雜，不可籠統論定。……因爲流傳於民間的神怪形象與故事，多半是集體意願（現實而通俗）的共同撰作，必須廣泛而立即的滿足民眾生活的心靈需求。比起正統道流爲了自神其教而杜撰某些虛僞荒誕的事蹟，則小說的世俗化

〔註47〕《道教大辭典》，頁408，浙江古籍出版社，1990年三版。
〔註48〕《中國方術大辭典》，陳永正主編，頁45，中山大學出版社，1991年初版。
〔註49〕《雲笈七籤》卷45，頁319，收錄於《道藏要輯選刊》第一冊，上海古籍出版社，1989年二版。

取向是更具人性與親切。〔註50〕

《綠野仙踪》一書,兼具宗教與文學兩種特質;就法術的實質內涵而言,我傾向於張火慶先生的看法,以爲不必過分拘泥於道書所述之法術內容,反而能比較客觀的分析本書的法術特色,同時亦能欣賞,體認小說中所展現的民俗趣味;然而必須注意的是本書法術的意涵雖不能盡等於道書,然法術的效用卻不失爲道教施行法術的本意,如第十回于冰初遇火龍眞人,火龍眞人即贈雷火珠,用心是憂其「學道淺,一遇妖魔魑鬼,虎豹狼虫,徒傷性命」;第三六回耍戲法以渡如玉;第三七回更明言「法術」乃「借他防身」或「救人患難」;第四六回誡城璧,不換「你們但居深山,必須少出洞外,自己既無道術防身,一遇此類(妖蝎)即遭意外之禍」,這與前教《雲笈七籤》的「因術以度人」,及《抱朴子道意篇》所強調的方術以防身卻禍、抵禦邪惡道理是相通的,其云:

> 任自然無方術者,未必不有終其天年者也,然不可以值暴鬼之橫枉,大疫之流行,則無以卻之矣。……不可以薺麥之細碎,疑陰陽之大氣,以誤晚學之散人,謂方術之無益也。〔註51〕

本節之研究了引用道書之法術內涵,更兼納史書與小說的文獻,不知這樣的研究是否可稱爲「文學中道教的法術特色」,與以「道書中道教的法術特色」,做一區別?

現析如下:

一、相　術

「相術」,是指「審察人的形貌以判斷其性格及福壽休咎的方法。包括相面、相手、相骨、相聲、相氣色等」〔註52〕,小說主角冷于冰有「前知神人」(第六四回)之稱,所言皆驗,現就原文析其相術特色:

> 相其孫:皆進士眉目。(第十五回)
> 見董瑋:骨格清奇,眉目間另有一種英氣,與眾不同,知是大貴之相。(第二六回)

〔註50〕張火慶著《三寶太監下西洋記研究》,頁192,私立東吳大中國文學研究所博士論文,81年5月。
〔註51〕同註48,相術類,頁376。
〔註52〕《史記·淮陰侯列傳》。

告城璧：細看他（不換）眉目間，不是個有悟心人……似你出身大盜，卻存心磊落光明，……（第二七回）

相林岱：生的虎頭燕額，猿臂熊腰，身材凜凜，像國家棟樑之器。（第二九回）

初見如玉，大驚，云：此人仙骨珊珊；……（第三六回）

于冰云：我生平以相面爲第一藝，常笑唐舉柳庄斷論含糊。（第四四回）

狹義的相面是指觀察人的面部以測其命運，《史記‧淮陰侯列傳》：

（蒯）通：日相君之面，不過封侯，……〔註53〕

廣義的相面，兼指形體相貌，又稱「相形」。《琅琊代醉篇相形》載：相形家，以人形如物形者佳，如班超虎頭燕領，何尚之眞猿之類是也。冷于冰以相面爲第一藝，故相其孫之眉有進士之測；相董瑋之眉，有大貴之測；相不換之眉，知其人道頗難；相林岱的虎頭燕額，猿臂熊腰，知其爲棟樑之器；自認爲高明的相術家唐舉、柳庄皆不及他。

而董瑋的「骨格清奇」、如玉的「仙骨珊珊」，乃「骨相」所得，即透過骨格而判其夭壽貴賤，《史記‧淮陰侯列傳》：

蒯通以相人說韓信曰：貴賤在于骨法，憂喜在于容色。〔註54〕

至於察覺城璧的存心磊落，乃是相術中最高段的相法，即相心也；因心乃心氣之主，五臟之宅，統攝全身各部，古人認爲透過觀察心術可以推測人的福壽休咎，故《荀子‧非相篇》有「相形不如論心」〔註55〕之言。

綜上可知相骨、相面、相心是本書相術的特色。

「相術」除了是本書法術特色之一，它同時還具有補充說明人物性格和輔助情節發展的作用：如第二六回相董瑋（後易名林潤）眉露英氣、大貴之相，便有第七二回高中榜眼、第七六回參倒趙文華、第九一回參劾世蕃逆黨諸事；第二七回相不換，乃非有悟心者，便有大蟒、妖婦，猛虎諸重險之考驗；第二九回相林岱爲棟樑之器，便有第三四回斬亂賊之首師尚詔一事；第三六回相溫如玉仙骨珊珊，便有第七十回血肉之軀未去，便能憑口訣騰雲駕霧之驗。相術與小說人物的性格及情節發展相關聯，並非必然的定則，本文

〔註53〕同註52。

〔註54〕王先謙著《荀子集解》〈非相篇〉第五，頁46，華正書局，民國71年10月。

〔註55〕《三國志》卷八魏書〈張魯傳〉，頁263，鼎文書局。

討論僅限於《綠野仙踪》一書。

二、符水治病

　　符水治病是道教傳統而通俗的治病法，早在張魯行五斗米道時，即已存之，《三國志‧魏書‧張魯傳》：

> 魯據漢中獨立，行五斗米道，以符水治病。致米一斗，奉者甚眾。

〔註56〕

符水治病之說，至今明清小說中仍保留之，可見其神祕趣味；本書第二四回于冰以符水治文煒之疾；第四六回以符水治不換疾；第八九回不邪以此治周璉疾，乃受此一道流傳影響。

三、召請雷部諸神

　　第三三回師尚詔之亂，秦尼拘來邪神無數，于冰立請雷部降妖：

> （于冰）劍上一道神符，大喝道：雷部司速降，頃刻龐劉苟畢四天
> 君協同著雷公電母風伯雨師聽候法旨。

第六二回除鯤魚精，作法請雷部司：

> 只見鄧辛張陶四位天君，率神丁力士各施威武。（第六二回）

關於雷神的傳說，起源很早，《山海經‧海內東經》云：

> 雷澤中有雷神，龍身而人頭，鼓其腹，在吳西。〔註57〕

此時所載的雷神人頭獸身，後不斷人格化，成為雷師或雷公；據朱越利〈道教俗神〉一節指出：

> 道教吸收了雷公為黃帝部下的說法，塑造了道教的雷神九天應元雷
> 聲普化天尊，稱他「主天之災福，持物之權衡，掌物掌人，司生司
> 神」，並建立了雷神體系。〔註58〕

雷神體系，非常龐大，各種道經說法不一。〔註59〕，然本文所提到的龐劉苟畢、鄧辛張陶八位天君，在其它的小說亦被運用，如《封神演義》第九九回

〔註56〕《山海經》卷十三〈海內東經〉，晉郭璞注，清畢沅校，85頁，啓業書局，民國66年12月再版。
〔註57〕《道教問答》第九章之四〈道教俗神〉，頁268，朱越利著，貫雅文化，民國79年初版。
〔註58〕同註57，頁269。
〔註59〕葛洪著《抱朴子》內篇卷十七〈登涉〉，正統道藏冊316，太清部，守字下。

的九天應元雷聲普化天尊率領雷部廿四員，其前八名便是：鄧忠、辛環、張節、陶榮、龐弘、劉甫、苟章、畢環。《西遊記》則以龐劉苟畢看守北天門（第五一回）。

四、劍、印的運用

劍、印是道教最常使用的法器之一，以其具有神力，足以降魔鎮妖，《抱朴子・登涉篇》記述以五石煉銅製劍法：

> 銅成以剛炭煉之，令童男童女進火，取牡銅以爲雄劍，取牝銅以爲雌劍，各長五寸五分，取土之數，以厭水精也。帶之以水行，則蛟龍巨魚水神不敢近人也。〔註60〕

劍爲利器，可令妖魔神怪怯之。同篇又記載印的降魔效應：

> 古之人入山者，皆佩黃神越章之印，……以泥封著所住之四方各百步，則虎狼不敢進其內也。……帶此印以行山林，亦不畏虎狼也。
>
> 不但只避虎狼，若有山川社廟血食惡神能作福禍者，以印封泥，斷其道路，則不復能神矣。〔註61〕

小說中冷于冰的木劍乃火龍眞人所賜，其每於劍上劃符，以召鬼神、降妖除魔，或施行法術，第十六回以木劍擊妖，稱「劍眞是仙家靈物」；除了特重劍的使用，亦注重印，第三八回于冰傳不邪法術「左手雷印，右手劍訣」；第八九回不邪降妖「左手疊印，右手書符」；劍、印的運用亦是本書方術特色之一。

五、分身術

第三一回秦尼用一分身之法，現爲十幾個秦尼，各仗劍來戰于冰；第八八回于冰「用分身法化爲數千道人」以賑濟災困窮厄之民。

分身術，爲古代傳說的一種法術，據稱能使人分一身爲數身，而同時顯現于不同地方，故又稱「分形」。〔註62〕

分身術在一般史書道書小說中常被論及，如《後漢書・方術列傳》載左慈爲曹操追捕：

〔註60〕同上。
〔註61〕同二，雜術類，596頁，〈分形〉。
〔註62〕《後漢書》方術列傳七十二下〈左慈〉，頁2747，鼎文書局。

　　　　市人皆變形與慈同，莫知誰是。〔註63〕

此外《太平廣記》卷五的玉子「能分形爲百千人」〔註64〕，劉政能「以一人分作百人，百人作千人，千人作萬人」〔註65〕、卷八張道陵「能分形作數十人」〔註66〕，廣記所引皆出神仙傳，分身術被認爲是傳說中的神仙常運用的道術之一。

六、易　貌

　　　　第三七回，于冰「隨用手在城壁頭髮鬢上摸了幾下，頃刻變的鬚髮盡白」，此是變化術的一種，稱「移形易貌」法，《抱朴子·雜應篇》云：

　　　　或可爲小兒、或可爲翁、或可爲鳥、或可爲獸、或可爲草、或可爲

　　　　木，……此所謂移形易貌。〔註67〕

亦可稱「蹙面即爲老翁」，《抱朴子·遐覽》：

　　　　變化之法，用藥用符，……蹙面即爲老翁。〔註68〕

太平廣記〈劉安〉一則引《神仙傳》載「一人能分形易貌」〔註69〕可見分形術與易貌術似有併用的傾向。

七、五行遁法

　　　　第十四回于冰得寶籙天章，學得五行遁法；第十五于冰回鄉探妻兒借土遁往返；第六二回於鯤魚精前表演入石穿金術（屬五行遁法），同回鬥魚精，駕水遁行於空中。

　　　　五遁即金遁、水遁、木遁、火遁、土遁，傳說仙人術士能按五行的變化即憑藉不同的物質遁身隱形。

　　　　土遁，即憑藉泥土隱形逃遁，《封神演義》第三七回：

　　　　子牙分付已畢，隨借土遁往崑崙山。

〔註63〕《太平廣記》神仙第五〈玉子〉，頁 35，宋李昉等編，文史哲出版社，民國
　　　　76 年 5 月再版。
〔註64〕同上，33 頁。
〔註65〕《神仙傳》卷四〈張道陵〉，百部叢書集成十三夷門廣牘。
〔註66〕同註59，《抱朴子》内篇卷十五〈雜應〉。
〔註67〕同註59，《抱朴子》内篇卷十九〈遐覽〉。
〔註68〕同註65，卷六〈劉安〉。
〔註69〕同註63，第二八六，幻術〈胡媚兒〉，頁 2277。

五遁之中，惟土遁最捷，蓋處處皆易尋泥土也。

水遁，即憑藉水隱形逃遁。

八、入罐遁法

第三六回于冰將不換、城壁、自己并行李裝入罐中遁去。

同類型的記載有《太平廣記》卷二八六〈胡媚兒〉引自《河東記》；胡媚兒，唐貞元中人，術丐乞者，一旦懷中出一琉璃瓶子，有人與之百錢、千錢、十萬二十萬皆如故，或以驢馬，貨車數十入瓶，眾物初入瓶時，歷歷可視，惟出蠅大，有頃，漸不見，媚兒即跳身入瓶中，從此失媚兒所在，後月餘日，有人於清河北逢媚兒。〔註70〕

九、日行千里術，乘蹻

日行千里術

第十五回城壁腿上有于冰所畫的符籙步履，行走時疾如風行電馳；第二七回于冰於城壁及董瑋主僕的兩腿畫符，四人奔走，健步如飛，凡此，稱「日行千里」術。

此術乃古代傳說的一種神行術，能令人日行千里。《神仙傳》載：

> 李意期者，本蜀人，傳世見之，漢文帝時人也。無妻息。人欲遠行速至者，意期以符與之，並丹書兩腋下，則千里皆不盡日而還。

〔註71〕

「日行千里」術不知是否古人在交通極不方便的情況下，所想像出來克服交通困難的術法；然果真存在，則其便捷更勝於今日的交通工具。

乘　蹻

乘蹻，古代傳說的一種飛行術。蹻，原指草鞋。據稱乘蹻須長齋、斷血食一年，并用符咒，可日行千里。〔註72〕

《抱朴子·雜應篇》載：

> 能夠乘蹻者，可以周遊天下，不受山河阻隔。乘蹻有三種方法：一

〔註70〕同註65，卷十〈李意期〉。

〔註71〕同註48，頁607〈乘蹻〉。

〔註72〕同註66。

日龍蹻、二曰虎蹻、三曰鹿蹻。〔註73〕

小說中常述于冰於雲中往來，第三九回「于冰駕雲行來」、第四五回載其「雲中行去」、第六一回述其「飛身雲路」，多得不勝枚舉，這種駕雲之法似與「乘蹻」有關。

由上述可知，「日行千里」之術，常人可由異人所授之符咒丹書行之；「乘蹻」則較嚴格，須要經過一番修煉始能達至，《綠野仙踪》雖未述駕雲之前應有的修煉法門，但于冰及其諸弟子能憑自力以騰雲駕霧，皆在修行以後。（唯溫如玉例外，但其乃「謫仙」，亦有數世修為）

十、縮地術

第七十回于冰用手向廳屋內西牆一指，那牆已變成一座極大的城門，于冰云：此乃金光挪移大轉運兼縮地法。

金光挪移大轉運，囿於文獻，今從略。

縮地術，指能收縮地脉，化遠為近的異術。《神仙傳》載：

　費長房有神術，能縮地脉，千里在目前宛然，放之復舒如舊。〔註74〕

十一、幻　術

幻術，乃術士用來眩惑人的法術、魔術。第三八回于冰將黑紙裁成人馬刀鎗弓箭，化為一隊人馬劫貪吏之財。三九回剪五色紙為騾馬運送錢兩以濟民。

類似上述的幻術，正史上的民間叛變皆發生過，如明代白蓮教每以巫術惑眾，《明史‧衛青傳》記蒲台妖婦唐賽兒：

　自言得石函中寶書劍，役鬼神，剪紙作人馬相戰鬥。〔註75〕

《罪惟錄‧叛逆傳》：

　（馬祖師者）自言能剪紙為兵或為蝴蝶樣，人以刀杖擊之，則反擊
　多傷。〔註76〕

此外第三六回剪紙化猴亦屬幻化術之一。

〔註73〕同註65。
〔註74〕《明史》列傳第六十三〈衛青傳〉，頁4655，鼎文書局。
〔註75〕《罪惟錄》卷三十一〈叛逆列傳〉馬祖師，四部叢刊三編史部，頁48上，商務出版社。
〔註76〕《北齊書》方伎列傳第四十一〈由吾道榮〉，頁674，鼎文書局。

十二、劃地成溝

第三一回于冰、秦尼鬥法，秦尼用劍虛向地下一劃，頃成數里長一道溝。

《北齊書・方伎傳》「劃地成火坑」之載：

> 由吾道榮，琅邪人。……至邊陽山中，有猛獸，去馬十步，所追人
> 驚怖將走，道榮以杖劃地，成火坑，猛獸遽走。〔註77〕

《神仙傳・劉安》：

> 吾一人能坐致風雨，立起雲霧，劃地爲江河。〔註78〕

「劃地成火坑」、「劃地爲江河」皆屬「變化術」的一種，即「通過用藥或用符，使人或物發生各種變化的異術」、「劃地成溝」，囿於所見，未睹相同記載，但從其性質判斷，應與劃地成火坑、江河同屬變化術。

十三、搬運術

第七二回于冰將二女妖手中的松子仁挪移運至自己手中。第三九回吩咐不邪用搬運法取來數斤白麵。

搬運法，乃運用所謂超自然的力量，將物體移動。《新唐書・明崇儼傳》載：

> 明崇儼曾表演此術：盛夏，帝思雪，崇儼坐傾取以進，自云往陰山取之。四月，帝憶瓜，崇儼索百錢，須臾，以瓜獻。曰：得之緱氏老人圃中。帝召老人問故，曰：埋一瓜，失之，土中得百錢。〔註79〕

十四、召請仙女法

第二六回于冰將世蕃之妻妾妹子施法易容，化爲仙姑，召請以陪眾奸飲酒，待其酒醉行樂之際，又將仙姑化爲原貌，諸女子見自己醜態，無不羞愧驚異。

《太平廣記》卷七五〈楊居士〉引自《宣室志》云：

> 海南邵楊居士，有奇術，以此自負；一日使酒忤太守，太守不能容；
> 後又會晏於郡室，閱妓樂，而居士不得預。時有數客，亦不在太守
> 召中，因謂居士曰：今聞太守宴客於郡齋，而先生不得預其間，即

〔註77〕同註68。
〔註78〕《新唐書》列傳第一二九〈明崇儼傳〉，頁5806，鼎文書局。
〔註79〕同註63，第七十五道術〈楊居士〉，頁468。

不能一奇術以動之乎。居士乃爲召其妓：三四美人自廡下來，裝飾
華煥，攜樂而至，以之佐酒。至夜分，居士謂諸妓曰，可歸矣，于
是皆起。明白，有郡中吏曰，太守昨夕宴郡閣，妓樂列坐，無何皆
仆地，瞬息風起，飄其樂器而去，迨至夜分，諸妓方窹，樂器亦歸
於舊所；太守質問眾妓，皆云黑無所見，竟不窮其由。〔註80〕

這則故書和《綠野仙踪》召請仙女的方式、目的雖有別，但性質則雷同。

以上所述乃可徵之文獻者。

十五、其 它

十五所列之法術，或囿於所見、或文獻不足徵，亦不知是否爲作者的創
造變形；凡此皆納入本節，如「昏黑之際、可鑑百步」之功力；給二鬼符籙
一道，仗此可白晝往來人世而不畏陽光；收妖的小葫蘆；雷火珠使用次數更
達十次以上；將草龍化爲三丈青龍之術；紅蠅化蟒；金光挪移大轉運；呆對
法、指揮定身法、借物替身法、移形換影符……等。

〔註80〕《太平廣記》道術第七五〈楊居士〉，頁 468，宋・李昉等編，文史哲出版社，
　　　　民國 76 年 5 月再版。

第四章 《綠野仙踪》的道教思想之二

第一節 渡脫思想與成仙之道

李百川在《綠野仙踪》自序云其寫作動機：

> 昔更生述松子奇蹤，抱朴著壺公逸事，余於列仙傳內添一額外神仙
> 爲修道之士，懸擬指南，未嘗非呂純陽欲渡盡眾生之志。〔註1〕

故其所塑造的小說主角冷于冰，慨然有渡世之心，侯定超序，曰：

> 觀其賑災黎，蕩妖氛，借林岱文煒以平巨寇，假應龍林潤以誅奸權，
> 脫董瑋沈襄於桎梏，捫金珠米粟於海舶，設幻境醒同人之夢，分丹
> 藥玉弟子之成，彼其於家國天下何如也，故曰天下之大冷人，天下
> 之大熱人也。〔註2〕

這段話可作爲于冰承純陽之志的最佳證明，在小說中所有重要的情節，無一
不是渡脫思想的發揮，賑災黎，指第三九回平涼放糧及第七八回平倭後藉崇
明島之財以濟天下窮民；蕩妖氛指藉平歸德師尚詔叛變之際（第三十至第三
五回）；以成全林岱、文煒二人之功名事業；而林潤之得以與誅權奸，乃由於
六四回于冰私傳題目，助其中進士，遂得以與應龍結親，以參倒嚴嵩；並洗
雪父仇（其原名董瑋），此外，更渡脫六弟子證道成仙。

所謂渡脫，意即超度解脫，《隋書・經籍志》四〈道經類〉云：

> 道經者，云有元始天尊，生於太元之先，稟自然之氣，沖虛凝遠，
> 莫知其極。所以說天地淪壞，劫數終盡，略與佛經同，以爲天尊

〔註1〕抄本自序。
〔註2〕抄本題乾隆三十六年洞庭侯定超，刻本題乾隆二十九年春二月山陰弟陶家鶴。

之體常存不減……授以秘道，謂之開劫度人，然其開劫非一度矣。
〔註3〕

渡人的目的在消災解厄，著眼於改變現實的苦難，除了使被渡的眾生獲得現實的滿足之外，亦使具有仙緣的人，超出塵俗，脫然無累於心，共同追求長生之道。《綠野仙踪》的渡脫思想，亦和其它宗教的本質相同，具有關懷現實眾生苦難，普渡眾生，濟世助人的特質，這也是做為一個宗教實踐者的本懷，故洞賓有渡盡天下眾生，方肯飛昇成仙的弘願，地藏王菩薩有地獄不空，誓不成佛的慈悲。

《抱朴子》云：

人欲地仙，當立三百善；欲天仙，立千二百善。〔註4〕

又云：

欲求長生者，必欲積善立功。〔註5〕

可知，濟渡眾生故是修道者的宗教本懷，更關係著自己是否能夠成仙證道；第十四回火龍真人吩咐于冰：

你即隨便下山，周行天下，廣積陰德，若能渡脫四方有緣之客，同歸仙界，更是莫大功行。

第四五回桃仙客傳達火龍真人的旨意給于冰，云：

祖師倒深信你是個上進之士，只是嫌你的功德少些……

于冰遂問「修行二字以何功德為一」，仙客答：

元門一途，總以渡脫仙才為第一功德，……其次莫如救濟眾生，斬除妖孽。

何以火龍真人一再叮囑于冰廣積陰功，渡脫有緣之客的重要？

呂純陽本傳載鍾離權渡純陽子（呂洞賓號），純陽黃粱一夢醒來，求雲房渡之（鍾離權字），雲房謂洞賓曰：

塵心難減，仙才難值，吾之求人，甚於人之求吾也。吾十度試子皆過了，得道必矣，但功行尚有未完。……可以濟世利物，使三千功滿，八百行圓，吾來度子。〔註6〕

〔註3〕《隋書經籍志》，道經類，收錄于《百部叢書集成》第八八部《史經籍志》。
〔註4〕葛洪著《抱朴子‧對俗篇》，正統道藏316冊，太清部，守字下。
〔註5〕同上，《抱朴子‧微旨篇》。
〔註6〕〈呂純陽傳〉，見《消搖虛經》，正統道藏第368冊，藝文印書館，民國61年。

由這段話可知仙才難逢，故以「渡脫仙才」、「渡脫四方有緣之客」爲「第一功德」、「莫大功行」。而雲房之所以未能及時渡洞賓，乃因其功德尚未圓滿，《抱朴子》內篇亦云「積善未滿，雖服仙藥，亦無益也」〔註7〕，可見雖有通天的法術，內丹的修煉，仙藥的服食，若無渡脫眾生的功德，亦無法修道成仙，故冷于冰飛昇前，以明朝氣運將終，告知不邪、錦屏、翠黛、城璧四弟子曰：

> 你四人可隨意變化塵世道士道姑，分行天下，救人災難，廣積陰功，
> 立天仙神仙基業，正在此時。

廣積陰功，是神仙基業，是含有功利意味的自渡色彩在其中。

綜上所述，可知《綠野仙踪》的渡脫思想含有兩層作用：一、是宗教實踐者對人間世的關懷。二、亦是修仙成道的最重要法門。

葛洪云修仙之道，乃在：

> 藉眾術之共成長生〔註8〕

意即在修仙過程必須廣知眾術。第九十回仙吏所送之法帖云：

> 冷于冰自修道以來積善果大小十一萬二千餘件，天仙籍已註名，惜
> 內功不足飛，昇尚需年日。

可見，只是廣積陰功，縱使累積善果，名註仙籍，尚無法飛昇成仙，故小說中屢屢論及內丹修煉之術。又第三八回于冰令弟子不邪采煉丹之藥材，云：

> 仙家到內丹胎成而必取資於外丹者，蓋非此不能絕陰氣歸純陽也。

內修形神，外服丹藥，方能達到長生之境界，故釋滯篇云：

> 欲求神仙，唯當得其至要。至要者，在於寶精行氣，服一大藥便足，
> 亦不用多也。〔註9〕

內外丹修煉的過程中，最要緊的是懂得防身卻禍外攘邪惡之道，故第十回于冰初遇火龍眞人，火龍眞人即贈雷火珠，其本意是：

> 我每知你山行野宿，固是出家人本等，奈學道淺，一遇妖魔厲鬼，
> 虎豹狼虫，徒傷性命。

可知法術的修煉亦是修道者必習之道。道意篇強調方術之重要：

> 任自然無方術者，未必不有終其天年者也，然不可以值暴鬼之橫枉，

〔註 7〕 同註4。
〔註 8〕 同註5。
〔註 9〕 同註4《抱朴子‧釋滯篇》。

> 大疫之流行，則無以卻之矣。……不可以薺麥之細碎，疑陰陽之大
> 氣，以誤晚學之散人，謂方術之無益也。〔註10〕

由上分析，可知《綠野仙踪》的成仙之道，須含有三要素：內丹的修煉、外
丹的服食，此乃修煉形神，養生延年之用；法術的運用，此賴以防身卻禍；
渡脫仙才、濟度眾生、斬除妖孽，以廣積陰功。這三要素是一體的，故單一
的廣積陰功之渡脫思想，並非《綠野仙踪》成仙之道的保證，它尚須結合法
術及內外丹之修煉，方能使修道之士飛昇成仙。

第二節　渡脫思想中的人物

渡脫思想中的人物一節，討論冷于冰及六弟子修仙成道過程。分成四小
節：

一、師父──冷于冰
二、異類弟子──白猿（猿不邪）、妖狐（錦屏、翠黛）
三、謫仙──溫如玉
四、凡夫──連城璧、金不換

一、師父──冷于冰

1. 出身考

第十二回桃仙客讚美于冰爲「到底有仙根人也」，《抱朴子內篇》云得仙
道者所具備之條件：

> 按仙經以爲諸得仙者，皆受命偶值神仙之氣，自然所稟。故胞胎之
> 中，已含信道之性，及其有識，則心好其事，必遭明師而得其法，
> 不然，則不信不求，求亦不得也。〔註11〕

「受命偶值，自然所稟」雖不適用於冷于冰，然從其身世，卻可知其「胞胎
之中，已含信道之性」；從其求道之誠，而知其「心好其事」；從其遇東華帝
君之兩位弟子火龍眞人、紫陽眞人，而知其「必遭明師而得其法」；冷于冰出
身考乃取其先祖冷謙，師父火龍眞人、火龍眞人之道友紫陽眞人三人，以說
明其成仙入道之根基。

〔註10〕同註4《抱朴子・道意篇》。
〔註11〕葛洪著《抱朴子・辨問篇》，正統道藏，316冊，太清部，守字下。

　　小說一開始，便將冷于冰的身世附會於明史有名之道士冷謙，第一回云其祖先冷謙：

　　　　深明道術，在洪武時天下知名，亦周顛、張三丰之流亞也。

關於冷謙之事蹟，可見於張三丰所撰的〈跋蓬萊仙奕圖〉、〈蓬萊仙奕圖〉，根據三丰〈跋〉是冷謙於至元六年爲三丰所作，後來三丰將此圖轉送給丘福，特作此跋以記冷謙生平，簡述此跋如下：

　　　　謙，武陵人字啓敬，中統初與劉秉忠從沙門海雲游，精通百家方術；
　　　　至元間，秉忠爲相，謙乃棄釋業儒；後過淮陽，遇異人，授中黃大
　　　　丹，出示平叔悟眞之旨，穎然而悟。至正間，冷君已百歲矣，綠髮
　　　　童顏；時值紅巾之亂，避地金陵，日市藥，多神效。明太祖時，拜
　　　　太常博士，……君有畫鶴之誣，隱壁仙逝。此卷乃至元六年，五月
　　　　五日，爲余作也，吾珍藏若連城之璧，未嘗輕以示人……〔註12〕

　　由此跋可知冷謙亦是一位撲朔迷離，修道有成之人物，其棄釋、儒而就道，活了幾百歲，終而「隱壁仙逝」，莫知所終，並且明代赫赫有名之道士張三丰有過交往，可見是位活神仙，明書卷一五一亦有冷謙傳，內容與上述大致相同，而更詳言其隱壁之神跡。〔註13〕

　　桃仙客說于冰是「有仙根的人」，故能得火龍眞人之格外提拔，應該是指其得自祖先冷謙的遺傳（而非受命偶值），故評點，曰：

　　　　詳其世家自冷于（此按行文應是「謙」字，抄本中偶有筆誤，亦難
　　　　免）始，爲于冰異時修仙入道之基。〔註14〕

從小說中冷謙與冷于冰之承傳，可知于冰「胞胎之中，已含信道之性」。

　　其次談火龍眞人，《消搖墟經・呂純陽傳》：

　　　　呂巖……後遊盧山，遇火龍眞人，傳天遁劍法。……洞賓既得雲房
　　　　（鍾離權）之道，兼火龍眞人天遁劍法，始遊江淮，試靈劍，遂除
　　　　蛟害，隱顯變化，四百餘年。〔註15〕

〔註12〕張三豐著《三丰全書》卷二古文有〈跋蓬萊仙奕圖〉，37 頁，新文豐出版社，
　　　　民國 67 年初版。又關於此書乃李西月於道光甲辰年（1844）重編，時代稍晚
　　　　於《綠野仙踪》（綠書草創於乾隆十八年即西元 1753 年），然既名重編，且題
　　　　爲三丰所著，則此一書有可能早於百川。
〔註13〕傅維麟纂《明書》卷 151〈冷謙傳〉，423 頁。
〔註14〕抄本第一回。
〔註15〕《消搖虛經》，呂純陽傳，正統道藏第 386 冊，槐字，藝文印書館，民國 51

小說第十回述于冰遇火龍眞人，眞人云：

> 吾姓鄭名東陽，字曉暉，當戰國時避亂山東勞山，訪仙求道，日食
> 草根樹皮八十餘年，得遇吾師東華帝君。……

《綠野仙踪》的火龍眞人雖不等同於道教史上的火龍眞人，但故事模式卻有相通之處：

> 第一，作者自序云其創作動機，乃在寫一修道之士冷于冰，而本懷即純
> 陽渡盡眾生之志。可見渡脫眾生的理想是一致的。
>
> 第二，呂純陽有火龍眞人之遇，冷于冰亦是。
>
> 第三，火龍傳天遁劍法給呂純陽以斬妖降魔；冷于冰亦一再得火龍之賜
> 劍（第十回得木劍以「斬祟除邪」，第六三回得「雪鏤」寶劍，此
> 劍「島洞列仙，八部正神，有背義邪行者，可飛劍於百里之外，
> 妖魔又何足道也」）。

兩相比對，可知後者模式極可能參考前者。

此外張三豐所著《三丰全書》，亦提及火龍眞人與張三丰之關係：

> ……翹首終南山，對天三嘆息，天降火龍師，玄音參一一。……（〈上
> 天梯〉）〔註16〕
>
> ……三丰居士，延佑元年，年六十七，殆入終南，得遇火龍眞人，
> 傳以大道。（〈三丰張眞人源流〉）〔註17〕

上述火龍眞人之史料，旨在說明正史上確有道行高深的活神仙，他渡純陽之模式，極可能爲《綠野仙踪》所參考；而冷于冰與張三丰同有火龍之遇，是否得自史料上冷謙與張三丰之交遊的靈感，則只能存疑，而無法解決。重要的是，了解作者所塑之火龍眞人，並非完全虛構，而有取材於道教史料之用心。

另一位對冷于冰有重要影響的是贈神書的紫陽眞人，第十二回紫陽眞人贈書給冷于冰，並附書一封，道：

> 神書遙寄冷于冰，爲是東華一脈情；
>
> 藉此濟人兼利物，慎藏休做等閒經。

于冰不但收了紫陽眞人的神書「寶籙天章」，且領其法旨，收了第一個弟子猿

年。

〔註16〕同註12，卷四〈玄要篇〉，有〈上天梯〉，89頁。

〔註17〕同註12，卷九，收錄于自題無根樹詞二註〈三丰張眞人源流〉，261頁。

不邪，並借用「紫陽眞人煉丹之所」的玉屋洞（第十二回），爲後來「遊行天下，到處裡除妖斬祟，濟困扶危」（第十二回）的神仙事業立下根基。

　由上述，可知其與紫陽眞人之關係匪淺；道教史上的紫陽眞人乃全眞道南派五祖之一〔註18〕，據《歷世眞仙體道通鑑》卷四十九，載：

> 張伯端，天台人，少無所不學，浪迹雲水，晚傳混元之道而未備，孜孜訪問，遍歷四方，宋神宗熙寧二年，陸龍圖公詵鎭益都，乃依以遊蜀，遂遇劉海蟾，授金液還丹火候之訣，乃改名用成，字平叔，號紫陽，修煉功成，作悟眞篇，行於世。〔註19〕

紫陽眞人之《悟眞篇》學術價值極高，《四庫全書總目》卷一四六評價道：

> 是書專明金丹之要，與魏伯陽參同契，道家并推爲正宗。〔註20〕

紫陽眞人在道教史上雖屬內丹修煉一派，但在《綠野仙踪》一書中卻不傳丹法，而傳了「篇篇俱是符咒」的法術之學——「寶籙天章」給于冰。而更妙的是火龍眞人所授于冰的內丹之學，竟部分取自張伯端《金丹四百字序》的「三花聚頂、五氣朝元」之釋義（見本文第三章第一節），且小說中所強調的「性命兼修」之觀念，亦爲張伯端所本：

> （紫陽曰）我金丹大道，性命兼修。〔註21〕

像這樣錯綜複雜的安排，我以爲很難穿鑿附會於道經上所提供的任何資料，唯一可能的解釋只能就《綠野仙踪》的本文解釋，那就是：紫陽眞人與火龍眞人同是東華帝君〔註22〕門徒，兩人的關係是師兄弟（見第十二回），淵源既然相同，則所學相近。而紫陽眞人何以傳法術給于冰，而非丹訣？前述火龍眞人（第十回）所傳予于冰者側重在內丹修煉，紫陽眞人則側重在法術的修煉，以助其斬妖除魔，濟度眾生，二者兼顧，適可成就于冰之神仙事業。

　冷謙的遺傳，火龍眞人、紫陽眞人之指點，這三人代表于冰家學、師學

〔註18〕全眞南派五祖爲：張伯端、石泰、薛道光、陳楠、白玉蟾。
〔註19〕《歷世眞仙體道通鑑》卷49有〈張用成〉傳，286頁，收錄於《道藏要籍選刊》第六冊，上海古籍出版社，1989年初版。
〔註20〕《四庫全書總目提要》卷146評〈悟眞篇〉，台灣商務印書館，民國72年。
〔註21〕同註19。
〔註22〕《道教大辭典》釋「東華帝君」：天界先天眞聖也。引《搜神記》云，東華帝君，絕習在道氣凝寂，湛體無爲，將欲啓迪玄功，生化萬物，先以東華至眞之氣，化而生木公，亦號東王公焉。與西華金母，共理二氣，而育養天地，陶鑄萬物。凡天下三界十方，男子之登仙得道者，乘所掌焉，376頁，浙江古籍出版社，1987年初版。

之淵源，亦是其成仙入道之根基。因其修道之基源此三人，故本節名為出身考。

2. 修道的意義

道教信仰的特色在追求長生不死之術，《抱朴子‧勸求篇》云：

> 天地之大德曰生，生好物者也。是以道家之所至秘而重者，莫過乎長生之方也。〔註23〕

《綠野仙踪》的冷于冰本汲汲功名，為了仕途，他做了嚴嵩幕僚，因不甘與其同流合污，得罪了嚴嵩，最後丟了功名，此後得聞宰相夏太師、忠臣楊繼盛被斬、親睹業師王獻述，好友潘士鑣因病遽逝，政治的黑暗，生命的無常，使他覺得「人生世上趨名逐利，毫無趣味」（第五回），他最後參透這人世的功名富貴及情感的束縛，決定拋妻棄子，割絕俗念，第五回〈警存亡永矢修道志〉，其云：

> 因動念死之一字，觸起我棄家訪道的心。……我如今四大皆空，看眼前夫妻兒女無非是水花鏡月，就是金珠田產也都是電光泡影，總活到百歲，也脫不過一死字，苦海汪洋，回首是岸。

功名累心，富貴累形，人生雖有百年期，然「昨日街頭猶走馬，今朝棺內已眠屍」〔註24〕，功名利祿等俗慾拘絆，正是使人「荒亂迷惑，忘其所始，喪其所歸，至不得與無情木石，有知鹿豕，終天年者」〔註25〕之由，其絕意出家是冷，唯冷「乃可以平嗔貪欲之橫行而調財色之正規」〔註26〕，又念及自我「設或魂消魄散，隨天地氣運化為烏有，豈不辜負此生」（第十回），他所追求的是「百年外之福」〔註27〕，故歷經磨難，以求「金丹大道（第十回）」，因為只有金丹大道，才能使其超凡脫俗，長生不死，飛昇成仙，《悟真直指》云：

> 學者欲脫生死，須學天仙。欲學天仙，非金丹大道不能。〔註28〕

〔註23〕同註11《抱朴子‧勸求篇》。

〔註24〕劉一明註《悟真直指》卷一，328頁，收錄于王沐選編《道教五派丹法精選》第五集。

〔註25〕抄本侯定超序。

〔註26〕同上。

〔註27〕抄本第十五回冷于冰回鄉探妻兒，已得仙道的冷于冰對妻子說：「百年內之福，我不如你；百年外之福，你與我不啻天淵。」

〔註28〕同註24，331頁。

冷于冰的出家，所追求的是長生不死的神仙之術。

　　然其得道之後，並未捨離紅塵，作者反而安排其濟世斬妖，並與小說中的政治環境，密切相關，這使得冷于冰的出家，充滿了積極的意義，侯定超序云：

　　　　三家村中學究讀綠野仙踪，見冷于冰名猶慕之曰，道在是矣。彼烏
　　　　知天下之大冷人，即天下之大熱人也。〔註29〕

他在訪仙求道的，並沒有忘記污濁黑暗的現實環境，他要戲法戲弄嚴嵩父子，以懲罰其聚斂無厭；解救忠良後裔沈襄、董瑋，並協助其參倒嚴氏父子；師尚詔叛亂，他與秦尼鬥法，成爲戰場上功蹟最大的無名英雄；倭寇叛亂，他藉崇明島之財以賑災黎。他得道之後，便想著回鄉探妻兒；濟渡眾生便念及對自己有情有義的兄弟連城璧，又拯救自己的親戚周璉免於妖邪所惑。幾次渡脫溫如玉，只因他俱仙根；收了異類猿不邪、妖狐錦屏、翠黛爲弟子；飛昇之前，知明朝氣數將盡，殷殷囑咐諸弟子，濟渡眾生，他名叫冷于冰，其實于國家于天下都是最熱心的人。

　　出家是冷，濟世是熱，「淡然無欲者，冷也；欲立欲達者，熱也」（侯序），冷于冰的形象，即「以冷熱二字，……爲一部之金鑰」。徐君慧在〈三個叛逆的男性〉一文中，比較《紅樓夢》的賈寶玉、《儒林外史》的杜少卿、《綠野仙踪》的冷于冰云：

　　　　他（于冰）的修道和成道後的作爲，似乎比杜少卿的歸儒、賈寶玉
　　　　的逃禪，更有意義些。〔註30〕

這一觀點，是可以認同的。但他以「于冰虛誇以道法濟世，則純全是荒謬，反而麻痺了人們的意志，轉移了鬥爭的目標」（出處同上），此一觀點則忽略了小說中政治社會背景所反映的意義，不論作者所欲呈現的是嘉靖時代黑暗的政治、社會環境，或是有心的「借明喻清」〔註31〕，在一個充滿無力感的時代渴求活神仙所帶來的正面力量，不也是善良、受苦的眾生所期待的！

〔註29〕同註25。
〔註30〕徐君慧著《古典小說漫話》有〈三個叛逆的男性〉一文，341頁，巴蜀書社，1988年初版。
〔註31〕蔡國梁著《明清小說探幽》，有〈評綠野仙踪的寫實成就〉一文，云：這上自朝廷、下及鄉野的「百鬼圖」，顯然有著雍正、乾隆時期現實的影子（百川先生乃清人）。從作品的具體情節，讀者的確可以感到作者借明喻清，緣事而發的意圖和苦心。木鐸出版社，民國76年初版。

二、異類弟子

白猿——猿不邪

李百川《綠野仙踪》自序中認為，要創造一部「耐咀嚼」的好小說，絕不可「千手雷同」、「捕風捉影」，而要「破空搗虛」、「攢簇渲染」，但他在塑造猿不邪這一角色，不免蹈襲前者，而與中國傳統的白猿故事密切相關，對於小說作者無法履行其藝術理論，我們寧可借用前人之話：「此等熟典，已成公器，同用互犯者愈多，益見其為無心契合而非厚顏蹈襲」，本文即探討猿不邪與猿猴故事的關係在小說中的意義。

第十二回寫謝二混之閨女：

> ……也十八九歲了，從三四年前就招上個邪物，起初不過是夢寐相
> 交，明去夜來，這二年竟白天裡也有在他家的時候，只是聽的妖物
> 說話卻不見他的形象，前後請過幾次法師也降服不下，……

同回，寫于冰降服此一「蒼白老猿猴」，此猴云：

> 小畜焉敢胡為，只因謝女原是猴屬，謝女不壽，為異類殞命兩次，
> 小畜已修煉幾千餘年，此女前後已轉四世，小畜皆隨地訪察配合夫
> 婦，不意他于數年前又為屌傷，前歲始訪知他轉生人身，與謝二混
> 為女，因此舊緣不斷，時去時來……

由上分析可知，此猴：

（1）淫念甚重

（2）法力甚高

（3）具有「夫婦之情」的人倫

（4）修煉千年之白猿

猿不邪尚未為于冰之弟子前，其形象大約如此，據此探討其與猿猴故事之關係，以說明其在小說中何以被塑造成上述形象。

從唐傳奇開始，猿猴故事便邁入小說的領域，無名氏〈補江總白猿傳〉，其故事梗概如下：

> 歐陽紇略地至長樂。紇妻纖白，甚美。其部人曰：地有神，善竊少
> 女，而美者尤所難免。爾夕，陰風晦雨，忽若有物驚悟者，即已失
> 妻矣。既逾日，忽於百里外叢篠上，得其妻繡履一隻。紇遂持兵負
> 糧，求之益堅。又旬餘，南望一山，至其下，有婦人數十，紇妻亦
> 在其中；因與諸婦相謀計以殺神物，諸婦以玉杯進酒，待其醉，出

　　招紇，紇持兵入，見大白猿，殺之。〔註32〕

此一白猿自云「年已千歲」；所盜之女「色衰必被提去，莫知所置」，可知此猿淫念極重，所喜者乃年輕貌美之女子；雖未直言其修煉千年，然「力能殺人，雖百夫操兵，不能制也」，故諸婦視爲神物；又「所居常讀木簡，字若符篆，了不可識」、「晴晝或舞雙劍，環身電飛、光圓若月」、「日始逾午，即欻然而逝，半晝往返數千里，及晚必歸，此其常也。所須無不立得」，可知法力頗高。《綠野仙踪》之白猿與之相較，二者之特性相近。不同的是，《綠野仙踪》之白猿與謝女結爲夫婦已有四世，而謝女「原是猴屬」，其尋謝女，是爲了再續前緣；然因謝女今生已轉身爲人，使得這份關係有了人獸不相交的變化，故此猿被冠上「邪物」之名，觀其干擾謝女之動機，實具合理性。且此猿雖淫念甚重「明去夜來」，但並無搶奪濫交同類（指猿）或異類（指人），獨鍾情於原是同類的謝女，流露出具有「夫婦之情」的人倫，使其罪情可憫；從上述比較可知，此猿之特性雖有《補江總白猿傳》之舊痕，然其品質情操則勝於前者。

　　馮夢龍《喻世明言》有一篇〈陳從善梅嶺失渾家〉，直承白猿傳的系統，與《綠野仙踪》的白猿，形象更爲接近，故事大要：

　　　宋徽宗年間，秀才陳辛，娶妻張如春，年方二八，生得如花似玉。後辛中進士，授官廣東南雄沙角鎮巡檢司。夫妻一同赴任。大羅仙界紫陽眞人，見陳辛奉僧齋道，好生志誠，知其夫妻有千日之災，特遣道童護送。一路上此童裝瘋做痴走不動，陳辛聽夫人之言，遣走道童。梅嶺之北有一申陽洞，洞主乃猢猻精申陽公，興妖作法，攝偷可意佳人，見張氏貌美，設計劫之。陳氏無奈，只好先上任，任滿北返，行至紅蓮寺訪大惠禪師，請示尋婦之道。禪師告以申公常至寺聽經，且只怕紫陽眞人，陳辛乃請禪師轉懇眞人，眞人活捉申公，夫妻團聚。〔註33〕

白申公之特性：

　（1）好色：攝張氏之前，已有牡丹、金蓮二女子，皆劫之而得。

〔註32〕無名氏〈補江總白猿傳〉收錄于《唐人傳奇小說》，世界書局，民國 74 年 8
　　　　版。
〔註33〕〈陳從善梅嶺失渾家〉收錄于明・馮夢龍編《喻世明言》第 20 卷，文化圖書
　　　　公司，民國 77 年。

（2）法力高強，修煉千年，紅蓮寺長老云：「此怪是白猿精，千年成器，
變化難測。」

（3）精神境界甚高，申陽公常到寺中「聽說禪機」，竟告長老其煩惱是：
「小聖無能斷除愛慾，只爲色心迷戀本性，誰能虎項解金鈴？」

（4）雖聽聞佛法，「只怕紫陽眞人」。

白申公之好色、法力高強與〈補江總白猿傳〉一樣，故此不再重述其與
《綠野仙踪》之差異，而僅就其精神境界和本書之白猿相較。從故事的演進
可以看出白申公的特性更接近《綠野仙踪》的猿不邪，此白申公，竟是有心
向道之士，他常聽聞禪理，而苦惱自己的愛慾未斷除；《綠野仙踪》的猿不邪
雖貪執愛慾，卻也三度跪求眞人渡脫，（第一、三次紫陽眞人分別以其「塵心
未斷且又與我無緣」、「行爲乖戾、教下難容」之由拒之，第二次則跪求紫陽、
火龍二眞人，卻遭大笑，以不屑收在門下。）比較二者，其向道之心皆非常
強烈。

從上述可知，猿不邪的形象與猿猴故事非常密切，但這並非說〈補江總
白猿記〉、〈陳從善梅嶺失渾家〉二文之白猿是猿不邪的原型，因爲這兩篇故
事也是逐漸演進而來，只是此二文中之白猿，其特性和猿不邪相近者甚多，
爲了方便取證，我們擇取這兩篇故事比較說明，其他有關於猿不邪的特性，
在傳統的白猿故事或具有其特性之一、或具有其特性之二，不一而足，讀者
可詳見鄭明娳著〈孫行者與猿猴故事〉〔註34〕一文，以知其演進。

接著探討猿不邪的任務及名字的意義：

第十二回紫陽眞人雖拒收猿不邪爲徒，但卻囑其看管玉峰洞和「寶籙天
章」，並予其一線希望：若于冰願收其爲徒，則與他做弟子。紫陽眞人爲什麼
要派這項任務給他？意義何在？何以選中此猿？

第十二回說「寶籙天章」「篇篇俱是符咒」，而傳說中的道教仙經秘籙經
常藏於深山絕壁中〔註35〕，以待有緣人來取，《太平廣記》卷九的王烈，「年

〔註34〕鄭明娳著〈孫行者與猿猴故事〉，收錄于《主題學研究論文集》，陳鵬翔主編，
　　　　東大圖書公司，民國72年，初版。

〔註35〕這一說法引自胡萬川先生，其云：道教的修行者一向就有著山居獨處，以求
　　　　靜修的響往。深山苦修而後得成正道，是道教傳說裡很普遍的故事。傳說中
　　　　的道教仙經秘籙之所以經常藏於深山絕壁，便是由此而來。上引出自胡萬川
　　　　著《平妖傳研究》第三篇〈四十回本增補的主要環結──玄女、白猿、天書〉，
　　　　123頁，華正書局，民國73年初版。

三百三十八歲，猶有少容」乃一有道之士，入深山，「見一石室，室中白石架，架上有素書兩卷，烈取讀，莫識其文字」、卷十一的左慈，學道，「坐致行廚，精思於天柱山中，得石室中九丹金液經」，卷四十六的王太虛，夙志崇道入洞屋，得「黃庭寶經」一卷〔註36〕。《綠野仙踪》的「寶籙天章」亦屬仙經秘籙，而「玉峰洞」則是「紫陽真人煉丹所在」，小說作者交代「後來于冰遊行天下，到處裡除妖斬祟，濟困扶危都是在這玉屋洞修煉的根基」（第十二回），而于冰得此根基，與神書之助有關（第十二回載于冰在玉峰洞「煉習神書」）。「寶籙天章」既有如此法力，若落入奸人之手，豈不誤盡蒼生！而修行若無好的道場，則容易招致邪魔（第十二回紫陽真人交代不邪好好保管、勿招異類）干擾；故需找一妥當人選看管。然何以挑中猿？

曹植〈辨道篇〉，云：

> 仙人者，儻猱猿之屬，與世人得道化爲仙人乎？〔註37〕

在古人的心目中，竟有著仙人是「猱猿之屬」的疑問！胡萬川先生分析仙經秘籙的守護者，何以選擇猿的原因是：

> 有關動物的寓言或神話，其行爲的特性通常總是與人們對那種動物屬性的認定有關。在古老的人們的心目中，其他動物或者太凶猛，如虎豹，或者太狡詭，如狐狸，因此看守天書這種既乏味卻又莊重的工作，便較不可能會聯想到他們身上。……在這種情形下，那次人一等，既像人，又像仙，可是又不是人也不是仙的猿，便是最恰當的角色。更何況在實際的山林世界中，山猿常見，仙人可不常見。
>
> 〔註38〕

看守天書的猿，是指修道有成的猿精猿神，而非普通的凡猿〔註39〕，而猿不邪雖塵念未泯，然畢竟「修煉幾千年」（第十二回）且雖具猴形，「卻本來沈靜」（第三八回），更重要的是向道之心極強，派他看守「寶籙天章」和「玉峰洞」對他也是一種考驗和希望：若能順利達成任務，則可求有緣人冷于冰收其爲弟子。

何名「猿不邪」？猿者「心猿」，西遊記十四回目標明「心猿歸正，六

〔註36〕《太平廣記》卷九〈王烈〉，61頁，卷11〈左慈〉，77頁，卷46〈王太虛〉287頁，宋李昉等編，文史哲出版社，民國76年再版。
〔註37〕曹植〈辨道論〉。
〔註38〕同註35，124頁。
〔註39〕同註35。

賊無蹤」〔註40〕，「不邪」則指心之持志不邪，持志不邪，即能成仙，猿不邪曾沈溺於色慾、愛慾之中，故取名不邪乃戒之在色，其後得于冰指點，修煉成人形後，「又想起當年與謝二混女兒苟且，雖係前生夫婦，到底有虧品行，今再修煉成一少年形象，殊覺可恥，于是化爲個童顏鶴髮長鬚美髯道人」（第三八回），可見其證道之心。

狐弟子——錦屏、翠黛

《綠野仙踪》的錦屏、翠黛皆修煉千年之狐，化爲美女，接近男色，採捕精氣，後遇于冰收爲弟子（于冰得其父之助，獲《天罡總樞》一書，後爲報恩，始渡其女），修煉正道，名列仙班。

前文談到，猿居深山及其形狀，給人似仙非仙的懷疑，故猿猴之修道成仙與其本身的動物特性有關，那麼狐呢？古典小說對狐的觀念是什麼？

《太平廣記》卷四四七〈說狐〉云：

狐五十歲，能變化爲婦人。百歲爲美女。〔註41〕

狐化爲美女，則常以媚術蠱惑男人，故雌狐常給人以淫婦的印象，《太平廣記》同卷引《搜神記》的故事〈陳羨〉一則，云：

狐者，先古之淫婦也。〔註42〕

美而淫，是能變化成婦人的雌狐特性，《綠野仙踪》的錦屏、翠黛亦不脫此形象，第四五回描述這對狐姐妹：

……中間二位美女，一位有三十四五年紀，生得修眉鳳眼，檀口朱唇，娘娘婷婷，大有風態；后面一個生的更是齊整，年紀十八九歲，星眼娥眉，朱唇玉齒，面若出水芙蓉，身似風前若柳，湘裙飄蕩，蓮步移金，眞是千萬妖嬈。

前者是錦屏，後者是翠黛，兩人皆化爲美女，自稱公主，謊道「是西王母之女，因爲思凡降謫人間」（第四五回）。城璧誤入驪珠洞，錦屏強迫其與翠黛結婚（此時連城璧已隨于冰修煉，二狐尚未入于冰之門），城璧不肯，道「我沒見個神仙還急的要嫁人」（第四五回），逃脫不得，只好大罵「你們這一窩子，都是這般無恥」、「我正要捽死你這淫婦」（第四五回），這是藉城璧之口述其淫。二狐何以要化成美而淫之女子接近男子，乃是爲了「採男子之眞陽

〔註40〕西遊記十四回目「五行山心猿歸正　孫悟空除滅六賊」，文化圖書出版公司。
〔註41〕同註36，《太平廣記》卷447〈說狐〉，3652頁。
〔註42〕同上，〈阿紫〉，3653頁。

滋下元之腎水」（第七二回），即以「豔色蠱惑，攝君精氣」〔註43〕，正如《閱微草堂筆記》所云：

> 狐之媚人，爲採捕耳，非漁色也，然漁色者亦偶有之。〔註44〕

又載一狐對人自白曰：

> 凡我輩女求男者，是爲採捕。〔註45〕

錦屏、翠黛皆「修持各一千六七百年」（第七二回）之狐，故尋求與其交合的男子，必是像冷于冰、連城璧這類修道之士，而非凡夫，方能抗其功力，故第四五回錦屏道：

> 世上俊俏人物固多，俱是凡夫，無奈他到我們手内命運不長，多則一月，少則二十餘天，就精枯力盡，便成無用之物，這還是稟賦強壯的，若似薄弱人，不過十天半月就死了。……這冷于冰等他們是會凝神煉氣鎮固元陽，至平常也支持八九年……

化成美女，以色媚人，是採男子眞陽之捷徑，然既已是千年修煉成人之妖狐，又何以汲汲採補男精？《閱微草堂筆》說狐之求仙有二途：

> 1. 採精氣，拜星斗，漸至通靈變化。然後積修正果，是爲由妖而求仙。然或入邪僻。則干天律，其途捷而危。
> 2. 先煉形爲人，既得人，然後講習内丹，是爲由人而求仙，雖吐納導引，非旦夕之功，而久久堅持，自然圓滿，其途紆而安，顧形不自變，隨心而變。〔註46〕

傳說狐「千歲即與天通，爲天狐」〔註47〕，二狐之父雪山道人，自稱「天狐」，「奉上帝勅命在上界職理修文院吏，稽查待命書籍」（第四五回），于冰初見雪山道人「滿臉道氣」便知其是「大有根行之人」，而證「異類亦可做金仙」（第四五回）之言不假；而其女錦屏，翠黛皆各修持一千六七百年，且採補精氣，所行乃由妖而求仙之捷徑，然何以未能如其父雪山道人般名冊仙籍，掌管天職？

第七十二回于冰告誡二狐之道友梅大姑（此狐之母曾以媚術惑于冰不

〔註43〕清・紀曉嵐著《閱微草堂筆記》卷三〈灤陽消夏錄〉之三，49頁，博元出版社。
〔註44〕同上，卷九〈如是我聞〉之三，159頁。
〔註45〕同註43，卷七〈如是我聞〉之一，125頁。
〔註46〕同註43。
〔註47〕同註41。

成，反爲于冰所殺），云：

> 當日你母親已修道千年，再加精進便可至天狐的步位，他卻不肯安
> 分，屢次吸人精液，滋補自己天陽，死在他手內人也不知有多少，……
> 如此行爲必不爲天地所容……

二狐所修者亦是採補之道，傷害人命，有失忠厚，故于冰一再告誡：

> 盜人之精而益己之精；吸人之髓補己之髓，忠恕先失，甚至淫聲豔
> 語，獻醜百端，究之補益亦屬有限，況舍己之皮肉爲人之皮肉點污
> 戲弄，恐有志成仙者，不肯如此下賤也。（第七二回）

而于冰所授者乃「煉精化氣，煉氣化神，煉神合道」之法，其分析煉丹的層
次，火候的掌握，二狐始知煉形服氣，吐納導引，性命兼修，方是求仙之正
道，而有所醒悟道：

> 道雖小同，其實大異，人畜之類，即此以定貴賤。（第七二回）

故知其別在於：

> 煉形服氣者，如積學以成名；媚惑採捕者，如捷徑以求售。然游仙
> 島，登天曹者，必煉形服氣乃能，其媚惑採補，傷害或多，往往干
> 律。〔註48〕

且：

> 凡丹由吐納導引而成者，如血氣附形，融合爲一，不自外來，人勿
> 能盜也。其由採補而成者，如劫奪之財，本非己物。〔註49〕

可見二狐修煉千年，無法名冊仙籍之由在此。

冷于冰破除二狐「採補」以修仙道的不當之後，錦屏大悟，走向正道，
而翠黛則再受魔考，方得正果，第九七回〈淫羽士翠黛遭鞭笞　戰魔王四友
失丹爐〉，錦屏已不爲幻境所惑，而翠黛不但走入幻境，且與名字具有警悟
意義的「色空」羽士性交（色空者，色即是空），不但飽受色空羽士的蹂躪，
且遭后土夫人的責罰；這是回應冷于冰在第七二回告誡之言「壞道必先壞
念，念頭一壞，收拾最難」，故雖不再採補以媚人，然無法「斬斷情緣，割
絕慾海」（第七二回），則隨時有墮落、退道的可能。幻境的考驗，正是針對
翠黛好淫的弱點設計的，《綠野仙踪》的評點者，云：

> 此冷于冰投其所好，亦堅其道念之一策也，況此後男子美貌斷無再

〔註48〕同註43，卷十〈如是我聞〉之四，188頁。
〔註49〕同註43，卷九〈如是我聞〉之三。

　　出羽士上者，總有少年眉目清秀，人又何足以動其身心哉（第九七
　　回評點）

翠黛受了此番磨難，凡心盡淨。翠黛的歷劫，也說明了《綠野仙踪》所重視
的是「性命兼修」之道，印證了于冰所說「心者，神之舍」、「入手功夫總以
清心為第一」、「壞道必先壞念」、「神不內守則性為心意所搖」諸言。冷于冰、
火龍真人分別在二十、四十年後試煉二狐，二狐皆「志堅冰霜」（第九七回），
「一百七八十年後，皆名列仙籍，晉職夫人」（第九七回）

三、謫仙──溫如玉

　　《太平廣記》卷五，引葛洪神仙傳一條，節錄如下：

　　陳安世京兆人，為權叔本傭賃，稟性慈仁。叔本好道，有二道人託
　　為書生，從叔本遊，以觀試之，叔本不知其為異人也，久而益怠。
　　書生問安世曰：爾好道否？曰：無緣知之。曰：審好道，明日早會
　　道北大樹下。安世承言，早會道北大樹下。安世承言，早往，無所
　　見，曰：書生詐我哉！三期，安世輒早至。乃以藥授安世，後仙去。
　　〔註50〕

可見若本具仙分，或與神仙有緣，雖多經磨難，然神仙總願一再來渡脫成仙，
趙幼民分析〈元雜劇中的度脫劇〉亦指出「度脫劇中三度的原則，也只是對那
些與神仙有緣的人，並非是對每一個人」〔註51〕，《綠野仙踪》的溫如玉〔註52〕，
便是「上界謫仙，名登紫府」（第三六回），其「仙骨非一生一世所積」（第三六
回），故冷于冰立言：「一次不能，我定用兩三次渡他」（第三六回），整個故事
情節的發展，便寫溫如玉由富貴榮華的紈袴子弟變成一個顛沛流離，一無所有

〔註50〕見《太平廣記》卷五，〈陳安世〉。
〔註51〕趙幼民〈元雜劇中的渡脫劇〉，收錄於《文學評論》第五、六集。
〔註52〕據《明人傳記資料索引》載：溫如玉字孟醇，號少谷，鄞縣人。嘉靖三十二
　　　　年進士，除行人，擢監察御史，出督兩淮鹽政，公私稱便。一按山東按察司
　　　　副使，以疾乞休卒，年四十二。關中，再按吳下，風采凜然，權墨屏跡。
　　　　如玉天性孝友廉潔，居家恂恂長厚，即山縣門閥無相當者一，不以氣勢加于
　　　　鄉人亦不有溫御史家也。至屢為執法官，亢直守文，所彈劾不避貴近諸敢，
　　　　歷俱焯著聲績乃垂歿，之言，尤朗朗可念，宜無愧于古之易簀云。
　　　　《綠野仙踪》有借鑑歷史人物之特點，然比對小說與歷史所述之溫如玉，其
　　　　行徑相悖：觀史之如玉：氣節凜然，另弇州山人四部稿，亦載如玉事蹟，與
　　　　前文所載相符。

的失意人，其間于冰一再渡之，皆不能點醒，直到火龍眞人受諭以一夢渡脫之，如玉方肯入道。

本文就冷于冰渡脫如玉的過程分成三階段討論：

1. 未入夢前的如玉——于冰以實境點化
2. 入夢、夢醒之後的如玉——于冰以夢境渡脫
3. 幻境中的如玉——于冰以幻境考驗

1. 實境點化

所謂「實境」是指渡人者冷于冰直接藉由溫如玉眞實人生的坎坷際遇，點化執迷不悟的被渡者溫如玉。

如玉乃一宦家子弟，花柳情深，名利念重，好嫖賭、濫交誼，城璧初見之，說他「滿面輕狂，走一步都有許多不安分在腳下」，于冰憐他：

> 根氣非止一世積累，其前幾世必是我輩修煉未成，致壞道行者，他
> 不但有仙骨，細看還有點仙福。（第三六回）

爲了接近如玉，投其所好，耍了「魚遊春水」，「向日移花」，「空中蕭鼓」等戲法，引動如玉好玩之心，自動求法，而告知其乃「上界謫仙，名登紫府，原非仕途中人，功名實不敢許」，而勸其「永破長夜之室做一不死完人」（第三六回），不料，卻惹得如玉滿面怒容，于冰只得告誡近日內奇禍將至，而藉大罐逃遁。接著，如玉被誣陷在師尚詔一役中藏窩叛賊，不但遭受牢獄之災，家產花費殆盡；與尤奎、谷大恩等人合作生意亦遭騙；母親、妻子又相繼病逝；卻毫無覺悟，反倒變賣祖居，沈溺於妓女金鍾兒，于冰雖心裡罵其「身穿孝服，就做此喪良無恥之事」（第四四回），然見其云：「富貴功名四字未嘗有片刻去懷」，只得告知「欲求功名富貴，必須到遠方一行」。而後如玉又遭家僕韓思敬騙走所剩之財，所愛之金鍾兒又爲其身亡，方思尋于冰，以求名祿。

黃庭內景經云：「血脈平和之極，則聖胎成，脫胎而出，可以奪造化之功，以成仙道」，修道之人，歷經累世修爲，喜怒哀樂愛惡懼諸七情六慾雖漸趨平和，然卻往往因一時觸犯仙規、或起凡心，致行爲失檢而被貶人間，由於再世爲人的懲戒，使其累世修爲，毀於一時，必再經歷人世間的種種劫難，再遇仙人，方得重入正道。這也是爲什麼溫如玉與冷于冰同是具有仙根之人，其入道之歷程大相逕庭之由，冷于冰得其先世冷謙的遺傳，不但是一氣質沈穩，飽讀詩書之仕宦後裔，再受過嚴嵩的迫害之後，卻能看破功名、拋妻棄子、割愛斷慾，雖曾爲和尚所騙，依然不屈不撓，始得火龍眞人垂憐。而溫如玉，生長於富貴

之門，卻不能看破權勢財富本是修道者的業障，候定超序云：

> 緣人巍然中處，參乎兩儀，爲萬物靈，顧乃荒亂迷惑，忘其所始，
> 喪其所歸，至不得與無情木石，有知鹿豕終天年者，總由一熱字擺
> 脫不出耳。熱者一念分歧萬徑，而緣其督者，氣也，財也，色也，
> 酒也」〔註53〕

其名溫如玉，其實是暗喻其乃一「沈溺於酒色財氣但卻具仙根之璞玉」，溫如玉的行徑充分說明其迂腐、愚痴，不懂世情的敗家子性格，又因其乃修煉未成，但已名登紫府的謫仙，故劫難重重，終難覺悟，其後思尋于冰，亦是求功名富貴；後蒙于冰再三渡化，方肯入道。這和「冷于冰」對世情俗情的冷，以及爲求長生之道和渡化眾生的熱，恰成對比。

　　未入夢前的溫如玉，主要在說明如玉如何從富貴的仕宦子弟，墮落成一無所有的失意人；而于冰的兩次點化，亦無指望其立回道門，點化的效用不大，但卻是爲第二段的「夢境渡脫」作準備。

2. 夢境渡脫

　　正面的點化，溫如玉不肯接受，亦無覺悟；于冰只得再設一夢境，從側面渡脫。此一夢亦是中國古典小說之俗套，但在本文自有其特殊意涵。

　　第六五回至七十回，寫如玉入大覺園，心上迷迷糊糊，身體困倦起來，猛睜眼，已在「華胥國」界。如玉被誤認爲槐陰國奸細，卻因禍得福，得衡文殿說書之職；因公主青睞成爲駙馬；生子延譽、延壽，皆與達官貴人婚配。不料「槐陰國」大舉入侵，如玉臨危受命，得于冰符籙之助，大破塊陰國，封爲甘棠嶺侯領大丞相之銜，備受人民愛戴。未幾，國王逝世，太子上任，嫌其威權過重，將甘棠嶺封地收回；其子爲奸人所害被加以反叛之名；「邯鄲國」大舉進攻，如玉臨危受命，欲仰仗于冰符籙之助，然符上寫道「冷某實無計可施」，如玉被擒，刀頭落地，大叫一聲，方知是夢。于冰領其尋夢，指出華胥、槐陰、邯鄲諸國及遊魂關地名乃借用四大夢之書名，此四大夢者：華胥夢、邯鄲夢、槐陰夢、蝴蝶夢。如玉醒悟，遂隨于冰修道。

　　如玉夢中之「邯鄲國」乃本唐傳奇〈枕中記〉之邯鄲道名；于冰以〈邯鄲夢〉又名〈黃梁夢〉，乃本《太平廣記》卷八二呂翁故事，此篇將傳奇文中「主人蒸黍未熟」句，改作主人蒸黃梁爲饌。明人湯顯祖作〈邯鄲記〉劇本，

〔註53〕收錄于百回抄本。

亦本於此。「槐陰國」本唐傳奇〈南柯太守傳〉；湯顯祖有〈南柯記〉劇本，然所表達是佛教思想主題。

基本上如玉一夢之文學結構，是二者影響下的產物，比較其結構圖，便知是屬同一原型結構：

①夢前之盧生（現實失意）→道士呂翁（人生智慧的啓蒙者）→慾望之盧生（入夢境（遂願））→夢醒之盧生（回歸現實）→重生了悟（再拜而去）

②夢前之淳于棼（累巨產至落魄）→入夢境（富貴榮華）→夢醒之于棼（尋夢之所）→重生了悟（棲心道門）

③夢前之如玉（神仙渡脫。由富貴至失意）→神仙冷于冰（渡者）→慾望中之如玉（入夢境（遂願））→夢醒之如玉（回歸現實尋夢之所）→重生了悟（棲心道門）

再就主題思想比較：

南柯太守傳之淳于棼一夢醒後，重尋夢之所在，遂：

感南柯之浮虛，悟人世之倏忽遂棲心道門，絕棄酒色。

功名富貴的虛幻感，乃自悟自覺而得。而枕中記之盧生，雖得懷有神仙術的呂翁指點，然其了悟人生之道後，謝曰：

夫寵辱之道，窮達之運，得喪之理，死生之情，盡知之矣。此先生所以窒無欲也。敢不受教。

遂「稽首再拜而去」，並無隨呂翁修道之意。

再觀如玉一夢，乃于冰「略施小術」以渡脫其修道之法，故第六九回有邯鄲國大將鐵里模糊，拔刀斬如玉之首的「惡境頭」，趙幼民〈元雜劇中的度脫劇〉一文云：

在度脫劇中所使用的夢境的手法，往往都帶有這麼一個生死相對存在的問題。生與死的感覺，強烈的觸及到真實人生，而在夢境中由度人者使出「惡境頭」的出現，常會讓人深切體悟到命在旦夕的恐怖感覺，並且也惟有在面對死亡，身臨死亡的時候，「人」才會有所省悟。〔註54〕

如玉一夢之惡境頭便具有相同的意義。如玉夢醒後，于冰一一指出夢中之所見，只不過是一菜園之名色造景，但其用心良苦，城璧告如玉云：

〔註54〕同註51。

今日大哥（于冰）領你尋夢，是怕你思念夢中榮華富貴，妻子兒孫，情意牽連，弄的修道心志不堅，所以才件件宗宗或虛或實說明白。（第七十回）

渡脫成仙的主題十分鮮明。

枕中記、南柯太守傳、如玉之夢雖同時在表達「人生一夢」的思想，然立題命意卻不相同。前二者是受道家出世思想感化的產物，汪辟疆評〈南柯太守傳〉云：

此文造意製辭，與沈既濟枕中記，大略從同，皆受道家思想所感化者。〔註55〕

後者所表達的是渡脫仙才的道教思想。

上文是以邯鄲夢、槐陰夢和如玉一夢比較；此外冷于冰所提及借喻四大夢之書尚有蝴蝶夢、華胥夢。今附於後述：

于冰以夢中「遊魂關」之名借喻為蝴蝶夢，此夢出於莊子齊物論：

昔者莊周夢為蝴蝶，栩栩然蝴蝶也，自喻適志與，不知周也。俄然覺，則遽遽然周也，不知周之夢為蝴蝶與？周與蝴蝶則必有分矣，此之謂物化。〔註56〕

這本是道家思想，莊周化蝶，渾然忘我，故能物化，故能齊物；到了元代，有「莊周夢」一劇，在劇中第一折蓬壺仙長說：

因大羅神仙陞玉京上清南華至德真君，在玉帝前見金童玉女，執幢寶蓋，不覺失笑。玉帝怪怒，貶大羅神仙下方莊氏門中為男，名為莊周。〔註57〕

已演成道教之渡脫劇，莊生本為仙人，因在玉帝前失聲笑謔，觸怒玉帝，被罰往下界人間受罪。明馮夢龍編《警世通言》，內有〈莊子休鼓盆成大道〉故事一則，述莊子拜「道教之祖」老子為師，有夢蝶一事，訴之老子，老子遂明其三生來歷，說莊生於混沌初分乃一白蝴蝶，採百花之精，奪日月之秀，長生不死，後遊瑤池，偷採蟠桃花蕊，被王母娘娘位下守花的青鸞啄死；其神不散，托生於世，做了莊周〔註58〕，道教色彩更為強烈。

〔註55〕汪辟疆編《唐人傳奇小說》〈南柯太守傳〉，頁 90，世界書局印行，民國 74年，八版。

〔註56〕《莊子・齊物論》第二。

〔註57〕〈老莊周一枕蝴蝶夢〉，收錄于《全元雜劇》初編，世界書局，民 51 年。

〔註58〕明・馮夢龍著《警世通言》第二卷〈莊子休鼓盆成大道〉，文化圖書公司出版。

冷于冰以蝴蝶夢爲喻，點省如玉，是否亦暗示著如玉亦是一遊於人間的
謫仙之意味呢？

「華胥國」本〈華胥夢〉，于冰云：

> 華胥國係黃帝夢遊之所醒後，至數年果遊此國，其山川宮室花卉草
> 木無一不與前夢相合。（第七十回）

此夢之典故出於〈列子黃帝篇〉：

> 黃帝晝寢，而夢遊於華胥氏之國。其國無師長，自然而已！其民無
> 嗜欲，自然而已！既悟，悟然自得天下大治。〔註59〕

兩相比較，可知于冰所重視的是「無一不與前夢相合」一語，今如玉遊
夢，及醒，于冰領其尋夢之所，亦同於夢之所遊。

3. 幻境考驗

幻境，雖是煉丹過程中常會出現的魔障，亦是冷于冰藉此以考驗諸弟子
的存心行事。第九三回〈守仙爐六友燒丹藥 入幻境四子走旁門〉，冷于冰根
據連城璧、金不換、溫如玉、翠黛各自的性格弱點，設一幻境，在幻境中遇
到各自可能遇到的人和事，再經受考驗；爲了配合每個人不同修道歷程，本
文採各個擊破的方式，將每一人所經歷的不同幻境，分列於各節人物之中討
論，以突顯人物形象之特點。故前述翠黛好淫，則有色空羽士與之濫交的幻
境。

今如玉亦「天性好淫」（第九八回），便有貪圖美色，迎娶孀婦之幻境，
致坏道行，而遭于冰責難。這與唐傳奇〈杜子春〉因「愛生于心，忽忘其約」
〔註60〕，致煉丹不成的模式幾同一轍。然歷幻境二十年後，又破戒與飛紅仙
子成姦，致又遭于冰亂杖打死岩華洞內，重新投胎爲人，修持二百餘年始得
上帝封爲玉芳眞人。如玉的一再歷劫，正說明修仙成道之不易，〈杜子春〉傳
不也是有「嗟乎，仙才之難得也」的感慨！冷于冰契而不捨的渡脫，亦顯示
「仙才難求」的可貴。

四、凡夫——連城璧、金不換

連城璧、金不換皆以凡人之軀求仙道者，故併入一類討論其性格特色及
修道之歷程。

〔註59〕《列子集釋》黃帝篇，楊伯峻撰，明倫出版社，民59年初版。
〔註60〕同註55，〈杜子春〉傳，233頁。

連城璧

前文談到中國人「一向認為由人的外表，即可觀知人的內裏」，金聖歎批《水滸傳》亦有「人有其性情，人有其氣質，人有其形狀，人有其聲口」之說〔註61〕，《綠野仙踪》第八回描述連城璧之氣質、相貌：

> 熊腰猿臂，河目星瞳，紫面長鬚，包藏著吞牛殺氣，方頤海口，宣露出叱日威風，頭戴魚白捲簷毡帽巾，身穿寶藍剪袖皮襖，雖無弓矢，三岔路口，自應喝斷人魂，若有刀鎗，千軍隊裡，也須驚破膽。

外形的粗糙、威猛，頗能與梁山好漢李逵相提並論，那李逵亦有：

> 黑熊般一身麤肉，鐵牛似偏體頑皮。交加一字赤黃眉，雙眼赤絲亂繫。怒髮渾如鐵刷，猙獰好似猱猊。天蓬惡煞下雲梯。李逵真勇悍，人號鐵牛兒。（百二十回本《水滸傳》第三十八回）

城璧的「吞牛殺氣」、「叱日威風」、「喝斷人魂」，亦展現其有如鐵牛兒般的綠林氣質。

性格是主，相貌是客〔註62〕，人物性格的特色，必須透過細節的描寫，才能明朗。第八回〈八里舖俠客趕書生〉，城璧得知于冰以一過路貧人竟肯救人性命、慷慨贈金，便急著追趕于冰，邀回同住，性情爽直，毫無世情的作態。第九回「吐真情結義連城璧」，與于冰結為異姓兄弟，便毫無顧忌道出自己出身綠林，心胸磊落，信人不疑。更可貴的是，身為北五省的大盜，竟能自覺私商買賣，劫人財物，係損人利己之不法勾當，一旦決意從良，就此放下屠刀，成為一濟助貧窮、樂善好施的好人，這種跌宕的生命轉折，突顯其勇猛改過的性格特徵，亦結下日後為救家兄、陷于羅網，而得于冰救助渡脫的善緣；臨死得生，又念及昔日作惡多端，遂隨于冰出家。

呂祖曰：「酒色財氣四堵牆，人人俱在裏邊藏，有人跳出牆以外，便是長生不老方。」〔註63〕，酒色財氣之誤人，乃在於易使心靈蒙蔽，而妨礙了修行，故張伯端《悟真篇序》便強調「欲體夫至道，莫若明乎本心。夫心者道之體也，道者心之用」〔註64〕，修習仙道的人，唯有擺脫酒色財氣等困人心志的欲求，才能明心見性，長生不死。故元雜劇中的渡脫劇，神仙在渡人

〔註61〕金聖歎批《水滸傳》。

〔註62〕蘇義穠著《傳統小說中的李逵類型人物研究》，民國77年政大碩論，138頁。

〔註63〕清·玉樞真人著《仙術秘庫》，34頁，新文豐出版社，民國68年再版。

〔註64〕張伯端《悟真篇》後序，收錄于王沐選編之《道教五派丹法精選》第五集320頁，中醫古籍出版社。

的過程，往往要費盡全力，方能使被渡者悟到「你戀酒呵，多敗少成；你戀色呵，色即是空；你戀財呵，財中隱凶；都只因氣送了人，誰知你有眼無瞳」〔註65〕的道理。

修仙成道亦蘊涵著生命氣質的變化，修行便是要戒掉不當的習性，城璧嗜酒成性，修行之後亦日日豪飲，遂遭金不換妻郭氏的嫌惡，險些惹來殺生之禍；又恨郭氏出賣自己，一怒之下，打的「郭氏腦漿迸裂倒在一邊」（第廿回），可見其雖改邪歸正，立意出家，但綠林習氣甚深，尚未戒除。城璧有著威猛的外表，綠林的氣質，又帶著點俠客的心態，「俠」的共通點，就是「勇正擅鬥，很少會爲了維護正義而猶豫殺人的」〔註66〕，「路見不平，拔刀相助，絲毫不猶豫、奮不顧身」〔註67〕是中國的俠最引人入勝之處，第二六回〈救難裔夜月殺解役〉，逃亡之際，又奮不顧身解救忠臣之後——董傳策之子董瑋，並殺掉爲奸臣嚴嵩賣命的兩位解役，俠客心腸表露無遺。就修行者的觀點而言，維護正義固是本份，但一口氣結束兩條性命，未免任俠使氣，直以人命爲草芥。城璧使氣、嗜酒、好殺，卻於女色不大相干，第四五回〈連城璧誤入驪珠洞〉，不肯與妖狐翠黛配婚，大罵驪珠洞眾妖「你們這一窩子都是這般無恥」，並將眾妖「打的頭破唇青腰傷腿折」。酒色財氣，惟色最難把持，城璧竟能見色不亂，于冰亦誇其是「大有根行之人」。

不良的習氣是修行的魔障，而「一切魔劫皆由心生，應由心滅。魔起於心而賊六智，亦應以一心制六賊〔註68〕」，第九八回城璧「偶因一鏡相眩，便致心入魔域」，遂致「丹爐崩壞，失去無限珍奇」，幻境乃心魔所成。城璧嗜殺，嗔念最重，幻境中以其姪連開基謀奪家產，又狀告城璧、國璽當年在泰安劫牢反獄，相敵官軍事，致陷其子孫代罪繫於囹圄，一怒之下，偷了地方官二千兩，而嫁罪于連開基，毫無顧及手足情份，必欲置其姪於死地，于冰責其「強盜舊習未除」。而嗔念之源來自對子孫的「愛」，城璧真情至性，第十三回〈韓城頭大鬧泰安州，連城璧被擒山神廟〉，城璧爲救其兄，不惜重爲盜匪，與朝廷法律作對；而幻境中，戀執子孫，致心入魔域，丹爐崩壞，這種種，固然突顯了人倫親情的可貴，亦說明「割愛」之難，而生命的超越若

〔註65〕同註57。
〔註66〕馬幼垣著〈話本小說裏的俠〉，收錄於《中國小說史集稿》，時報公司出版。
〔註67〕同上。
〔註68〕清‧王韜〈新說西遊記圖像序〉，《歷代小說序跋選注》，171頁。

擺脫不掉世情、俗情的枷鎖，是無法忘情，而開展永生的追尋，城璧的眞情至性是屬於世情的層面，是修道者的情障，縱有內丹、法術等功力，然一心不能超脫，還是會使長生之道的修煉功虧一簣。幻境中城璧的嗔念愛慾，又未嘗不是眞實人生的投影，心魔不除，何能悟道！

金不換

第四六回「報國寺殿外霹妖蝎」，借大蝎之口說出其數世因緣，不換「本爲人，因打父罵娘，轉生爲狼；做了狼又傷害生命；因此第三世又轉生爲驢」，不換罪孽深重，今世再爲人身，劫難重重。

不換本一窮人，前妻早死，做生意無成，只得種地。城璧避難於他，他大義能容，不料娶妻郭氏，卻厭惡城璧日坐家中，耗費家計，報官洩了城璧的底，弄得城璧一怒之下，殺了郭氏；不換家毀人亡，決意去范村。途中臨時起意又娶了方氏，方氏乃許寡婦之媳，只因兒子連陞數月前因做生意，在江南過洋子江船覆身死，故許寡婦要招贅個養老兒子；不料，新婚才過十八九天，許連陞突然出現，方知死的是同名同姓之人，不換賠了夫人又損失兩百兩財物，身上亦挨了不少板子，因思：

> 如今弄的財色兩空，……只怕又有別的是非，我原是個和尚道士的命，妻財子祿四個字歷歷考驗，總與我無緣，……我父母兄弟俱無，還有什麼委決不下，想到此處便動了出家的念頭。

冷于冰出家是爲生死無常；溫如玉出家是于冰苦口婆心的渡化，連城璧的出家是死裡求生的唯一選擇（其劫牢獄，戰官兵、是各省通緝之大盜）；而金不換的出家則是爲了命運不好。

再就渡脫歷程比較，于冰得祖先冷謙之遺傳，早具仙根，故有火龍眞人之遇；溫如玉是名登紫府之謫仙，故于冰再三渡脫，只因「仙才難值」；連城璧雖今生爲強盜，但心地光明磊落，且「三世皆是學仙未成的人」（第四六回），故蒙于冰解救渡脫；而善相的冷于冰，卻說不換：

> 金不換那個人，外面雖看得伶牙俐齒，細看他眉目間，不是個有悟心人，日後入道頗難，若再心上不純篤，越發無望，不如速棄，可免將來墜累。

爲此設一幻境，以狐化爲美婦，動搖其心志，以樹根化蟒蛇，石頭化老虎以考驗其不要命的決心；不換遇色不亂，不貪生怕死，方爲道中人。

《仙術秘庫》分仙爲五等，依次是鬼仙、人仙、地仙、神仙、天仙；天

仙、神仙皆爲仙乘之上乘，地仙則不悟大道，止於小乘或中乘之法〔註69〕。冷于冰六弟子中，不換「資性最鈍」（第九十八回），故日後錦屏、翠黛、不邪、城璧、如玉皆爲上仙，獨不換爲地仙，成就最低。

最後討論〈六友燒丹藥，四子走旁門〉中金不換的表現；這一幻境本是根據各個弟子不同習性而設計的，幻境中城璧、如玉、翠黛表現都能與小說前後所描述的性格弱點相呼應，獨不換之性情首尾不相一致，第九六回述其因動貪念，拾飛龍大王之遺珠，不換云：

> 我爲此珠晝夜被水冰了好幾個時辰，好容易得手，……我存著他有兩件用處，到昏夜之際，此珠有兩丈闊光華可以代數支蠟燭，再不然弄一頂好道冠鑲嵌在上面戴在頭上豈不更冠冕幾分……

但金不換之所以名爲金不換，正由於其守樸循分，耿介不貪之性情，第十四回述不換生時，家貧，有一鄰人欲以十銀購之，其母不肯；又以十金購之，亦不肯，故名金不換，取名之由，殊爲可笑，但亦可見窮人家之骨氣；日後，不換父母雙亡，表兄連國璽（城璧親兄）濟助三百兩銀，不換將原銀付回；固是怕受干連，但能見財不亂，實屬難得，子曰「君子固窮，小人窮斯濫矣」，不換亦可謂固窮之人。又第二十回一得知郭氏報官抓城璧，便急急贈金助其逃亡。第二二回〈斷離異不換遭刑仗　跳運河沈襄得外財〉，不換一旦決意出家，便把錢財視爲身外之物，不但救了忠良之後沈練之子沈襄，更可貴的是將財產一半分與他，故回末詩曰：

> 好事人人願做，費錢便害心疼，不換素非俠士，此舉大是光明。

不換慷慨好義，並非好財貪心之人。

結論——問題的探討

于冰六弟子中不邪、錦屏、翠黛以異類修仙，何以必先經過「煉成人形」之階段？這或許是因人類受「天地之間，人最尊貴」、「人爲萬物之靈」諸觀念的影響吧！其次談到「仙才」的判定標準，「仙才」、「仙根」的判定究是以「自覺心」爲準則，抑是以「累世修爲」爲準則？若是以「累世修爲」爲準則，那麼修行總有一個開端，像金不換這樣雖罪孽深重，但從今生「自覺」修行的人算不算是有「仙根」之人？又如連城璧三世有心學仙未成，這樣的人是否亦是有「仙根」之人？否則于冰怎毫不考驗城璧，就渡化他（幻境之

〔註69〕同註63，頁2、頁4。

考驗，是渡化以後的事）？本文雖將不換、城璧區分成「凡夫」，實有這些疑惑。再就「溫如玉」而論，雖稱是「謫仙」，但今生即使有于冰點化亦毫無自覺，且是于冰苦口婆心硬渡，方能成仙，這樣的人也是「仙才」嗎？他的魔障不下於不換，且又少自覺，「仙才」的定義要如何界定？

結　論

　　本文分從版本比對、歷史背景、道教思想三方面探討《綠野仙踪》一書，做成結論如下：

　　一、版本比對：除了詳述作者的成書動機及經過，關於版本的比對，乃依照回目順序，條列兩種版本的內容差異，其中有些人物所涉之篇幅較廣者，如冷于冰、周璉、溫如玉諸人，則另列一小節作整體性的處理，這樣的比對，並非只是客觀的陳述兩種版本之間的差異，對於人物形象、情節結構、主題思想、藝術效果，亦於比對中逐一評價，並嘗試探討其刪修的動機及提出相關問題。這樣既能顧及刪修內容的客觀差異，亦能比較出兩種不同版本的文學成就。

　　二、歷史背景：《綠野仙踪》的歷史背景，旨在探討本書重要情節的來源，人物造型的意義，以及思想觀念的內涵。雖然本文大量採用正史及相關史料做為比對，然而這絕非是單純的比對，而是根據《綠野仙踪》一書具有借鑑史實的特質，而應用的研究方法。史料是客觀不變的，但一溶入情節，則由於每部小說本身所獨具的文學特殊性，而使得同樣的歷史人物、歷史事件在小說中呈現不同的藝術特徵，本文之研究即著眼於此。而透過奸臣得勢、史臣蒙冤、忠奸抗衡之情節結構分析，更能彰顯《綠野仙踪》所呈現之「載人之行，傳人之名。善人願載，思勉為善，邪人載惡，力自禁裁，然則文人之筆，勸善懲惡。」（王充論恆佚文）的社會教化功能。

　　三、道教思想：分別探討內丹修煉、外丹效用、法術特色、渡脫思想，而以成仙之道揭示本書成仙之主旨並說明四者的相關性。道教思想的研究除了側重道教義理分析外，亦引用道書文獻以探討本書之道教特質。最近這幾

年雖有道教史的編寫者，如任繼愈先生承認《綠野仙踪》是一部受道教思想影響的作品，或如研究小說的學者胡萬川先生稱其爲仙道小說，但迄今尚無學者對此書的道教特質作更深入的分析，本論文之研究價值即在於此。

　　本論文對《綠野仙踪》及其相關資料作詳盡的探究之後，發現不少值得注意的問題，同時嘗試給予合理的詮釋。然而這只是根據現有的資料與可能的理論，所做的判斷。等待將來如果有更新的材料被發現，可以有應證的機會。而論文中所提出而未處理之問題，一來是受限於才力的不足，二來是這些問題截至目前爲止尚無充分的客觀材料足以分析說明之，但這些問題又確實爲研究本書所值得重視的，因此暫時只能作此一方式的處理。

附錄：《綠野仙踪》的評點特色

　　評點是中國古代通俗小說最重要的批評方法之一，通俗小說之有評點始於明萬曆年間，近人邱煒蓂在《菽園贅談》中說「蓋以小說之有批評，誠於明季之年，時當小說風尚為極盛，一倡於好事者之為，而正合於人心之不容已。……特聖歎集其大成」，通俗小說至明末蔚為風氣？一方面是李贄等人的提倡，給了人們對小說不同以往的觀念，他的《焚書》卷三〈童心說〉云：

> 詩何必古選，文何必先秦，降而為六朝，變而為近體，又變而為傳
> 奇，變而為院本，為雜劇，為西廂曲，為《水滸傳》，為今之舉子業，
> 皆古今至文，不可得而時勢先後論也」〔註1〕

另一方面評點與科舉制度亦有相關，顏美娟〈女仙外史之前的評點概況〉云：

> 評點所講究的，無非是作品中之寫作方法、技巧、人物描寫、言語
> 照應、綱領、分段等結構章法的問題，此種作文之法的講求，則應
> 與洪武制藝、定八股文取士的制度有關」〔註2〕。

小說流行與科舉制度是促成小說評點產生的相關原因，因此，從研究小說評點之中，可以整理小說批評理論，「評點」成為研究小說理論的一個重點。

　　本節擬分以下五點，討論《綠野仙踪》的評點特色：

一、主題結構的分析

　　「主題」，主要在分析說明本書的命名：

〔註1〕李贄《焚書》卷三〈童心說〉，台北：河洛出版社，民國63年。

〔註2〕顏美娟《女仙外史研究》第三章第一節〈女仙外史之前的評點概況〉，頁3，私立東海大學中國文學研究所碩士論文，民國75年6月。

第九二回：

> 以上數人皆書內要緊腳色，敘明歸結，完人世事件，周通父子並沈
> 襄前回已敘明，無庸再贅；以下八回係冷于冰同眾弟子歸結，完修
> 道事件。書名綠野仙踪，而不曰朝野仙踪，緣冷于冰係通部大關鎖
> 人雖與嚴嵩、林岱、朱文煒等有交涉，然從未一面明帝，故去朝字
> 止名綠野。〔註3〕

這說明本書雖涉歷史，但主要仍以冷于冰修道歷程舖展情節，故書不名朝野
仙踪而稱綠野仙踪之由。

至於本文所稱之「結構」，乃傳統批評家批語中所稱的結構，並非指「西
方敘事名著裏那種『大型』敘事架構所擁有的——藝術統一性。」〔註4〕，第
十六回：

> 從十一十二回做妖怪犯題起，至此僅隔三回，又做妖木妖黿二事，
> 寫得離奇萬狀，使讀者不厭其複，且由別城壁引出峨眉山，由峨眉
> 山引出木怪，由木怪等引出老黿，由老黿弔出坏人船隻性命，由船
> 隻引出下回朱文魁兄弟數回大文字，看此回似與正文無涉，而承上
> 起下，針線卻已穿插在內，猶之做八股，一過關扭也。

環環相扣，脉脉相貫，說明本書結構安排的緊湊。

二、人物形象及心理活動分析

明代中葉以後，中國古典小說的評點觀念開始重視人物形象及心理活動
的描寫，如葉晝在《水滸傳》第三回回末總評說的「各有派頭，各有光景，
各有家數，各有身分」，此即是「傳神」，「傳神的概念主要是指通過一個人物
的外在形狀畫出他的內在精神」〔註5〕，以本書第二一回評點為例：

> 通部分寫淫婦四、五人，卻一個有一個不同處，嘗無一字一句相複，
> 若方氏則又淫婦中一小妖也，……若前部金鐘兒，後部齊蕙娘等，
> 皆大妖也。……

〔註3〕 李百川著《綠野仙踪》百回抄本，冊1，頁8，台北：天一出版社，1989年
10月。

〔註4〕 蒲安迪〈談中國長篇小說的結構〉，收于《文學評論》Ⅲ，頁53-62，民國65
年初版。

〔註5〕 葉朗著《中國小說美學》第二章〈古典小說美學的先驅〉，頁41，里仁書局，
民國76年6月。

同是淫婦，評論者以其心性，活動論斷其爲大妖小妖，可見雖是處理同類型人物，評論卻能在不同程度上明白準確的掌握同中有異的人物形象。

同時《綠野仙踪》的評點者也在不同層次上揭示人物的心理活動，八十回齊蕙娘以菓子哄騙弟弟可久，希望套出意中人周璉的來歷，不料可久年幼，並未注意周璉之出身來歷，蕙娘羞怒之下不理他，而「那娃子（可久）見蕙娘不理他，悄悄的將菓子吃盡就睡著了」，評點指出：

> 悄悄的吃盡，是見蕙娘惱了，故不敢明吃耳，寫小兒心性情形如此。

同回寫周璉拜乾媽龐氏，龐氏亦叫蕙娘出來拜乾哥，評點：

> 龐氏心上也早明白，故樂以蕙娘做釣釣弄些金帛也。

此即〈水滸傳序〉所說的：「人有其性情，人有其氣質，人有其形狀，人有其聲口」〔註6〕，生動活潑，躍然紙上。

三、引典引書引詩入評

《綠野仙踪》批書的特色之三是引典爲喻入評、引書入評，以前人之詩爲喻入評。

1. 引經典為喻入評

第十五回，寫于冰留書告知家人，「得火龍眞人垂憐，授以殺生乃生之密訣」，評點：

> 此莊子南華經語也，乃修道第一津梁，惟通文墨而有悟心者，方能知其用得妙耳。

2. 引書入評

（1）引《金瓶梅》《水滸傳》情節入評

第十七回，于冰斬妖，而出一要緊腳色朱文煒，評點：

> 作小說最忌頭上安頭，必須彼此互相牽引插串而出，方爲線穿成。文字如水滸陡出王進並鄆城縣時文彬坐堂；金瓶梅陡出苗員外，皆頭上安頭也，這兩部書是何等大手筆。此回藉川江斬　，商旅受驚引出朱文煒，又藉文煒弔出林岱並朱文魁，……斯亦可謂深費經營矣。

（2）引《續水滸傳》《讀西廂記》入評

第二六回，寫城璧救難裔月夜殺解役，忽從房上跳下，評點：

〔註6〕《水滸傳》26頁，三民書局。

> 水滸傳武松尋殺西門慶，先到牛藥鋪向傅主管道：借一步說話，兩
> 人到無人處，武松驀地翻轉面孔大喝道：你是要死要活？主管道：
> 我又不曾得罪都！武松道：你要活可實說西門慶此刻在何處？主管
> 道：適才同一財主去文酒樓上吃。這是那主管心驚膽怯，故無全語。
> 平白人出一喪良無恥之羅貫中，他要做忠義續水滸，將都字下添一
> 頭字，吃字下添一酒字，可惜施耐庵傳神妙筆被這奴才添得索然無
> 味，且所續通部無一句不是病狗翻腸，……令人讀去，連一、二篇
> 亦不可暫注目，與做續西廂人是一樣材料，一樣識見，通號之綠豆
> 眼蓋烏龜之瞳子，止不過綠豆大小也。昔一友人看至解役問連城璧
> 話內有你……是甚麼你怎麼從房上下，伊乃大笑曰：何必乃爾，此
> 人目孔去綠豆眼幾何？

比較《水滸傳》《續水滸傳》、《西廂記》《續西廂記》語言藝術之價值高下，並指出《續水滸傳》《綠野仙踪》所共犯之敗筆，亦是本書批書之重點。

　（3）引《西廂記》為喻入評

　第六六回，如玉入夢境境，與蘭芽公主成親，對書中性愛的描寫，評點：

> 正是西廂文，一個姿情的不休，一個啞聲兒斯聲也。

3. 引陶彭澤之詩為喻入評

　第十五回，于冰留書告誡家人修身處世之道，評點：

> 陶彭澤有弁子四言詩十二首，此四句庶乎近之矣。

四、指明正史出處及表達對史事的看法

　《綠野仙踪》的歷史背景是以明世宗嘉靖年間，嚴嵩干政，殘害忠良的事實寫成，評點每每標明史書出處，顯出批點者重視史實。第二二回，沈襄跳河自盡，為金不換所救，其自敘身世，評點：

> 以上事見沈晴霞本傳並明史。

第七八回，寫趙文華肚腹崩裂，五臟皆出而死，評點：

> 死的亦奇事，見文華本傳。

此外，批點者亦在一定程度上表達對史事的看法，第九二回，嚴嵩恐徐階與他作對，以妻妾婦女討好徐階，評點：

> 看來嚴嵩和趙文華原是一流人，不過像做戲有大小花面之分耳，他
> 有勢利則害人，無勢利則奉承人，至于妻女與人同宿皆無不可，廉

恥皆其末也。

以大小花面比喻嚴嵩趙文華，可見批者對此二人之評價。同回徐階嚴拒嚴嵩
饋贈的侍妾，評點：

> 徐階諸事老辣，這件事卻不用老辣，……他到底是做宰相人，總將
> 來敗露亦難以此事出口制人……

洞見人性詳知史實，批者在史評上表達了他的看法。

五、具有現實生活的基礎及表達對社會風氣之意見

「小說藝術的生命力源泉就在於它是現實生活的反映」〔註7〕，《綠野仙
踪》的評點者同樣指出本書的這一特性並說明之，第七三回，如玉遇蟒婦，
評點：

> 余在江南揚州停七載，暇時同友人出城，閒遊見一道曲折如羊腸，
> 由西至東南，土黑如墨，一草不生，問友，據言從明時相傳有一蛇
> 王過，故地如此。……又讀洪範余王，其地名言，有蟒王繞城而過，
> 其諸王前后隨從與前蛇王相同，……今如玉所遇必此類，又能變人
> 形，更奇極矣。

干寶在他的《搜神紀·序》中說：

> 考先志於載籍，收遺逸於當時：蓋非一耳一目之所親聞睹也，又安
> 敢謂失實者哉，……記殊俗之表，綴片言於殘闕，訪行事於故老，
> 將使事不二？言無異途，然後為信者，……〔註8〕

耳聞目睹，道聽塗說，或採自先籍，皆是建立在現實生活的基礎上，《綠野仙
踪》的評點者，也繼承了干寶《搜神記》之觀念，明神怪之不誣，指出此書
之創作非臆測妄想，而是具有真實性。

同時，批者在評點中也表達了對時代風氣的看法，第八一回，周璉為沾
污蕙娘，私自與其兄弟可大、可久二人結拜，次日兄弟二人回拜周璉父周通，
評點：

> 每見人家不肖逆子，逐日狐朋狗友，三五成群，結拜弟兄，還要引
> 到自家中咶父母之耳，甚至妻女相見，內外不分，此等子孫皆死後
> 不可入祖塋之人也。

〔註7〕 同註5。

〔註8〕 晉，干寶《搜神記》序，頁2，里仁書局，民國71年。

從批書中，亦可檢証作者之小說取材的確來自現實生活的基礎。

　　評點內容的特點是實用性很強，與世道人心相關涉，具有教化之功能和強烈的道德倫理色彩，它指導讀者深入了解原作精神，提供小說理論架構之觀點，評點研究是中國小說批評理論的重點之一，在新批評、結構主義、解構主義、現象詮釋等西方文學批評運用於中國古典小說的潮流下，重視、整理、研究小說評點，是建立小說批評理論的重要課題。

參考資料

壹、專書部分

1. 《明史》，鼎文書局，1991。
2. 《明史紀事本末》，谷應泰著，三民，1985。
3. 《明書》，清‧傅維麟纂，收于叢書集成新編，新文豐，1992。
4. 《國朝獻徵錄》，明‧焦竑，台北：學生，1965。
5. 《明代政治制度研究》，張治安，台北：聯經，1992。
6. 《明清史抉奧》，楊啓樵著，明父，1985。
7. 《明史散論》，李焯然著，台北：允晨文化，1987。
8. 《細說明朝》，黎東方著，台北：傳記文學，1990。
9. 《明代平倭史實》，王儀著，台北：史華，1984。
10. 《萬曆十五年》，黃仁宇著，台北：食貨，1988。
11. 《明朝史略》，李光璧著，帛書，1986。
12. 《明清宮廷秘史》，趙雲田著，台北：國文天地，1991。
13. 《正統道藏》，藝文印書館，1962。
14. 《三丰全書》，張三豐著，新文豐，1978。
15. 《仙術秘庫》，清‧玉樞眞人著，新文豐，1979。
16. 《繪圖三教源流搜神大全》，上海古籍，1990。
17. 《明代宗教》，台北：台灣學生書局，1968。
18. 《明世宗崇奉道教之研究》，程似錦著，台中：東海中研所碩士論文，1984。
19. 《明代道士張三丰考》，黃兆漢著，台北：台灣學生書局，1988。
20. 《明代道教正一派》，莊宏誼著，台北：台灣學生書局，1988。

21.　《道教與修道秘義指要》，黃公偉著，新文豐，1982。

22.　《道教諸神》，日·窪德忠著，四川人民，1989。

23.　《道家與神仙》，周紹賢著，台灣中華，1970。

24.　《抱朴子研究》，藍秀隆著，文津，1989。

25.　《道教氣功百問》，陳兵著，王志遠主編，佛光出版社，1991。

26.　《道教問答》，朱越利著，貫雅文化，1990。

27.　《道教與中國文化》，葛兆光著，東華，1989。

28.　《太平廣記》，宋·李昉等編，文史哲，1987。

29.　《唐人傳奇小說》，汪國垣編，世界，1985。

30.　《中國小說史略》，魯迅著，谷風。

31.　《中國小說史》，孟瑤著，傳記文學，1970。

32.　《中國小說史論叢》，龔鵬程、張火慶著，台北：台灣學生書局，1984。

33.　《中國通俗小說理論綱要》，謝昕、羊列容、周啓志著，文津，1992。

34.　《中國小說美學》，葉朗著，里仁，1987。

35.　《中國古典小說藝術欣賞》，賈文昭、徐召勛著，里仁，1983。

36.　《中國的小說藝術》，周中明著，貫雅，1990。

37.　《中古小說史論》，王瑤著，長安，1982。

38.　《六朝隋唐仙道類小說研究》，李豐楙著，台北：學生書局，1986。

39.　《從中國小說中看中國人的思考方式》，中美野代子著，成文，1977。

40.　《小說面面觀》，佛斯特著，志文，1986。

41.　《談小說妖》，葉慶炳著，洪範，1983。

42.　《平妖傳研究》，胡萬川著，華正，1984。

43.　《說岳全傳》，張火慶著，東海大學中研所碩士論文，1984。

44.　《傳統小說中的李逵類型人物研究》，蘇義穠著，政治大學中研所碩士論文，1992。

45.　《三寶太監下西洋研究》，張火慶著，東吳大學中研所博士論文，1992。

46.　《聊齋志異的藝術》，邢治平著，木鐸，1983。

47.　《明代時事新劇》，高美華著，政大博士論文，1990。

48.　《中國禁書大觀》，安平秋·章培垣主編，上海文化，1990。

49.　《中國通俗小說書目》，孫楷第著，鳳凰。

50.　《中國通俗小說書目》，吳邨編纂，香港：中華，1988。

51.　《中國通俗小說總目提要》，江蘇省社會科學院，明清小說研究中心編，中國文聯，1990。

52. 《中國歷代小說論著選》，黃霖、韓同文選註，江西：人民，1990。

貳、論文部分

徐君慧

1. 〈一部被冷落了的好書——《綠野仙踪》〉
2. 〈《綠野仙踪》反映的歷史和世情〉
3. 〈《綠野仙踪》的構思〉
4. 〈《綠野仙踪》的人物描寫〉
5. 〈《綠野仙踪》的語言〉
6. 〈《綠野仙踪》及其作者〉
7. 〈三個叛逆的男性〉
8. 〈一部不該冷落而被冷落的優秀作品——評《綠野仙踪》〉，收錄於《明清小說研究》，江蘇省社科院，1989 年第四期。

蔡國梁

1. 〈評《綠野仙踪》的寫實成就〉，收錄於《明清小說探幽》一書，木鐸，1987。

陳　新

1. 〈《綠野仙踪》的作者、版本及其它〉，收錄於《明清小說研究》，江蘇省社科院文研所，1988 年第一期。

柳存仁

1. 〈研究明代道教思想中日文書目舉要〉
2. 〈明儒與道教〉
3. 〈王陽明與道教〉
4. 〈補明史佞幸陶仲文傳〉

馬幼垣

1. 〈中國講史小說的主題與內容〉
2. 〈話本小說裏的俠〉

趙幼民

1. 〈元雜劇中的度脫劇〉上・下，《文學評論》第五、六集。

陳貞吟

1. 〈明傳奇中夢的運用〉《文學評論》第六集。

岳　岳

1. 〈《枕中記》與《紅樓夢》之結構、思想的探討〉,《文藝月刊》一五四,
   1982 年 4 月。

黃景進

1. 〈枕中記的結構分析〉,收錄於《中國古典小說研究專集》第四集。

梅家玲

1. 〈論《杜子春》與《枕中記》的人生態度〉,《中外文學》第十五卷第十二
   期。

胡萬川

1. 〈神仙與富貴之間的抉擇──唐代小說中一個常見的主題〉,收錄於《小
   說戲曲研究》第二集,聯經,1989。

鄭明娳

1. 〈孫行者與猿猴故事〉,收錄於《主題學研究論文集》,東大,1983。

王構《修辭鑑衡》研究

魏王妙櫻　著

作者簡介

魏王妙櫻，東吳大學中國文學博士，現任德霖技術學院通識教育中心專任副教授。撰有博士論文：《曾鞏文學與北宋詩文革新運動》（指導老師：國立臺灣師範大學王更生教授，臺北‧花木蘭文化出版社出版，西元 2007 年 9 月，ISBN：978-986-6831-33-1）一書，並發表〈曾鞏之古文理論〉（《第三屆中國修辭學國際學術研討會論文集》，中國修辭學會、中國語文學會、銘傳大學應用中文系、所主編；《修辭論叢》第三輯，臺北洪葉文化公司印行 中華民國九十年六月一日）、〈王構之散文修辭理論〉（《第四屆中國修辭學國際學術研討會論文集》，中國修辭學會、輔仁大學中國文學系主編；《修辭論叢》第四輯，臺北洪葉文化公司印行，中華民國九十一年年五月十九日）、〈劉勰文心雕龍知音論〉（《西元 2004 年文心雕龍國際學術研討會論文集》，中國《文心雕龍》學會，中國廣東深圳大學文學院出版，西元 2004 年 3 月 28 日）、〈自上樞密韓太尉書論蘇轍之古文理論〉（教育部第二梯次「提昇大學基礎教育計畫」，「文學與人生」系列師資培訓──《「閱讀文學」學術研討會論文集》，主辦單位：德霖技術學院通識教育中心，指導單位：教育部，中華民國九十三年五月二十二日）、〈21 世紀大學通識教育的深化方法──人文精神如何融滲專業課程〉（作者凡三人，本人列於第二位。《雲大學人參會交流文集》，「海峽兩岸大學文化與教育創新學術研討會」，雲南大學主辦，雲南大學高等教育學院出版，西元 2004 年 5 月 10 日；《通識天下 素養人生》，雲南大學出版社，西元 2004 年 11 月）、〈論曾鞏與歐陽脩、王安石之關係〉（《嶺東通識教育研究學刊》，嶺東技術學院──現已改制嶺東科技大學通識教育中心出版，中華民國九十四年一月一日）、〈劉勰文心雕龍定勢論〉（《楊明照先生學術思想暨文心雕龍國際學術研討會會議論文集，四川大學、重慶師範大學等主辦，西元 2005 年 6 月》〈曾鞏古文之題材特色〉（《文心永寄》，《楊明照先生紀念文集》，四川出版集團‧巴蜀書社出版，西元 2007 年 3 月）、〈蘇轍作品考述〉（《經學研究論叢》第十五輯，台灣學生書局初版，西元 2008 年 3 月）、〈多元化社會與多元化民族文化-以加拿大為例〉（《德霖技術學院第二屆「文學與社會論文研討會」論文集》，德霖技術學院通識中心國文教學小組 主辦、印行，西元 2008 年 10 月 30 日）等論文。

提　要

　　中國歷來專講文法修辭之著作而為後世足稱者甚尠，元王構《修辭鑑衡》允為我國以「修辭」名書之嚆矢、學者研究修辭之借鏡，更是當今研究詩文理論者不可忽視之著述。然以代久年淹、學出多門，是書已久不受人重視；因勉竭駑鈍、撰成本文，用發先賢之幽光。

　　本文計分七章：第一章緒論，第二章王構之生平事迹，第三章《修辭鑑衡》成書之背景，第四章《修辭鑑衡》之板本，第五章《修辭鑑衡》之內容闡要，第六章《修辭鑑衡》之引書引說，第七章結論。各章篇幅，多寡頗為懸殊者，蓋以意有所偏重故也；而第五、六章寔本文重心所在。闡述是書內容時，參綜博考、披沙揀金、鉤玄提要、闡其精義，分論詩、論文二部分敘述；要而言之，其說乃在論詩文之本原與詩人文人之修養、詩文之體製與類別、詩文之作法、詩文之批評，其中復以作法、批評為重，足可代表有元一代之修辭論與批評論。因是書踵繼前人，述而不作，王氏本人又深得著述家之道德，不乾沒前人成就，於各條引文下多注明出處，故稽考是書之引書引說，乃勢所必然；今分詩話、說部集部二類，就其書尚存與現所傳為節本或輯佚本者考之，以明王氏思想之取向、工力所在、寫作態度及評論準的。

　　大道湮沒，後學之恥！倘此一衡文龜鑑能因本文之作而引起學者廣泛重視，則余之所以兀兀窮年，竭此棉力以成之者，亦可以稍慰耳！

目

次

一、元·至順刊本《修辭鑑衡》首頁

修辭鑑衡卷之二

詩

詩者始於舜皐之賡歌三代列國風雅繼作今之三百五篇是也其句法自二字至八字皆起於此二字句若鼓咽咽醉言歸之類四字句若關關雎鳩在河之洲之類五字句若誰謂雀無角何以穿我屋之類七字句若交交黃鳥止于棘之類八字句若十月之交曰我不敢效我友自逸之類漢魏以降迭作相望梁陳以來格致寖多乞唐迄于國家而體製大備矣

直今總類詩話

二、景印清·文淵閣《四庫全書》本《修辭鑑衡》首頁

詩

元 王構 編

詩者始於虞舜之賡歌三代列國風雅繼作今之三百
五篇是也其句法自三字至八字句皆起於此三字句若
鼓咽咽醉言歸之類四字句若關關雎鳩在河之洲之
類五字句若誰謂雀無角何以穿我屋之類七字句若
交交黃鳥止于棘之類八字句若十月之交曰我不敢
效我友自逸之類漢魏以降述作相望梁陳以來格致
寖多自唐迄于國朝而體製大備矣（古今總珥詩話）
筆談云古人文章自應律度未以音韻為主自沈約增
崇韻學共論文則欲宮羽相變低昂殊節若前有浮聲
則後須切響一篇之內音韻盡殊兩句之中輕重悉異
妙達此旨始可言文自後浮巧之語體製漸多如傷犯
蹉對假對雙聲疊韻之類又有正格偏格類挋多故

有三十四格十九圖四聲八病之類今略舉數事如徐
陵云陪遊馺娑騁纖腰於結風長樂鴛鴦奏新聲於度
曲又云厭長樂之疎鐘蕩中宮之緩節雖兩長樂字義
不同不為重複此類為傍犯如九歌蕙肴蒸兮蘭藉真
桂酒兮椒漿當曰蒸蕙肴蒸兮蘭藉倒用之謂之蹉對
如自朱耶之狼狽致赤子之流離不唯朱對赤耶對子
薰狼狽流離乃獸名對獸名又有廚人具雞黍稚子摘
楊梅當時物議朱雲小俊代聲名白日長以雞對揚以
朱雲對白日如此之類又為假對如幾家村草吹唱
隔江聞幾家村草吹唱隔江皆雙聲如月影侵簪冷江
光通渡清侵簪疊韻詩第二字側入謂之正格
如鳳愿軒轅紀龍龜四十春之類第二字平入謂之偏
格如四更山吐月殘夜水明樓之類唐名賢多用正
如杜甫詩用偏格者十無二三（古今總珥詩話）

詩以風調高古為主

古人作詩正以風調高古為主難意遠語殊皆為佳作

自　序

　　晚近數十年間，修辭學於中國已成專門、獨立之學問，有關修辭學之論述，亦多以「修辭」命名。元王構《修辭鑑衡》一書，允爲我國以「修辭」名書之嚆矢、學者研究修辭之借鏡；民初周鍾游編《文學津梁》，以爲是書足爲後學習文之津逮，而加以收錄，足見其具有不朽之價值。然而由於代久年淹、學出多門，是書已久不受人重視，妙櫻深感惋惜，以爲大道將衰，後學之恥，特不揣簡陋，撰成斯編，用發先賢之幽光。

　　本文結構，書前首列書影、自序、凡例，繼之以正文，文末殿以重要參考書目及引用資料。正文計分七章：首章緒論，辨析《修辭鑑衡》之「修辭」，與今日修辭學之「修辭」，兩者意義有何不同；對研究是書之動機與步驟，並鄭重言之。二章、三章記述王構生平事迹及其成書背景，不僅備知人論世之需，且說明影響是書產生之主觀、客觀因素所在。四章考是書板本之存佚、庋藏、款式與特色。五章爲內容闡要，亦本文重心所在，其中分論詩、論文二部分，咸本去蕪存菁之原則，舉其要領、發其大凡。復因是書踵繼前人，述而不作，王氏本人又深得著述家之道德，不乾沒前人成就，於各條引文下多註明出處，於是本文第六章專門考其引書引說，考證重點，在於所引之成書成說與是書之關係。末章結論，除針對前述作總結外，要在評騭是書之價值及得失，並略抒撰寫本文之心得。

　　《修辭鑑衡》雖非體大慮周之作，然能俯仰古今，博採百家。書中之文學理論與修辭主張，神而明之，存乎其人，後之學者可以之爲創作原則，亦可以爲品鑑原則。其性質與重要性，固不能與劉勰《文心雕龍》比肩，但較之宋陳騤《文則》、明高琦《文章一貫》，有過之而無不及，誠不可不致意焉。

本文原爲妙櫻於私立東吳大學中國文學研究所碩士班攻讀碩士學位之畢業論文，自擇取題目、擬訂大綱、執筆撰述、迄文稿初定，皆由國立臺灣師範大學王更生教授啓迪匡誤，垂教殷殷，片言足寶。妙櫻於出版前夕，雖盡力刪汰繁瑣、裨補闕漏，然以資質稍魯、才學俱缺，每感心力不逮；加以文成倉促，疏陋難免，尚望碩學鴻儒，有以教之。

凡　例

一、本文凡分七章。第一章緒論，第二章王構之生平事迹，第三章《修辭鑑衡》成書之背景，第四章《修辭鑑衡》之板本，第五章《修辭鑑衡》之內容闡要，第六章《修辭鑑衡》之引書引說，第七章結論。各章篇幅，多寡頗爲懸殊者，蓋以本文所論有所偏重故也。又除非有必要，本文於大綱之外，盡量不立細目；凡事之已見於前章者，後章則不贅述。

二、第二章王構之生平事迹，乃以「宋人傳記資料索引」爲據，廣加搜羅，以求賅備。第四章《修辭鑑衡》之板本，係參考國內現存書目索引，考得重要板本六種；各本之影刻本、重刻本或影印本，若有必要，則附於原版之末，不另立目。第五章《修辭鑑衡》之內容闡要、第六章《修辭鑑衡》之引書引說，胥以元至順刊本爲準；至於元槧文字，如有闕誤，是則爲是、疑則存疑，不知者姑仍原本。而第六章僅就其書尚存、現所傳爲節本或輯佚本二類分別考求，凡在臺不可見之書，不逐條說明。

三、本文所列重要參考書目及引用資料，首列《修辭鑑衡》各板本，次列《修辭鑑衡》中之引書；餘率以經、史、子、集分類排列，復以時序爲次；單篇論文則附於各類之末，工具書從略。

第一章　緒　論

　　「修辭」二字連稱，始見於《周易・乾・文言》：「脩辭立其誠」，而孔穎達以「脩理文教」釋「脩辭」；〔註１〕後世修辭之義，雖與之不同，然胥自此引申。我國歷來言及修辭理論之著述，爲數甚夥，早先多爲零篇散簡；其中最早、最完整者，首推陸機〈文賦〉，其次劉勰《文心雕龍》，以上二作皆以文名，未以修辭爲書。迨批評風氣興起之宋朝，有陳騤《文則》、李塗《文章精義》以文法修辭爲務；元朝陳繹曾《文說》、《文筌》，以及明朝高琦《文章一貫》、清朝劉大櫆《論文偶記》，獨多修辭理論。上列諸書，雖有修辭之實，亦無修辭之名，其箇中原因，蓋古時凡爲文即稱修辭，文法與修辭混淆不分。元人王構編《修辭鑑衡》，始以「修辭」名書，邇來專論修辭之著作，如陸殿揚《修辭學和語體文》、唐鉞《修辭格》、鄭奠《中國修辭學研究法》、楊樹達《中國修辭學》、陳望道《修辭學發凡》、張文治《古書修辭例》、陳介白《修辭學講話》、譚正璧《修辭新例》、張環一《修辭概要》、傅隸樸《修辭學》、徐芹庭《修辭學發微》、黃慶萱《修辭學》、沈謙《修辭學》、蔡宗陽《修辭學探微》……等，咸以修辭命名者，王構《修辭鑑衡》實開其先路。然則《修辭鑑衡》之「修辭」，與現代修辭學之「修辭」，意義不同。王構所處之世，仍爲文法、修辭學混淆時期，故其書內容胥言文法而命名「修辭」，此「修辭」者，寫作文章之謂也！中國自西學東漸後，文法與修辭學方分道

〔註 1〕《周易・乾・文言》云：「君子進德脩業。忠信，所以進德也；脩辭立其誠，所以居業也。」孔穎達疏云：「脩辭立其誠，所以居業者，辭謂文教，誠謂誠實也；外則脩理文教，內則立其誠實，內外相成，則有功業可居，故云居業也。」孔氏乃以「脩理文教」釋「脩辭」。

揚鑣：文法乃使文辭妥切之學問，修辭學則爲追求文辭美妙之學問；故今日修辭學之「修辭」，乃趨於狹義，專指言辭文辭之修飾，與王構廣義之篇章修辭意殊。了解此點後，方能進一步論《修辭鑑衡》。

《修辭鑑衡》一書，分上下二卷，上卷論詩，下卷論文。此書實係王構極具匠心之作，內容採自宋人詩話、筆記、語錄及集部著作中，有裨於寫作文章之資料，薈萃而成，採摭豐贍、選擇精核，非一般掇拾前聞者所可比擬；其旨趣乃在教人以文法，包舉至富，論亦允當，賅備古今修辭理論；可謂著作之淵海、衡文之龜鑑，名爲「鑑衡」，不其懿歟！

民國周鍾游編《文學津梁》一書，亦收錄是書下卷論文部分，更可證明是書非惟當時洵屬空前，迄今尚且堪爲吾儕習文之津梁。故余初閱是書時，即怦然若有會於心，覺其不特博採眾說、籠罩群言，抑且提綱挈領、鉅細靡遺，誠屬有識者之論著；繼而慨其湮沒不彰、素爲人所輕忽，旋擬殫智竭慮，闡是書論詩文作法之義蘊，以彰顯王構之詩文修辭理論，俾其果成學者修辭之借鏡，此本文之所由作也！

本文旨在探究王構《修辭鑑衡》中之修辭理論，此亦全文重心所在；然於洞明是書內容之前，尚有許多外圍問題須先明晰，是以先述編者之生平事迹、是書之成書背景暨重要板本、至於文字之校勘辨正，一概從略。因缺乏直接參考資料，加之是書內容牽涉廣泛，致闡述王構論詩文之旨時，惟有參綜博考、披沙揀金。對引書引說之考證，乃勢所必然，但於考證時，儘量不離題旨、不流於目錄性質。最後，本瑕瑜不揜之原則，對是書加以評價，俾能窮形盡狀、得其本眞。此本文之寫作步驟也！

古今學者對《修辭鑑衡》一書之評價，多就其書名及修辭理論而言，如劉大白《修辭學發凡》初版〈序言〉，謂是書與修辭有關；而傅隸樸《修辭學·自序》，稱是書直用修辭爲名；徐芹庭《修辭學發微》首章亦云：「至元代王構著《修辭鑑衡》，始正式以修辭名書，其書論自《六經》至唐宋各名家之文，及爲文應用之法」，徐氏且將是書列於「研究修辭學所應參考之書目」中。其他如張嚴《修辭論說與方法》、朱榮智《元代文學批評之研究》等書，凡所評論，率以《四庫提要》之說爲據。《四庫提要》對於是書之卷數、編者、內容、特色與價值，均有言及，論亦切當；其謂是書「所錄雖多習見之語，而去取頗爲精核。……宜是編所錄，具有鑑裁矣！其中所引，如《詩文發源》、《詩憲》、《蒲氏漫齋錄》之類，今皆亡佚不傳，賴此書存其一

二；又世傳呂氏《童蒙訓》，非其全帙，此書所採，……皆今本所未載，亦頗足以資考證。較《詩話總龜》之類，浩博而傷猥雜者，實爲勝之，固談藝家之指南也！……」足見是書頗具研究價值；爲當今研究詩文修辭理論者，不可忽視之著作也！

第二章　王構之生平事迹

　　王構者，元東平（山東東平縣）人，德充智周，文鳴當代；其編《修辭鑑衡》一書，更示人以文法，誠爲修辭之龜鑑。今既研究其書，故本文先狀其行事也。

　　公字肯堂，自號安野，又號瓠山。先世濰（山東濰縣）之北海人。八世祖爲宋司農卿，因職守而徙居東平。高大父尙智，登金進士第，官朝散大夫。曾大父瑀，亦金進士，官奉訓大夫、滄州無棣令。大父鐸，官忠顯校尉，追贈正奉大夫太常大卿。考公淵，字潤甫，一字明甫，自號鳳山逸叟，其兄於金亡、東平兵亂時舉家南遷，獨其以死守宗祀，厚德勃興，卒得傳宗，爾後從事戎幕十餘年，官至忠武校尉，迨亂定家居，親授子業，卒於元世祖至元十八年（西元 1281 年）十月，壽八十有四，贈昭文館大學士資德大夫；妣薛氏（瑯琊郡夫人），順姑、敬夫、慈子，中表可法，較公淵早四月終，享年七十四。長兄槙曾爲山東濱鹽司勾判官；次兄桓嘗任朝列大夫、尙書戶部侍郎，公事之如父；二姊妹分適商福、蔣起，姓名無可考。

　　公與薛氏（魯國夫人）、許氏育三子一女：女嫁薛晉，姓名不詳；子則士熙、士點、士然也！士熙字繼學，官至南臺御史中丞，長於樂府歌行、詩文曲畫暨書法，於時頗有聲名；在館閣日常與袁桷〔註1〕等人唱和，爲有元盛世

〔註1〕袁桷，字伯長，元鄞縣人，幼已著聲。元成宗大德初，承王構等人薦引而登朝，嘗任翰林國史院檢閱官，應奉翰林文字兼國史院編修官、翰林待制、集賢直學士、翰林直學士、翰林侍講學士。元泰定帝泰定初，辭歸家居，四年辛，年六十二；贈江浙行省參知政事，追封陳留郡公，諡文清。其蓋屬王氏門人，與王士熙相唱和；士熙以爲知王構者莫若是子，遂請其爲構撰墓銘。袁氏所撰《清容居士集》中，有關構之文凡四：除〈翰林學士承旨贈大司徒

之音，著有《江亭集》。〔註2〕士點字繼志，累官淮西廉訪司僉事，善爲篆書，允爲當時第一；撰有《禁扁》五卷、《秘書監志》十一卷，前者詳考歷代宮殿門觀池館之名，後者具載至元以來建置遷除典章故事，均有裨於史學。士然雖略遜其兄，然亦能家訓是式、肯堂肯構。

公生於宋理宗淳祐五年（西元 1245 年），〔註3〕天賦卓越，資稟絕人，早年肄業郡學，弱冠以詞賦中選，受賈居貞〔註4〕等人賞識；賈公載其至京師，俾子以師禮接之。元世祖至元十一年（西元 1274 年），授將侍郎、翰林國史院編修官；其上事言論，丞相必待以賓禮。十二年（西元 1275 年），世祖興師征江南，公實草詔；宋亡，奉旨至杭取回兩宋圖籍禮器儀杖。十四年（西元 1277 年），召爲應奉翰林文字，公乃薦其師李謙先奉旨，己於隔歲始受命。十六年（西元 1279 年），陞修撰，掌理制誥撰述。十八年（西元 1281 年），爲司徒府司直，有與議完救道藏之功。逾數年，官吏部、禮部郎中，審囚河南，胥廉得其情、爲民請命，多所平反。二十二年（西元 1285 年），改太常少卿，制定親享太廟之儀式；逾二年（西元 1287 年），擢江北淮東道提刑按察副使，尊主澤民，庶績咸熙。二十七年（西元 1290 年），除治書侍御史，禍幾不測，捨己成人，不累同僚，終能倖免；隔歲（西元 1291 年），奉旨銓選江西。二十九年（西元 1292 年），入爲翰林侍講學士，兼任經筵，輔弼講論。元成宗大德元年（西元 1297 年），擢翰林學士，修世祖實錄；次年（西元 1298 年），參議中書省事，擊姦惠民，力阻檢括增羨於東南。七年（西元 1303 年）朝廷更政，公無累歸里。九年（西元 1305 年），復起爲濟南總管，削煩養膏，悉除民害，令百姓跂望靡已；任內亦出書一編，即《修辭鑑衡》也！武宗立（西元 1308 年），拜翰林學士承旨，復修兩朝實錄。其在朝踰四十年，除泰半居於翰林國史院，於中書省、尚書省、御史臺、太常禮儀院胥嘗任職，乃兼通文書、政務、監察及祭享贈諡禮儀之史。迨武宗至大三年（西元 1310 年），公以疾卒於京師，假葬於城東隅；英宗至治元年（西

<hr />

魯國王文肅公墓誌銘〉（卷二十）之外，尚有〈王承旨畫像贊〉（卷十七）、〈翰林承旨王公請諡事狀〉（卷三十二）、〈祭王邾山承旨〉（卷四十三），皆狀其德業事功：王構之德之功，因袁氏而益顯。

〔註2〕王士熙撰《江亭集》，《四庫全書》總目作《王魯公詩鈔》。

〔註3〕宋理宗淳祐五年（西元 1245 年），即元太宗皇后稱制五年。

〔註4〕賈居貞，字仲明，真定獲鹿人，後徙居東平，爲東平行臺從事；其乃東平幕府賓客中，以吏事見長者；事蹟具《元史》本傳。

元 1321 年），其子士熙奉柩葬於東平祖塋瓠山之原。公享年六十有六，〔註5〕
追贈大司徒魯國公，諡文肅。

公之於學也：頗有根柢。因王氏家系，肇自遠祖，儒素超宗、登仕版者，
代有其人，一府名香、薰陶已久；公不特稟受天彝，承家學淵源、祖訓先志
所策，迭親炙於其父公淵。據胡祇遹撰〈王忠武墓碑銘〉〔註6〕所載，公淵
歸里家居後，篤於教子，三子遵之，竟得成立；而公亦善學，以儒成名，如
父志。除家學外，其學尚淵源有自。《元史》中載有元初東平興學〔註7〕一事，
其時人才盡歸東平，儒學、文學彬彬稱盛，四方之士聞風而至；朝廷之名臣
碩彥，亦以東魯人居多焉。公自幼受教於郡學，恰受東平興學之善政流風所
沾溉，此由其師承可見一斑。公幼師李謙，謙字受益，號野齋先生，鄆之東
阿人，嘗為東平府教授，以公讓，蒙世祖召為應奉翰林文字；其文醇厚有古
風、不尚浮巧，學者宗之，撰有《野齋文集》。而野齋原出李昶門下，〔註8〕
昶居東平幕府為時甚久，為東平興學時代之經師、文宗，一時名流皆出其門。
由是可見，公所受實一脈相傳之「東平學」；於此學派「延續漢人文化、保
存儒學精神」之宗旨下，公乃成為承先啟後之真儒者。

公之於辭章也：能詩能文。有《文集》三十卷藏於家，迄今已佚；其作
品僅散見於清・顧嗣立編《元詩選癸集》、清・張豫章等編《御選宋金元明
四朝詩》、元・王惲撰《秋澗先生大全文集》〔註9〕、元・蘇天爵編《元文類》……
等書中。如《元文類》所收之〈興師征江南諭行省軍官詔〉（卷九）、〈即位詔〉
（卷九）、〈太祖皇帝加上尊諡冊文〉（卷十）、〈世祖皇帝諡冊文〉（卷十）、〈翰
林承旨姚樞贈諡制〉（卷十二）、〈翰林承旨姚燧父楨贈官制〉（卷十二）、〈得玉
璽奏告太廟祝文〉（卷四十八）……等篇，率為臺閣制誥中之名作；史書謂其
長於王言，斯不妄耶！公不特工文，於詩亦有所好，如《元詩選癸集》收錄
其詩二則，即十分膾炙人口：

〔註5〕《元史》謂王構壽六十三，誤。據袁桷為公所撰墓誌銘、《新元史》等史料記
　　　載，暨前文所考生卒年代，均可證其卒年六十六；矧袁氏與公為同時人也，
　　　其說當信而不誣。
〔註6〕見元・胡祇遹撰《紫山大全集》卷十六〈王忠武墓碑銘〉。
〔註7〕元初東平興學之情形，詳見下章。
〔註8〕見《元史》卷一六○李昶本傳。
〔註9〕王構嘗為《王惲秋澗先生大全文集》作序，斯序唯存於是書元刊本。

〈民安寨〉

　下馬民安寨，仙人五字詩；

　白雲君去後，翠巘我來時。

　異代悅神遇，百年通夢思；

　山陰已陳跡，俯仰重齎咨。

〈淤泥寺〉

　野寺消煩暑，長途促晚行；

　落霞明遠岫，返照下孤城。

　月傍前村出，風從古渡生；

　僕夫毋乃倦，彼此亦關情。

二詩情景交融，饒有韻致，與前述制誥之風格迥異。而公致力創作之餘，益重爲文之法，編有《修辭鑑衡》一書傳世。

　　公之爲人也：光風霽月。其性剛正不阿，一介不苟，人己一視，胸懷灑落，品高德重。若以應奉翰林文字讓李謙，及上言由翰林考議後始贈其二代，胥德配天地、超凡入聖之徵。正因其亢直不撓、廉潔無私，其時飽學之士，如程文海、張伯淳、王旭等人，皆喜與之推轂砥礪：程文海撰有〈王肯堂逐慵軒說〉〔註10〕一文、〈題肯堂學士逐慵軒〉〔註11〕一詩，張伯淳撰有〈壽王肯堂〉〔註12〕一詞，王旭撰有〈寄王肯堂參議〉〔註13〕一詩，率爲與公相唱和之證。而考賢論方、執度量士如公者，非但喜薦舉賢良，對於獎掖後進，亦不遺餘力，如陳儼〔註14〕、王愷〔註15〕、王奕〔註16〕、袁桷〔註17〕一輩，均嘗受其恩澤。

〔註10〕見元・程文海（鉅夫）《雪樓集》卷二十三。

〔註11〕見元・程文海（鉅夫）《雪樓集》卷二十六。

〔註12〕見元・張伯淳《養蒙集》卷十。

〔註13〕見元・王旭《蘭軒集》卷三。

〔註14〕陳儼因王構汲引而入徵，詳袁桷撰〈翰林學士承旨贈大司徒魯國王文肅公墓誌銘〉。

〔註15〕王愷受王構舉薦一事，詳袁桷撰〈翰林學士承旨贈大司徒魯國王文肅公墓誌銘〉。

〔註16〕王奕《玉斗山人集》卷三，有〈見王肯堂〉一詞，首云：「吾祖文中，曾於夫子，受罔極恩……」，足證王構有恩於王奕一族。

〔註17〕元成宗大德初，袁桷承閻復、程文海、王構薦，爲翰林國史院檢閱官；事詳《元史》袁桷本傳及《宋元學案》卷八十五〈深寧學案〉。

　　綜上所述，公之經世也，乃外踐內揚、安民立政；於學術文章也，乃博學多聞、閎中肆外；其爲人也，則卓爾不群，尊賢讓善，所謂「德不孤，必有鄰」、「己立立人，己達達人」之謂乎！夫高山景行，德厚流光，其後代率能文辭、用世有聲者，職是之故耳！

第三章　《修辭鑑衡》成書之背景

　　王構編《修辭鑑衡》，與元代風氣相攸戚！元以蒙古族入主中原，推翻中國傳統，形成新局面；公於其時雖在朝擔任將侍郎、翰林國史院編修官、應奉翰林文字、翰林修撰、吏部禮部郎中、太常少卿、江北淮東道提刑按察副使、治書侍御史、翰林侍講學士、翰林學士、參議中書省事及濟南總管等職，卻仍不忘發揚傳統之文學理論，殫精竭慮，裒輯成書，故其背景誠有足述之處。

　　在政治、社會方面：蒙古起家朔漠，以殺戮爲生，逐水草而居，原無政治制度可言；迨其奄有中國之後，雖按唐宋故典、遼金遺制，設官分職、行法安民，卻仍政治窳劣、百弊叢生。蓋元初無律令法守，循用判例，曲枉故縱，比比皆是，司法獄政，極爲黑暗；而官吏例多賄進，品流叢雜，如非尸位素食，即悖法亂行、殘暴肆殺。復以種族歧視，分人民爲四等——蒙古人居首、色目人次之、漢人又次之、南人爲最劣。蒙古人即國人，陶宗儀《輟耕錄》記蒙古氏族共七十二種；色目人者，各色名目、各等種類之人也，指西域、歐洲各藩屬人，陶宗儀《輟耕錄》記色目氏族共三十一種；漢人、南人之別，趙翼《二十二史箚記》云：「元則以先取金地人爲漢人，繼取南宋人爲南人」，故遼金舊人及遼金治下之華北人，謂之漢人，南宋治下人民，謂之南人。種族階級以永保蒙古人之優越地位爲目的，蒙古族以征服者自居，對漢族人民採高壓、奴化政策。若官吏規制，各級首長必以蒙人任之，〔註1〕漢官犯法，必由蒙官審之，蒙官犯法，斷不可由漢官判之；〔註2〕即量刑之輕重，亦視階級而定，殊乖公允。蒙人不惟享有特權，其對漢人亦愼

〔註1〕見柯劭忞《新元史》卷五十五〈百官志〉一。
〔註2〕見柯劭忞《新元史》卷一〇三〈刑法志〉。

防嚴禁，凡挾兵、藏兵、賽神、結社、出獵、習武藝、從蒙俗……等，皆禁漢人為之；漢人於蒙族統治下，受盡壓迫與屈辱。雖於世祖之世，嘗恩威並用、頒定新律、以漢治漢，使漢人地位略高；然其防制反動、徵斂財賦之目標仍不稍變。是故終元之世，均實行其血腥鎮壓政策。公之近祖多為金朝官吏，世居北方，東平內屬後。所受待遇較「南人」為高；復因公之盛年，正值世祖思揚「耿光大烈」之時，是以政治背景並未阻遏其發展，此其幸運之處也！至於社會環境，自太祖攻金、世祖下宋以來，即干戈蠭起、浩劫經年、瘡痍滿目、生民塗炭，亦云極矣！迨大局底定，經濟復甦，元室復窮徵暴斂、施行苛政；在上者競尚奢華，下民幾轉乎溝壑，可謂世俗澆薄、禮儀蕩然，民不聊生矣！語云：「苛政猛於虎」，〔註3〕豈斯之謂歟！當是時，仕進有多歧，銓衡無定制；古昔藉以取士之科舉制度，自太宗九年一行後，至仁宗延祐二年始復行，〔註4〕其間廢止近八十年，士子因喪失登庸仕途而遭輕視，遂使社會階級產生變動。謝枋得〈送方伯載歸三山序〉云：「滑稽之雄，以儒為戲者，曰：『我大元制典，人有十等，一官二吏，先之者，貴之也。……七匠八娼九儒十丐，後之者，賤之也。……』吾人品豈在娼之下、丐之上者乎？」鄭思肖《心史》〈大義略序〉云：「韃法，一官，二吏，三僧，四道，五醫，六工，七獵，八民，九儒，十丐，各有所統轄。」二說雖有出入，然由此可證儒生地位之卑賤。幸而世祖嘗聽用儒生，仁宗即復行科舉，落魄不遇之文士，方有進身之階，然其地位終究不高。此外，當時之風氣敗壞，盜賊公然行劫，橫行無忌，俾治安解體；而民俗競相豪奢，且聘取無法、棄養尊親、卒不舉哀、典男鬻女、穢語相問、子忤逆父，可謂傷風敗俗矣！總之，元代社會動亂頻仍，苛政繁多，世衰道微，士人階級沒落，工、商地位提高，已非以士人階級為重心之社會。然如前章所述，公之入京，乃得自賈居貞之力，而賈即世祖所延攬之儒士；故窮本溯源，公於其時所以能進用朝廷者，豈非蒙受世祖網羅宋金文士之澤乎！

　　在文化、文學方面：蒙古人本無文化可言，其以馬上得天下後，益右武不尚文，極力摧毀中國文化，致仁義幽淪、禮樂崩壞、儒雅蒙塵、政教陵夷。自成吉思汗迄太宗窩闊臺，蒙人初接觸儒學，並不重視儒生與儒教，儒學之

〔註3〕見《禮記》〈檀弓〉。
〔註4〕柯劭忞《新元史》卷六十四〈選舉志〉，謂元代科舉「創自太宗，定於至元，議於大德，成於延祐」。

流傳，全賴金源文化注入。至世祖忽必烈正位，施行漢化、崇行孔學，儒學始受朝廷尊崇，進而形成中統、至元儒治局面，儒生遂大量參與政治；而碩學大師亦以名教自任，師承宋儒，用夏變夷，中國文化方能苟延殘喘。其時不但有江南文化北來，且有北方漢軍將領興學延儒。若東平行臺嚴實，〔註5〕於其所轄地興學校、倡儒學、制禮樂，使當地儒風鼎盛、人才萃集；嚴實卒後，次子忠濟〔註6〕襲封，一法其父，開府布政，養老尊賢，重視文教，治爲諸道第一；此即所謂元初「東平興學」一事。此舉首在延續文化、弘揚儒學，次則作育當地後學，羅致命世人才。公乃於地靈人傑之環境中，承受一貫之「東平學」，而成東平佼佼學士之一；復受東平先進擢拔，終能成爲禁垣文星。論及文學，則以時運交移，質文代變，爰至元初，文風益壞；復因傳統文化式微，戲曲乃成爲當代文學之代表。雖然如此，綴文之士暨評論撰述卻無乏於時；蓋因中國文學發展至元，各體臻於完備，評論之風丕著，自有其代表作家及作品。操觚之士，若趙孟頫〔註7〕、劉因〔註8〕、虞集〔註9〕等人，皆以詩文名家。及夫評論之學，除公編是書外，若陳繹曾撰《文說》、《文筌》、《古文矜式》、《文章歐冶》、《文譜》、《詩譜》，潘昂霄撰《金石例》，倪士毅撰《作義要訣》，楊載撰《詩法家數》，范德機撰《木天禁語》、《詩學禁臠》，徐駿撰《詩文軌範》，陳秀民撰《東坡文談錄》、《東坡詩話》，俱爲文章批評之專著。由上可知，元代文學並非無一足稱者焉！然大體而言，元代文學理論，乃欲樹新幟而規模未宏，其見解多本於兩宋名家，內容亦不出

〔註5〕嚴實，字武叔，泰安長清人；略知書，志氣豪放，不治生產，喜結交施與。其本山東豪傑之一，降元後受封東平路行軍萬戶，成爲元初藩鎮領袖之一。卒年五十九，追封魯國公，諡武惠。事蹟具《元史》本傳。

〔註6〕嚴忠濟，一名忠翰，字紫芝，實之次子；儀觀雄偉，善騎射。其父卒，襲東平路行軍萬戶、管民長官。忠濟嘗從元好問學，頗有學養，得儒士之風，教導諸生，後多賢者雅儒；東平興學，雖始於嚴實，卻大成於忠濟焉！其統理方郡凡十一年，卒於元世祖至元三十年，諡莊孝。事蹟附《元史‧嚴實傳》末。

〔註7〕趙孟頫，字子昂，宋太祖之後，湖州人。年十四，以父蔭入仕；宋亡家居，會程鉅夫訪遺逸於江南，以孟頫入見，即授兵部郎中，累官翰林學士承旨；卒，追封魏國公，諡文敏。著有《松雪齋集》。

〔註8〕劉因，字夢吉，號靜修，容城人。世祖至元十九年（西元1282年），徵授承德郎、右贊善大夫；未幾，辭歸，再以集賢學士徵，不起。著有《靜修集》。

〔註9〕虞集，字伯生，蜀郡人。元成宗大德初，薦授大都路儒學教授。官至翰林直學士，兼國子祭酒、奎章閣侍書學士；卒諡文靖。著有《道園學古錄》。

兩宋範疇，猶以論詩論文爲主；而斯編內容陳陳相因、蹈常習故、尠有新義者，蓋以囿於時風故耳！矧元初文章衰敝，文法不傳；文法不傳，學者不得其術。公有見於此，遂時時以文法誘導後學。方其時，指導作文之書，需求日亟；公因而編輯是書，作爲後人修辭之資，以期覽者之爲文，合乎古人規範也！

在家庭、個人方面：觀公之家世，其先率爲儒士，可想見其家藏舊籍必夥。而其父公淵，性喜讀書，尤嗜古文，篆隸亦極其趣，重視子女教育，常耳提面命、督子課業；公從之，終能卓然自立、克紹箕裘。由本書之旁徵博引，可知公博覽群書，與其家庭教育有關之斑。復因公淵嘗入北方漢軍將領嚴實幕府中，與實關係密切；實於東平興學時，公淵引公入郡學，從東平儒者聞道。以上胥可證明，書香門第之背景，予公極深邃之影響。而元初文人，以北方居多，才秀之士，煥乎俱集，篤好文章，咸知自勵；矧公之師友大抵爲東平儒士，〔註10〕其人不惟以文章著，亦長於論文；若東平學士王惲，論文章則以韓柳歐蘇爲法，撰有《玉堂嘉話》，〔註11〕記載當時文學因緣與儒生動態；又如與公、王旭同時而號稱「三王」之王磐，〔註12〕亦有論文之語。〔註13〕因而公於創作或評論方面，俱受師友薰陶。迨其門生劉起宗至濟南求教時，《修辭鑑衡》一書已接近完成階段。〔註14〕則知交遊之濡染，寔有裨於公從事著述意念之成立。若乃公之仕宦歷程，不惟爲時甚久，其任官之多，亦不多覯；更難能者，乃其各職均能勝任、政績裴然、口碑載道，誠可謂爲於粲終始、平步青雲。其居翰林國史院日，彼時祖宗謚議冊文、制誥詔敕，乃至實錄國史、臺閣故事，須經其手完成。此外，其尚有越於江濤、率圖籍以朝之功；而文學侍從之職，亦甚便其從事文學。更有足述者，乃公出書前曾賦閒二年，〔註15〕此二年或爲是書之醞釀期。故公本人之遭遇，亦爲其著述之重要淵源也！

〔註10〕 公之師友，詳見上章。

〔註11〕 王惲撰《玉堂嘉話》，收於其著《秋澗先生大全文集》中。

〔註12〕 「三王」之說，見《元書》卷五十八王構本傳。

〔註13〕 王惲撰《玉堂嘉話》中，記有《王磐論文語》。

〔註14〕 見王理撰〈修辭鑑衡序〉。

〔註15〕 元成宗大德七年（西元 1303 年）朝廷更政，公歸里家居二年；迨九年（西元 1305 年）起爲濟南總管，任內出示斯編舊鈔；故謂公出書前賦閒二年也！

第四章 《修辭鑑衡》之板本

　　善讀書者，不僅晰其文義而已，於板本亦必詳考焉！若劉向校書、鄭玄注經，莫不皆然。矧《修辭鑑衡》一書，乃編於王構任濟南總管時，傳世迄今已六百餘年，于傳鈔及刊刻過程中，不免有所闕誤，是以本文先考其板本。今考得《修辭鑑衡》重要板本六種：在手鈔本方面，有舊鈔本、清·文淵閣《四庫全書》本；在單刻本方面，有元·至順刊本、清·道光《指海》本、《叢書集成初編》本；在選本方面，有《文學津梁》本。至於各本之存佚、庋藏、款式與特色，概分詳於下。

壹、手鈔本

一、舊鈔本

　　據王理〈修辭鑑衡序〉，知王構教東平劉起宗爲文時，曾出示此書原鈔；而是鈔於今已不可考，唯清人黃丕烈、陸心源藏有影元鈔全本。民初葉德輝〈影元槧脩辭鑑衡跋〉，謂黃氏所藏舊鈔後歸陸氏皕宋樓，則黃、陸二氏所藏同爲一本無疑。然陸氏《皕宋樓藏書志》題爲二卷，而黃氏題爲三卷者，乃分卷不同之故，並非內容有異。葉氏〈影元槧脩辭鑑衡跋〉云：「陸氏後人盡以藏書售于日本」，故日本靜嘉堂文庫存有二卷一冊本。〔註1〕同時根據黃氏題識，知是本「有補綴痕，其次敘，論詩爲首，文爲後，凡一百九十餘條」云云。

〔註1〕日本·靜嘉堂文庫《漢籍分類目錄》集部詩文評類載：「《修辭鑑衡》（元）王構撰寫（影元）一冊　十八函　一十架」。

二、清・文淵閣《四庫全書》本

此爲清・文淵閣《四庫全書》集部詩文評類之一；書存臺北外雙溪國立故宮博物院。二卷一冊。版面四界雙欄，版心白口，上象鼻題書名《欽定四庫全書》，中縫單魚尾下有書名、卷次、頁次。封裏書有「詳校官監察御史臣劉人睿，主事銜臣徐以坤覆勘」，雙行並列，共二十字；封底附載「總校官、校對官、謄錄」之官銜姓名。卷首有提要及王理《修辭鑑衡》原序。〔註2〕

本書首頁上端沿眉蓋有「文淵閣寶」，末頁同位處有「乾隆御覽之寶」，篆文方璽兩顆。卷一凡三十九頁，卷二凡二十四頁，每半頁八行，行二十一字；通書毛筆端楷，白文無注，逐條相次。校之元槧，是本除序文有缺外，卷一第五、六頁亦佚，〔註3〕文中時有闕字。據《四庫全書》總目所載，此本乃採之於「編修汪如藻家藏本」；〔註4〕此本之佳，僅次於元槧。

貳、單刻本

一、元・至順刊本

此爲元文宗至順四年（西元1333年）集慶路儒學刊本；國家圖書館藏。共二卷二冊。版面四界左右雙欄，版心白口，中縫刻畫逆魚尾，雙魚尾內刻有卷名、卷次、頁次，少數幾頁於上象鼻處記大小字數。書前有王理《修辭鑑衡》序；卷一凡三十四頁，卷二凡二十頁，全書五十四頁，皆每半頁十行，行二十字，字多模糊，間有闕誤，蓋初刻是書，亦甚草草也！

其字體除引文書名以偏右小字書之外，餘率用大字；總目「詩」、「文」、「四六」及引文胥頂格書寫，唯「詩」、「文」下之各標題降四格，王構按語降一格。全書布局以論「詩」爲首，其次論「文」，「四六」附於書末；逐條相次，凡二百零一條，白文無注；每條多著出處，其中數條或無或墨。

《修辭鑑衡》之刻本，莫古於此。王理〈修辭鑑衡序〉云：「監察御史東平劉君起宗，始以歲貢山東廉訪司，爲其書吏，居濟南；故翰林承旨王文肅公爲

〔註2〕清・文淵閣《四庫全書》本卷首，附王理《修辭鑑衡》原序第二頁，首頁闕。

〔註3〕《四庫提要》集部詩文評類「《修辭鑑衡》二卷」下云：「上卷佚其第五頁」，實則《元槧》卷一第六頁，《四庫全書》本亦佚。

〔註4〕汪如藻係文淵閣校理翰林院編修，其私人進獻本凡一百七十一種，《四庫全書》著錄九十種（《修辭鑑衡》即其一）、存目五十六種。

濟南總管，固其鄉先生也，君以諸生事之。文蕭教之爲文，出書一編，即此書也！劉君愛之不忘，俾刻之。理命李君晉仲、李君伯羽校之，釐正其次敍，……因命儒學正戚君子實掌板鄭枂刻之于集慶路學」，記載是本刊刻經過甚詳。

　　民初葉德輝輯《麗廔叢書》、《郋園全書》，〔註5〕均收影元槧《脩辭鑑衡》，現藏中央研究院史語所傅斯年圖書館。其內容同元槧，僅數字有出入，而字跡卻較清晰明確，有助於辨識元槧文字。卷末附葉氏〈影元槧脩辭鑑衡跋〉，除述其輯書原始及《修辭鑑衡》舊鈔本之流傳情形外，且云：「此影寫元至順四年集慶路學刻本，全書無缺葉；末葉損破，缺九字，上卷原缺八處，凡九字，下卷原缺亦八處，凡十一字，多可取原引書補之。至其中訛誤，亦正不少，如上卷一葉略舉數事，數誤教未改；五葉詩取平淡，淡誤談未改；九葉謂之頸聯，頸誤景未改；十葉圓荷浮小葉，荷誤何已改；十一葉牽率排比處，率誤牽已改；十三葉待伴，待誤持已改；十八葉山虛鐘響徹，鐘誤鍾未改；二十一葉蒹葭詩，蒹誤兼未改；二十八葉翰林供奉，奉誤拳已改；二十九葉及云退朝花底散，云誤矣未改；三十葉吳楚東南坼，坼誤拆未改此字，坼拆皆不能定；三十三葉郊島孰貧，孰誤熟已改。下卷四葉豐不餘一言，豐誤豊已改；五葉如天地；天下脫地字未補；六葉漢高祖紀詔令，詔誤紹已改；十一葉韋氏子弟，弟誤苐已改；十二葉終爲人之臣僕，僕誤樸已改；十六葉文章蓋自建安以來，自誤此未改；十七葉此亦倒法也、亦倒法也，二倒字均誤作例已改。凡十九處，亦可取原引書改之。」可知元至順刊本缺誤之一斑，足資參證。

二、清‧道光《指海》本

　　此指清宣宗道光二十二年（西元1842年）錢熙祚校輯之本，中央研究院史語所傅斯年圖書館藏。二卷一冊。版面四界左右雙欄，版心白口，上象鼻有書名，中縫單魚尾下有卷次，下象鼻上方有頁次，然中縫與下象鼻間並無短橫線畫分。卷首引〈欽定四庫全書提要〉；〈卷一〉首頁首行上方題「《修辭鑑衡》卷一、下方書「《指海》第十一集」，〔註6〕次行下方題「元王構撰」；卷一首頁版心下象鼻處，於頁次「一」下復有「守山閣」三字。卷一凡三十

〔註5〕《麗廔叢書》凡八冊，有圖，二十七公分，線裝，第八冊收《修辭鑑衡》二卷；《郋園全書》凡二百冊，收一百四十六種書，二十六點五公分，線裝，第一百三十三冊收《脩辭鑑衡》二卷。均藏中央研究院史語所傅斯年圖書館。
〔註6〕《指海》係成於金山錢熙祚、錢培讓、錢培杰父子之手，計二十集，每集八冊，以經史子集爲次，不限時代；《修辭鑑衡》在第十一集、第八十八冊。

四頁，卷二凡二十二頁，每半頁九行，行二十一字。此本無王理序；經本人校對結果，其內容及缺誤情形同《四庫全書》本。董康撰影印二十集足本《指海》敘云：「是書前十二集，即昭文張海鵬所刻《借月山房彙鈔》原板，……熙祚得之，重加校補，增入若干種，改題《指海》而後印行。……」現存於中央研究院史語所傅斯年圖書館之《借月山房彙鈔》並非全帙，故不知是本乃錢氏所增，抑據《借月山房彙鈔》校補？然因其內容與《四庫全書》本近，其底本亦疑似出自《四庫全書》本。

三、《叢書集成初編》本

此指民國二十六年至二十八年間，據《指海》本排印出版之《叢書集成初編》本；中央研究院史語所傅斯年圖書館、師大總圖書館均有收藏。二卷一冊。〔註 7〕卷首有提要，全書凡四十三面，每面十五行，行四十字；內容雖同《指海》本，然是本加有句讀，甚便初學閱讀。民國五十四年《萬有文庫薈要》、民國五十七年《國學基本叢書》，〔註 8〕均收《修辭鑑衡》二卷，版式、行款、字體、字數、內容等均同《叢書集成初編》本；民國七十四年臺灣‧新文豐出版公司出版《叢書集成新編》，〔註 9〕其中第七十八冊收《修辭鑑衡》二卷，實縮影《叢書集成初編》本而成。

參、選　本

《文學津梁》本

此指民國周鍾游編《文學津梁》本《修辭鑑衡》，〔註 10〕國家圖書館藏。

〔註 7〕《叢書集成初編》，王雲五主編，商務印書館發行，民國二十六年六月至二十八年十二月出版；原書共四千冊，平裝，缺五百三十二冊，現存三千四百六十八冊。《修辭鑑衡》在第二千五百四十二冊，書前附印「本館據《指海》本排印，初編各叢書僅有此本」字樣，三行並列，共十七字。

〔註 8〕《萬有文庫薈要》一千二百種、《國學基本叢書》四百種，皆由王雲五主編，臺灣商務印書館發行，今已絕版，現藏國家圖書館、國立故宮博物院、東吳大學總圖書館等處。

〔註 9〕《叢書集成新編》，凡一百二十冊，每冊大本精裝十六開本，臺灣新文豐出版公司編輯部編；第七十八冊收《修辭鑑衡》二卷。

〔註 10〕民國周鍾游收錄十二種古人論修辭之著述，成《文學津梁》叢書（其中第四種即《修辭鑑衡》）；民國五年石印本，凡八冊，有正書局印行，現藏國家圖

一卷。版面四界雙欄，版心小黑口，上象鼻細墨線右方有書名，中縫無魚尾，然下方有頁次，下象鼻細墨線右方有「有正書局印」五字。是本內容僅選錄《修辭鑑衡》卷二論文部分，王理序及卷一論詩部分胥付闕如；蓋因《文學津梁》所選，以專論散文爲主，其餘概不欄入。卷首附載「《修詞鑑衡》目錄」，全書凡二十二頁，每半頁十行，行二十字；首頁首行題「《修詞鑑衡》 元王構編」，逐條相次。除引文書名及二處脫字用小字注明外，餘率以大字行文；引文頂格書寫，各標題降二格，王構按語降一格。因是本僅爲《修辭鑑衡》之選本，故版本不佳。周氏《文學津梁》自序有云：「今者茲編之輯，彙先正之緒言，以爲後學津逮，果能據此以資講習，則文章之消息已可得其大概，其賢於今之所謂文典者遠矣」，可證是書足爲後學習文津梁，自有不同凡響之意義。

書館。

第五章　《修辭鑑衡》之內容闡要

　　《修辭鑑衡》即爲文者資以自明之著作。王理序《修辭鑑衡》云：「《修辭鑑衡》之編，所以教爲文與詩之術也。」明言是書旨趣，乃教人寫作文章之方法。

　　王構撮宋人論文法之作，擷其體要，萃其精英，俾後學見前賢之矩矱，則門徑可明，並推廣其義，而啓發有自。倘契合斯編所言之文法，求爲成體之文，又何難焉！

　　是書內容，極爲龐雜，皆探宋人詩話及文集說部爲之；公所附論，唯下卷「結語」一條。

　　全書布局以論「詩」爲首，次論「文」，「四六」附於書末，逐條相次，凡二百零一條，都爲二卷；卷一曰「文法一」，所收以論「詩」爲主，凡一百一十三條，總目「詩」下有二條，餘率每條或數條分立標題，計立四十七標題；卷二曰「文法二」，所收以論「文」爲主，四六附於卷末，凡八十八條，總目「文」下有一條，其餘八十三條亦每條或數條分立標題，計立四十九標題，而卷末總目「四六」下尚有四條。雖二卷所收各有所主，然其旨胥言文法，故論「詩」之語，仍適用於「文」，論「文」之語，亦適用於「詩」。而公對於「詩」「文」之主張，亦相類也，要而言之，其說乃在論「詩」「文」之本原與「詩人」「文人」之修養、「詩」「文」之體製與類別、「詩」「文」之作法、「詩」「文」之批評。其中復以作法、批評爲重，足可代表有元一代之修辭論與批評論。今分論「詩」、論「文」二部分，鉤玄提要，闡其精義。

壹、論 詩

一、詩原論與詩人修養論

本書於詩方面，其基本理論，包括詩原論與修養論。關於論「詩之本原」，則主詩本乎性情，且強調溫柔敦厚之旨；論「詩人之修養」，則主才、學並重，且謂詩才有高下之別、用功有深淺之異。

千古善言詩者，莫如虞舜教夔典樂曰：「詩言志」，〔註1〕此言詩乃吟詠情性、感發志意者也。〈詩序〉不云乎：「詩者，志之所之也，在心爲志，發言爲詩。情動于中，而形于言。」是知情志爲詩之本。情者，心之精，觸感而興；涵養情性，發於氣，因情以發氣，因氣以成聲，因聲而繪詞，因詞而定韻，此詩之源也。故詩本乎性情。歷來主此說者頗夥，而本書卷二明言：「吟詠情性，合而言志，謂之詩」；卷一「詩非怒鄰罵座之爲」條，對此亦有所論，云：

> 山谷云：「詩者，人之情性也，非強諫爭於廷、怨忿詬於道、怒鄰罵座之爲也。其人忠信篤敬，抱道而居，與時乖違，遇物悲喜，同床而不察，並世而不聞，情之所不能堪，因發爲呻吟調笑之聲；胷次釋然，而聞者亦有所勸勉。比律呂而可歌，列干羽而可舞，是詩之美也。其發於訕謗侵凌，引頸以承戈，披襟而受矢，以快一朝之忿者，人皆以爲詩之過，乃失詩之旨，非詩之過也」（《詩文發源》）

不獨說明詩以道性情、情性爲詩之本，亦謂詩之爲用有益世道人心，言之者可理情性，聞之者亦足以戒。而詩之所以能厚人倫、動天地、感神明者，正緣自情能動物。然情若重淵，奧不可測，致詩不患無情，特患情之肆。夫善用情者無他，亦不失其正爾；若〈關雎〉「樂而不淫、哀而不傷」，斯得性情之正。換言之，凡爲詩，須發乎情、止乎禮義，以達溫柔敦厚之教。強諫爭於廷、怨忿詬於道、怒鄰罵座之詩，均有失溫柔敦厚之旨。此上條引文之意。雖人或以爲「詩非強諫爭於廷、怨忿詬於道」諸語，言之過甚；〔註2〕然怒鄰

〔註1〕見《尚書·虞夏書·堯典》。

〔註2〕宋·黃徹《䂬溪詩話》卷十五：「余謂怒鄰罵坐，固非詩本指，若小弁親親，未嘗無怨，何人斯，取彼譖人，投畀豺虎，未嘗不憤，謂不可諫爭，則又甚矣。箴規刺誨，何爲而作？古者帝王尚許百工各執藝事以諫，詩獨不得與工技等哉？故譎諫而不斥者，惟風爲然。如《雅》云：『匪面命之，言提其耳，彼童而角，實訌小子，憂心慘慘。』念國之爲虐，亂匪降自天，生自婦人，忠臣義士，欲正君定國，惟恐所陳不激切，豈盡優柔婉晦乎？故樂天〈寄唐生〉詩云：『篇篇無空文，句句必盡規』」是知黃徹亦不排斥諫爭、怨忿之詩，

罵座非詩之本旨，卻不容置疑。

　　至於詩人應有之修養，或以為應具才學識德，或以為應具才膽識力，眾說紛紜，而本書只論及才與學。詩，不離乎才也，才乃運化性情、發抒性靈之器，才盛則情深思生，才缺則心思不出；若識得十分，只做得八、九分，其一、二分即拘于才力；故嚴羽有「詩有別材，非關書也；詩有別趣，非關理也。」〔註3〕之說。

　　才亦有巧拙遲速之別，遲則苦其心，速則縱其筆，摛詞絕不相同；至於巧拙，更是「雖在父兄，不能以移子弟」；本書卷一「詩才有高下」條，即在說明此理，如云：

　　　　（東坡）又曰：鄭谷詩云：「江上晚來堪畫處，漁人披得一簑歸」，此村學中詩也。柳子厚云：「千山鳥飛絕，萬徑人蹤滅，孤舟簑笠翁，獨釣寒江雪」，信有格也哉！（《古今詩話》）〔註4〕

　　　　劉夢得言：「茱萸」二字，更三詩人道之，而有工否。杜公云：「更把茱萸仔細看」，王右丞云：「遍插茱萸少一人」，朱放云：「學他年少插茱萸」；杜句為優。逮東坡有「酒闌何必看茱萸」之句，則又高出工部一等。（《蒲氏漫齋錄》）

雖同為描寫江景與漁父，然鄭谷所作，其情其景，皆遠不如柳宗元者，才不逮也！雖同用「茱萸」一詞，然四家所成之句，仍有工拙之異者，詩才有高下也！由此可見詩本乎才，尤貴乎全才；然詩意無窮而人之才分有限，故能之者偏也。本書卷一「評前賢詩」條引《詩文發源》云：

　　　　秦少游言人才各有分限，杜子美詩冠古今，而無韻者殆不可讀，曾子固以文名天下，而有韻輒不工；此未易以理推也。

蓋人之才情既各有所近，祇要依其所長，筆筆妥當，自成一家，即是能書，不必求為通才也！欲求為能詩者，除才力外，尚須積學；學乃涵養胸襟格調之資，故欲作詩，當自讀書始。倘平日積理既富，自能識見有主，下筆吐辭之際，即不假思索、左右逢源、四通八達，如山之有脈、水之有源、木之有本；反之，雖有天縱之才，如空疏不學，亦必難有傳世之篇。杜甫曾自言所

與王構之觀點不同。

〔註3〕見嚴羽《滄浪詩話》頁3。

〔註4〕柳宗元詩句「萬徑人蹤滅」之「徑」字，元至順刊本《修辭鑑衡》引作「境」，今據《東坡題跋》及柳宗元〈江雪〉詩改成「徑」。

得云：「讀書破萬卷，下筆如有神」、「轉益多師是汝師」，此其所以成詩聖也。嚴羽所謂「非多讀書、多窮理，則不能極其至」，〔註5〕更強調非讀書之多、明理之至者，則無以博其趣。本書卷一「評前賢詩」條，謂作詩之要，乃「但多讀而勿使」，良有以也！同卷「用事」條云：「讀書天下難事，用功有淺深耳」，首指爲學之難，繼示爲學之方。同卷「評前賢詩」條乃云：「後世學者當先學其工者」、「須要唐律中作活計，乃可言詩」，話中含有入門須正、立志須高、取法乎上之意。蓋凡人爲學，如取法乎其上，僅得乎中，取法乎其中，斯爲下矣！而詩之工者，莫若唐律，後學應從唐律中之最工作品著手，方得其詩法及精神氣骨。此外，當以氣概一世、致思深遠、自然平淡之詩常自涵養，下筆方能高妙。〔註6〕由此觀之，先天與後天、師心與學古，均不可廢；才與學實相輔相成、缺一不可。猶劉勰云：「屬意立文，心與筆謀，才爲盟主，學爲輔佐，主佐合德，文采必霸，才學褊狹，雖美少功」，〔註7〕則人之爲文，才學既不可缺，又須互相爲用，以才運學，以學濟才，始足以臻詩之極境。

　　大抵而言，本書有關詩之基本理論不多，且其說大部分皆雜鈔成書、薈萃各家，並無標新立異之見。

二、詩之體製與類別

　　天下萬物莫不有體，文章亦以體製爲先；文章之有體製，猶宮室之有制度、器皿之有法度也！倘若不合體製，即不能適用，不能適用，則將失其效用，故不能不辨體。我國詩歌來源久矣，並於悠久歷史中不斷蛻變，形成眾多體製與類別，而各體各類之作法又截然不同，是以辨別其體式益顯重要；因而本書於詩之源流、演變、體製，暨風雅頌、賦、四言詩、五言詩、七言詩、律詩、西崑體、拗體、抒情詩、敘事詩、詠物詩、集句詩等，均有所論及。

　　本書卷一「詩」條引《古今總類詩話》云：

　　詩者，始於舜皋之賡歌，三代列國，風雅繼作，今之三百五篇是也；其句法自三字至八字，皆起於此。三字句，若「鼓咽咽，醉言歸」之類；四字句，若「關關雎鳩，在河之洲」之類；五字句，若「誰謂雀無角，何以穿我屋」之類；七字句，若「交交黃鳥止于棘」之

〔註5〕同註3。
〔註6〕見《修辭鑑衡》卷一「選詩」條及「評前賢詩」條。
〔註7〕見劉勰《文心雕龍》〈事類〉。

－24－

　　類；八字句，若十月之交曰：「我不敢效我友自逸」之類。漢魏以降，

　　述作相望；梁陳以來，格致寖多；自唐迄于國朝；而體製大備矣。

《詩經》乃中國最古之詩歌總集，然詩歌之起源，尚遠在《詩經》之前；誠如沈約所謂「雖虞夏以前，遺文不覿，稟氣懷靈，理或無異；然則歌詠所興，宜自生民始也。」〔註8〕自人類有語言以來，即有詩歌，只是當時文字製作尚未完善，詩歌止於口耳相傳，以致付諸闕如。後人搜集《詩經》以前之古詩歌，〔註9〕包括神農、黃帝、少昊、堯、舜、禹時之作品，而諸作或眞或假，亦有出於後人僞託者，實無可徵信；故詩歌究竟始於何時，誠無可稽考。然則詩歌源於生民之始，殆勿庸置疑；而《古今總類詩話》謂詩始於舜皋之賡歌，〔註10〕恐非確論。

　　前條亦謂三字句至八字句皆起於《詩經》，所言固可信，然一、二、九字句亦自《詩經》始也！蓋三百篇之句法，自一字句至九字句皆備，一字句如淄衣之「敝」、「還」，二字句如魚麗之「鱨鯊」、「魴鱧」，九字句如昊天有成命之「二后受之成王不敢康」皆是。〔註11〕《詩經》之後有《楚辭》，形成「騷體」，繼而賦體、樂府、五七言詩先後興起，致兩漢及魏晉南北朝之詩格寖多；至唐代近體完成，體備眾製，形成詩歌黃金時代。是知上述《古今總類詩話》之說，對歷代體製之演變，所言雖未盡詳備，然亦勾勒出詩體變化之大略矣。本書卷一「詩體之變」條復云：

　　詩自河梁之後，詩之變至唐而止，元和之詩極盛；詩有盛唐、中唐、

　　晚唐，五代陋矣。

前二句殆指近體詩萌芽於齊梁、大成於唐之沈（佺期）、宋（之問），詩體至此時已完全成熟，無復可變；後三句推崇盛唐、中唐、晚唐詩，而以元和時期之詩爲極盛。且謂五代之詩陋，其所以然者，蓋五代時詞體文學已脫離詩

〔註 8〕　見《宋書》謝靈運傳論。

〔註 9〕　陸侃如《中國詩史》謂：「詩經以前之古詩歌，大都收集於楊愼〈風雅逸篇〉、馮惟訥《風雅廣逸》及《詩記前集》十卷古逸裏。其中有神農時之蜡辭，有黃帝時之彈歌，有少昊時之皇娥歌、白帝子歌，有唐堯時之擊壤歌、康衢謠，有虞舜時之卿雲歌、南風歌、虞帝歌，有夏代之塗山歌、五子歌、夏人歌，有商代之盤銘、桑林禱辭、商銘等。」足資參證。

〔註10〕　《尚書・虞夏書・皋陶謨》，載舜歌曰：「股肱喜哉，元首起哉，百工熙哉」，亦載皋陶賡歌曰：「元首明哉，股肱良哉，庶事康哉」、「元首叢脞哉，股肱惰哉，萬事墮哉」，《古今總類詩話》所謂「舜皋之賡歌」者，殆指此。

〔註11〕　《詩經》雖間有雜言，然率以四言爲主。

囿，而漸次蓬勃發展也！至於詩之眾體，本書卷二「文」條有云：

> 余近作示客云：刺美風化，緩而不迫，謂之風；采摭事物，摛華布體，謂之賦；推明政治，正言得失，謂之雅；形容盛德，揚厲休功，謂之頌；幽憂憤悱，寓之比興，謂之騷；感觸事物，託於文章，謂之辭；程事較功，考實定名，謂之銘；援古刺今，箴戒得失，謂之箴；猗迂抑揚永言謂之歌；非鼓非鐘徒歌謂之謠；步驟馳騁，斐然成章，謂之行；品秩先後，序而推之，謂之引；聲音雜比，高下長短，謂之曲；吁嗟慨歌，悲憂深思，謂之吟；吟詠情性，合而言志，謂之詩；蘇李而上，高簡古淡，謂之古；沈宋而下，法律精切，謂之律；此詩之眾體也。……（《珊瑚鉤詩話》）

此謂詩之體製有：風、賦、雅、頌、騷、辭、銘、箴、歌、謠、行、引、曲、吟、詩、古、律，且加以釋名，並說明各體之定義。風雅頌者，《詩經》之異體也；騷辭賦者，《楚辭》《漢賦》之體製也；銘箴者，文筆兼而有之，具警戒作用；放情曰歌，通乎俚俗曰謠，體如行書曰行，序而推之曰引，委曲盡情曰曲，悲如蚩螫曰吟；詩者，吟詠情性也；古者，古體詩也；律者，近體詩也。元稹《元氏長慶集》云：「詩之為體，二十四名；賦、頌、銘、贊、文、誄、箴、詩、行、詠、吟、題、怨、歎、篇、章、操、引、謠、謳、歌、曲、辭、調，皆詩人六義之餘。」名目較《珊瑚鉤詩話》為多，足資參照。

　　風雅頌，《詩經》之三種分類。〈詩序〉云：「風，風也，教也，風也動之，教以化之。……上以風化下，下以風刺上，主文而譎諫，言之者無罪，聞之者足以戒，故曰風。」「雅者，正也，言王政之所由廢興也，政有小大，故有小雅焉，有大雅焉。」「頌者，美盛德之形容，以其成功告於神明者也。」本書解釋風雅頌，大體與〈詩序〉類似，如卷二「文」條有云：「刺美風化，緩而不迫，謂之風；……推明政治，正言得失，謂之雅；形容盛德，揚厲休功，謂之頌」。

　　至於賦體，《修辭鑑衡》卷二「文」條則解為「采摭事事物，摛華布體，謂之賦」，與〈詩序〉謂「賦之言鋪」、《朱熹詩集傳》謂「賦者，敷陳其事而直言之者也」相去不遠。而王構認為作賦時須以宋玉、賈誼、司馬相如、揚雄為師，〔註12〕蓋諸人擅長作賦，若依倣其步驟，可得古風。

　　論四言詩，公以為自曹氏父子、王粲、陸機之後，惟陶潛最高，而陶詩

〔註12〕見《修辭鑑衡》卷一「作賦」條。

亦突過建安之作。〔註13〕蓋陶潛四言詩甚多，雖未必盡爲佳作，然均遠勝建安時期作品，允爲《詩經》之嗣音。

論五言詩，王構強調「古詩十九首」及曹植詩皆致思深遠，〔註14〕《修辭鑑衡》卷一「五言第三字七言第五字並要響」諸條，謂五言詩每句之第三字爲句眼，應用響字。實則「古詩十九首」乃五言詩之冠冕；而曹植則爲五言詩之開拓者，五言至其筆下方擴大視野、範圍百態，無物不可入詩，鍾嶸《詩品》稱其作「詞采華茂，情兼雅怨，體被文質」。本書只強調此二者「致思深遠」，尙未能彰顯其在詩學史上之地位。倒是句眼與響字之說，有益於詩之創作。

論七言詩，《修辭鑑衡》卷一「七言不要有閒字」、「七言得連綿字而精神」、「七言對偶之工」、「五言第三字七言第五字並要響」諸條，提及七言詩不可有閒字、運用連綿字可喚起全詩之精神，以及對偶須工整，每句第五字爲句眼應用響字等見解。

論律詩，《修辭鑑衡》卷一「意遠而中潛貫者高」條，謂中間對聯兩句須中實潛貫，意即該處內容須充實、含蓄、貫串。

除上述各點外，本書尙論及「西崑體」與「拗體」。宋詩之始也，以楊億、劉筠，錢惟演最著，諸公變詩歌之體，以新詩更相屬和，編有《西崑酬唱集》二卷，作者凡十七人，一以晚唐李商隱爲宗，詩皆近體，重對偶、用僻典，詞取姸華，不乏興象，索解殊難，是所謂「西崑體」也！《修辭鑑衡》卷一「用事」條云：

> 六一居士云：「國朝楊大年與錢惟演、劉筠數公唱和，自《西崑集》出，時人爭效，詩體一變，而後生晚輩患其多用故事，至於語僻難曉，殊不知自是學者之弊。……蓋其雄文博學，筆力有餘，故無不可。……」（《詩話總類》）

由上可知「多用故事」爲「西崑體」之特色；至於語僻難曉，以爲「自是學者之弊」，當屬卓見。本書卷一「聲律末流」條云：

> 張文潛云：「以聲律作詩，其末流也，而唐至今謹守之。獨魯直一掃古今，直出胸臆，破棄聲律，作五七言，如金石未作，鐘聲和鳴，渾然天成，有言外意。近來作詩者，頗有此體，然自吾魯直始也」（《詩文發源》）

〔註13〕見《修辭鑑衡》卷一「四言」條。
〔註14〕見《修辭鑑衡》卷一「選詩」第三條。

此乃就「拗體」而言。唐人作詩，多謹守格律，雖於杜甫、韓愈詩中已有拗律、拗句之現象，〔註15〕然究竟不普遍；至宋黃庭堅加以變化、發揮，形成拗之格律，拗體遂成黃詩特有之格，亦為江西詩派喜用之形式；故宋人作詩多用拗體者，庭堅實為濫觴。

於詩之類別方面，本書只略提「抒情詩」、「敘事詩」、「詠物詩」及「集句詩」。我國古人多主「詩言志」，故抒情言志乃詩人之本意，敘事詠物係詩人之餘事。我國詩歌亦以「抒情詩」為最多，若千古韻文之祖——《詩經》，多直寫性情，尤其是《國風》，率為抒情歌曲，刻畫男女間之戀情、棄婦哀怨之心理、孝子思親之情懷、生離死別之悲歡，無不動人，後之「抒情詩」，咸由《國風》導其先路；本書卷一「說情說事」條之引文，即指出《詩經》中之〈載馳〉反覆說盡情意、〈蒹葭〉說事明白，尤宜學者參考致思。〈載馳〉為《鄘風》十篇之末，乃許穆公夫人自傷不能救其祖國而作，詩中流露許穆夫人之憂愁焦慮，及其營救祖國之愛國情懷，沈鬱頓挫，感慨唏噓，誠為反覆說盡情意之「抒情詩」。〈蒹葭〉則為《秦風》十篇之第四篇，此詩可視為情詩、懷友詩或求賢招隱之詩，流露有所愛慕而不得親近之情，亦三百篇中「抒情詩」之代表。

論及「敘事詩」，我國此類詩歌本不發達，迨東漢時五言詩體成熟，「敘事詩」始有進一步之發展。就《詩經》而言，《大雅》《小雅》中即有少數幾篇結構嚴謹、描寫生動之「敘事詩」，如〈生民〉、〈公劉〉、〈緜〉、〈皇矣〉、〈大明〉皆是。本書卷一「紀事」條即舉〈緜〉、〈皇矣〉、〈大明〉之句，以說明此三詩為「敘事詩」之佳者，若〈皇矣〉之述克密、克崇，〈大明〉之述克商，形容征伐之盛，無論手腕筆法，皆極盡記敘之能事。

至於工於紀事之詩人，公首推杜甫。《修辭鑑衡》卷一「評前賢詩」條，謂杜甫敘事從頭述說無遺，而題材率為他人所不敢道者；同卷「紀事」條，則謂其詞氣如百萬戰馬，注波瀉澗，如履平地，得詩人遺法。《新唐書》〈杜甫傳〉贊云：「甫又善陳時事，律切精深，至千言不少衰，世號『詩史』……」即說明杜甫善敘事。於杜詩中，可窺見彼時之社會面貌，可感受當時之風風

〔註15〕拗律乃指平仄之交換，使詩之音調反常；杜詩中拗律現象甚多也。拗句乃指句法之組織改變，使文氣反常；韓愈喜造拗句，如五言句大率為上二下三，其卻組成上三下二或上一下四，七言句多為上四下三，其卻組成上三下四或上二下五之句法。

雨雨，真正達到「言恢之而彌廣，思按之而彌深」之境地，與白居易「寸步不違，猶恐失之」之寫實筆法不同；故公以爲白氏之紀事，望杜甫藩垣而不及也。

若乃「敘事詩」之作法，本書唯卷一「八句要訣」條云：「敘事不病於聲律」之言最爲貼切，蓋病於聲律，即非佳作也。

繼論「詠物詩」，我國之詠物詩自《詩經》以下，大率爲借物寓意；純粹刻畫一物之詠物詩，至六朝方興盛；然六朝詠物詩雖極縷繪之工，皆匠氣也，其格甚卑。是知詠物仍須有技巧，本書即提供若干創作方法。如卷一「八句要訣」條，提出「不窘於物象」；「寫物」條，提出「意新語工」、「禁體物語」、「狀難寫之景於目前，含不盡之意於言外」等法，並言詠物不待明說盡，只彷彿形容，便見妙處，若能緣情體物，則自有天然之妙，雖巧而不見刻削之痕。蓋因詠物詩最難工，除須體物工細、狀物之情、有所寄託外，仍要不即不離、不黏不脫，向題上透出一層。《修辭鑑衡》卷一「寫物」條，謂林逋梅花詩：「疏影橫斜水清淺，暗香浮動月黃昏」描寫不致太切，卻不使人誤以爲桃李詩，皮日休白蓮花詩：「無情有恨何人見，月曉風清欲墮時」，亦不致令人誤作紅蓮花詩，此皆寫物之工者；若石曼卿紅梅詩：「認桃無綠葉，辨杏有青枝」，則爲陋語。謝榛四溟詩話云：「凡作詩不宜逼真，……遠近所見不同，妙在含糊，方見作手。」正是作詠物詩之原則。

最後論「集句詩」，《修辭鑑衡》卷一「集句」條云：

集句自國初有之，未盛也，至石曼卿人物開敏，以文爲戲，然後大

著；至元豐間，王文公益工於此，人言自公起，非也。(《古今詩話》)

此言集句詩之發展。所謂集句詩者，指集古人原句而成之詩，爲晉傅咸[註16]首創；傅咸作《詩經》集句詩〈畫修〉和〈無將〉，乃集句詩之始。南北朝時，未聞有仿作；唐代或已流行此格，然作品未傳於後。至宋初石曼卿等人頗好此道，王安石更大量寫作，精切巧妙且又渾然天成，群相效法，遂蔚爲風氣；而宋人多誤以爲集句詩始於王安石，故若干詩話均予以糾正，《古今詩話》亦然。集句詩於各類詩中，最爲人忽視，此條可令儕輩重視此格。

總之，是書之詩體論無完整體系，其論各類詩亦不完備；然所言偏重作法，頗多可探。

───────────────

〔註16〕傅咸，字長虞，晉惠帝時官至御史中丞，卒諡貞；其詩文爲時人所讚賞。其乃最先嘗試創作集句詩而成功者。

三、詩之作法

本書論詩之作法，極為詳盡。其言創作前必先「苦思」，謀篇時必先「立意」與「布置」。論及字句，雖不廢鍛鍊工夫，然反對有斧鑿痕及陳腐艱深之語，此外，尚提出種種修辭方法；至於風格，則主高古清新、平淡自然。

從事詩歌創作，才既不可缺，而思為才之徑、才之用；昔陸機〈文賦〉嘗論構思之重要性，劉勰《文心雕龍》〈神思〉亦言為文運思之道，是知思理之妙矣！然詩之有思，卒然遇之而不可遏，有物敗之則瞬間失之；正因思難而敗易，致產生許多以「苦思」為詩者，若相如含筆而腐毫，揚雄輟翰而驚夢，桓譚疾感於苦思，王充氣竭於思慮，張衡研京以十年，左思練都以一紀，皆思緩之例。《修辭鑑衡》卷一「詩自苦心得之」條云：

> 鄭綮相國善詩，或曰：「相國近為詩否？」對曰：「詩思在灞橋風雪中驢子上，此處何以得之？」蓋言平生苦心。（《古今詩話》）

> 陳去非嘗謂余言：唐人皆苦思作詩，所謂「吟安一箇字，撚斷數莖鬚」、「句向夜深得，心從天外歸」、「吟成五字句，用破一生心」、「蟾蜍影裏清吟苦，舴艋舟中白髮生」之類是也。……（《韻語陽秋》）

此言唐人作詩多苦吟。其實唐最有名之苦吟詩人，莫若孟郊、賈島。孟郊作詩，極講藝術技巧，其夜感自遣云：「夜學曉未休，苦吟神鬼愁，如何不自閑？心與身為讎」。〔註17〕賈島曾自稱為「溝西苦吟客」，〔註18〕其秋暮詩亦云：「默默空朝多，苦吟誰喜聞」；〔註19〕且於搜得「獨行潭底影，數息樹邊身」〔註20〕佳句後，自註：「二句三年得，一吟雙淚流」，三年始成二句，而一吟淚下，可見其苦思程度。夫詩之不工，往往肇因於未能精思，蓋語欲妥貼，字必推敲，若一字有瑕，足為全篇之玷，故須研精殫思；古人苦心終身、日鍊月鍛，曰「語不驚人死不休」，曰「一生精力盡於詩」，屬思久之，神騖八極，心遊萬仞，鍊成一首，自無可議，是知「苦思」之要。或以為詩不應苦思、苦思則喪其天真；關於此點，乃詩人之過，非苦思之罪。若杜甫不廢苦思，其韻格亦遠在他人之上；而若干苦吟者造語皆工、得句皆奇，特韻格不高，不能追杜甫之逸步，此乃因人而異也。

〔註17〕見孟郊《孟東野詩集》卷三。
〔註18〕見賈島《長江集》卷四〈雨夜同厲玄懷皇甫句〉詩。
〔註19〕見賈島《長江集》卷四。
〔註20〕見賈島《長江集》卷三〈送無可上人〉詩。

故「苦思」之爲用，實不容抹煞；但以人之才情不一，未可以「苦思」與否分優劣，如所謂「書檄用枚皋，典冊用相如」，當各隨性之所近而運思，遲速則無足較也！

苦思之後，繼之爲謀篇，方能選義按部、考辭就班，以規範一篇之局勢。謀篇之大端，本書重在「立意」與「布置」。古畫畫意不畫形，而詩亦不可由詞句求之，必將觀其意焉！意猶主帥，無帥之兵，謂之烏合。故作詩必先命意，意正則思生，則古今所有，翕然並起，皆赴腕底，如驅奴隸；是以本書卷一「詩以意爲主」條云：

> 詩以意義爲主，文詞次之；或意深義高，雖文詞平易，自是奇作。
>
> 世人見古人語句平易，仿效之而不得其意義，便入鄙野可笑。……
>
> （《古今詩話》）

此有「意似主人，辭如奴婢」之意。同卷「氣韻格力」條云：「詩以意爲主」，「長篇」條亦云：「山谷謂秦少游云：『凡始學詩，須要每作一篇，先立大意……』」皆主詩以意爲主、以辭輔之，蓋以意爲主，其旨必見。立意貴深遠、清新。意餘，則詞句雖淺而深，其中含蘊無窮，所謂「書不盡言，言不盡意」也！意新，則不落前人圈圚，若左規右矩，不能稍出新意，終成屋下架屋，無所取長。況詩文最忌雷同，若舉步換影，何足爲奇？因而立意忌淺忌俗。倘意新語工，得前人所未道者，斯爲善；本書卷一「詩體」條所以強調「鍊意」之重要者，職是之故。

「立意」於長篇詩歌尤難，《修辭鑑衡》卷一「長篇」條云：

> ……若長篇須曲折三致意焉，乃爲成章耳！（《詩文發源》）

此說似言長篇立意之法，當如波濤初作，一層緊於一層，意不可盡，力不可竭，妙在貴有變化；此與元・陳繹曾《文說》所云：「作文須三致意焉，一篇之中三致意，一段之中三致意，一句之中三致意」同義。

意既立已，必藉局以範之，因此又須言「布置」。本書卷一「布置含蓄」條云：

> 布置者，謂詩之全篇用意曲折也。詩眼云：山谷嘗言文章必謹布
>
> 置。……（《詩憲》）

黃庭堅論詩文最講布置，其以爲作詩如作雜劇，初時須「布置」也！如「布置」妥當，可使首尾開闔、繁簡奇正各極其度，不可不愼焉！本書卷一「詩體」條言律詩之布局云：

> 詩第一聯謂之破題，欲如狂風捲浪，勢欲滔天；第二聯謂之頷聯；
> 第三聯謂之頸聯，須字字對；第四聯謂之落句，欲如高山放石，一
> 去不迴。(《古今總類詩話》)

此文道盡律詩起承轉合之結構。元·楊載《詩法家數》云：「律詩要法，曰起承轉合。破題或對景興起，或比起，或引事起，或就題起。要突兀高遠，如狂風捲浪，勢欲滔天。頷聯或寫意，或寫景，或書事用事引證。此聯要接破題，要如驪龍之珠，抱而不脫。頸聯或寫意、寫景、書事用事引證，與前聯之意，相應相避，要變化，如疾雷破山，觀者駭愕，結句或就題結，或開一步，或繳前聯之意，或用事，必放一句作散場。如剡溪之棹，自去自回，言有盡而意無窮。」所言與本書近似。

綴字屬篇，必須鍊擇，造句下字，尤不可忽。於句法方面，《修辭鑑衡》卷一「七言不要有閒字」條，謂七言句法不可有閒字；「意遠而中潛貫」條，謂律詩中間對聯兩句須意遠而中實潛貫。實則詩乃最精鍊之語言，任何詩體皆不容許有閒字；至於「中實潛貫」者，乃指內容充實、含蓄、貫串，此非但律詩如此，所有詩文莫不皆然。

此外，本書尚強調篇中鍊句、不使句弱，此乃上承江西詩派力盤硬語之主張。論及用語，本書卷一「詩去陳腐不可奇怪不在難解」條云：

> 謝朝華之已披，啟夕秀於未振，學詩者尤當領此。陳腐之語，固不
> 必涉筆，然求去其陳腐不可得，而翻爲怪怪奇奇不可致詰之語以欺
> 人，不獨欺人，而且自欺，誠學者之大病也。……(《韻語陽秋》)

所謂謝已披之華，啟未振之秀，指用語應言前人所未言，亦即去陳言、反模擬之意。作詩最忌蹈襲，若不去陳言，終無新意；如能語工字簡，以故爲新，勝於古人，即所謂化陳腐爲新奇方妙。爲能去陳腐語，用字不可太熟太俗；人所易言，我寡言之，人所難言，我易言之，自能去陳言。詩語固要創新，然亦不可奇怪難解，更不可雕鐫靡麗、用巧太過，蓋古今奇作，未嘗以難解爲工，而不煩繩削、無斧鑿痕、渾然天成、不見牽扯排比處者，方是高上；姜夔《白石詩說》所謂「非奇非怪，剝落文采，知其妙而不知其所以妙，曰自然高妙」，可爲本書修辭論之注腳。

對於「俗語」與「全語」，王構以爲「用俗語尤見工夫」、「用全語有氣格」。因用「俗語」須了無痕跡、點鐵成金，否則有損詩格，益見工夫之深淺。用「全語」——「引文」可增氣勢，俾詩具氣格。夫字有百鍊之金，作詩非但

要篇中鍊句，更要句中鍊字，乃得工耳！而《修辭鑑衡》卷一「五言第三字
七言第五字並要響」條云：

> 五字詩以第三字爲句眼，七字詩以第五字爲句眼；古人鍊字直於句
> 眼上鍊。（《蒲氏漫齋錄》）

> 老杜「飛星過水白，落月動沙虛」，是鍊中間第三字；「地坼江帆隱，
> 天清木葉聞」，是鍊末後一字。酬李都督早春詩云：「紅入桃花嫩，
> 青歸柳葉新」，是鍊第二字；若非「入」與「歸」二字，則與兒童詩
> 何異。（《韻語陽秋》）

「句眼」亦謂之「字眼」或「詩眼」，乃指詩句中之奇字。鍊字之功，全在乎
此，故或謂琢句鍊字爲敲句眼；唐人詩如杜甫等偶下句眼，宋人詩尤其是江
西一派，益多下句眼。本書卷一「七言得連綿字而精神」條云：

> 王維詩云：「漠漠水田飛白鷺，陰陰夏木囀黃鸝」二句，以「漠漠」
> 「陰陰」二字喚起精神。又「無邊落木蕭蕭下，不盡長江滾滾來」
> 二句，以「蕭蕭」「滾滾」喚起精神。若曰：「水田飛白鷺，夏木囀
> 黃鸝」、「木葉無邊下，長江不盡來」，則絕無光彩矣！見得連綿不是
> 裝湊贅語。（誠齋）

「連綿字」者，雙聲疊韻疊字也。「雙聲」指聲母相同；「疊韻」則有兩種情
形：廣義之疊韻指主要元音及韻尾相同，狹義之疊韻指介音、主要元音暨韻
尾完全相同；《廣韻》中每韻所列之字，以及中國詩歌之押韻，均屬廣義之
疊韻。中國詞彙中，雙聲疊韻詞俯拾即是；如「黃花」、「綠柳」爲雙聲，「東
風」、「天邊」爲疊韻。雙聲字之聲母相同，只是韻母改變，發音時極順溜、
易滑逝，聲調輕快而和諧，故常用於促節處；疊韻字之韻母相同，其韻於有
限音節中既須收束，尚要曲折呼應，使語言旋律漸緩，讀之較不疊韻之相異
二字爲慢，然因疊韻詞之韻同，故音調仍和諧、優美，常用於蕩漾處。因雙
聲疊韻字各有其特點及作用，詩詞中便常用之，以造成鏗鏘可誦之音韻。而
「疊字」亦謂之「重言」、「重語」或「複字」，此蓋中國文字一字一音所獨
具之藝術特色也！二字重疊，次字之性質有如詞尾，只是第一字之延續，音
節較第一字輕、弱、低、快，故二字只讀出一個半音節，可使節奏加快而影
響語言旋律；且字音重疊後，益增文辭聲韻之美，於重複低迴之餘，使字音
清晰、自然流轉，更可興會神情，營造雋永之韻味。繁複之語音，亦可誇張
印象，增強聲勢及動態之描繪效果，添加音樂性；於區別同音異義單音字及

語意之形容二方面，亦有極大幫助。杜甫苦於用字，運用「疊字」之技巧，自不在話下，其常利用疊字鑄造對句，營造更佳、更強烈之效果；如登高：「無邊落木蕭蕭下，不盡長江滾滾來」，「蕭蕭」「滾滾」之聲情，可表達憂愁苦悶之情感，而其重複、加長之聲韻，益使愁緒哀遠，增添秋日空曠悲涼之氣氛。本書所謂用「連綿字」可喚起全篇之精神者，其理在此。

　　《修辭鑑衡》所提及之修辭方法，包括「含蓄」、「比興」、「用事」、「對偶」、「聲律」、「改易」，及宋人「奪胎換骨」、「因襲轉易」、「活法」等詩法。「含蓄」者，含不盡之意也。人之為文，不肯一語道盡，使人自得其意於語言之外，此謂之「含蓄」。本書卷一「寫物」條云：「梅聖俞云：『作詩須要狀難寫之景於目前，含不盡之意於言外』……」所謂「含不盡之意於言外」，即「含蓄」之旨；意有餘而約以盡之，善措辭者也，故文章之美，貴能「含蓄」。同卷「布置含蓄」條云：

> 《冷齋詩話》云：有句含蓄者，如「勳業頻看鏡，行藏獨倚樓」；有
> 意含蓄者，如「天街夜色涼如水，臥看牽牛織女星」；有句意含蓄者，
> 如「明年此會知誰健，醉把茱萸仔細看」（《詩憲》）

謂含蓄有「句含蓄」、「意含蓄」、「句意含蓄」三種，並舉杜甫及杜牧詩句為例；諸句讀之，皆盡而有餘、久而更新也！此外，若杜甫〈江漢〉云：「江漢思歸客，乾坤一腐儒」，亦極含蓄。縱觀古人論詩，大率貴意在言外，如司空圖《詩品》所謂「不著一字，盡得風流」、「味在酸鹹之外」、「韻外之致，味外之旨」，姜夔《白石道人詩說》所云：「語貴含蓄，東坡云：『言有盡而意無窮』者，天下之至言也。……篇中無長語，非善之善者也；句中有餘味，篇中有餘意，善之善者也」皆是。公論詩亦主含蓄，致強調「意遠語疏」、「畏黏皮骨」、「直肆不如微婉」、「詩要收斂」等作法，並謂「古詩十九首」及曹子建皆致思深遠、言有盡而意無窮，學者當讀此類詩以自涵養。

　　「比興」者，《詩經》之作法也！朱熹《詩集傳》云：「比者，以彼物比此物也」、「引物為說，比也」，又云：「興者，先言他物以引起所詠之辭也」。是知索物以托情，謂之「比」，情附物也；觸物以起情，謂之「興」，物動情也。簡言之，「比」者，比附之謂，即修辭學之「比擬」與「譬喻」；「興」者，興起之謂，即修辭學上之「象徵」；而二者均與物有關，故《修辭鑑衡》卷一「八句要訣」條云：「比興深者通物理」，良有以也！

　　「用事」者，為文徵引古事，援用成辭，以況今情，或為佐證也；此亦

謂之「用典」。劉勰《文心雕龍》〈事類〉論典故功用云：「事類者，蓋文章之外，據事以類義，援古以證今者也。」此種充實內容、修飾文辭之法，公亦頗重視。《修辭鑑衡》卷一「八句要訣」條即云：「用事工者如己出」；而「用事」條言之更詳，其云：

> 杜少陵云：「作詩用事，要如禪家語，水中著鹽，飲水乃知鹽味」，此說詩家秘藏也！……（《西清詩話》）〔註21〕

> 用故事當如己出，……（《蒲氏漫齋錄》）

> 詩用事不可牽強，必至於不得不用，而後用之，則事詞爲一，莫見其安排鬭湊之迹。……（《石林詩話》）

皆謂用事須不露痕迹。袁枚《隨園詩話補遺》卷六云：「詩文之作意用筆，如美人之髮膚巧笑，先天也；詩文之徵文用典，如美人之衣冠首飾，後天也」、《隨園詩話》卷七有云：「用典如水中著鹽，但知鹽味，不見鹽質」，其看法與本書同。蓋凡善使事者，勿爲事所使，使事之妙，在有若無、實若虛，以故爲新、以俗爲雅，用之不見痕迹，方是作手。援引典故，詩家所尙，以用事爲博者，首推杜甫，而李商隱詩愛用冷僻典故；宋代除西崑詩派外，江西詩派亦喜用典，《修辭鑑衡》卷一「無字無來處」條曾言及此，其云：

> 章叔度憲云：「每下一字，俗間言語，無一字無來處，此陳無己、魯直作詩法也」（《步里客談》）

黃庭堅〈答洪駒父書〉云：「老杜作詩，退之作文，無一字無來處。蓋後人讀書少，故謂韓、杜自作此語耳。古之能爲文章者，眞能陶冶萬物，雖取古人之陳言入於翰墨，如靈丹一粒，點鐵成金也。」此爲江西詩派尊奉之教旨；搬弄典故，誠爲陳師道、黃庭堅之作詩特色。公不廢用事工夫，亦極重視用事之正確與否，其以爲用功有淺深，用事時雖了在心目間，亦當就時考檢閱，以免有誤。

「對偶」者，字數相等、語法相似、平仄相對之文句，成雙成對之排列也，亦謂之「對仗」，爲文章修辭方法之一。蓋中國文字具單音獨體之特色，極宜於對偶，致言及對偶之法者不少。本書提及「蹉對」、「假對」；如卷一「詩」條云：

> ……如九歌「蕙殽蒸兮蘭藉，奠桂酒兮椒漿」，當曰「蒸蕙殽」、「奠

桂酒」，今倒用之，謂之「蹉對」。……（《古今總類詩話》）

「蹉對」又名「顛倒對」、「錯綜對」、「交股對」，即對仗之不規律者也！若《九歌‧東皇太一》「蕙肴蒸」當作「蒸蕙肴」，以與「奠桂酒」相對，今倒用之，則語勢矯健，即是「蹉對」之例。本書同條亦云：

> ……又有「廚人具雞黍，稚子摘楊梅」、「當時物議朱雲小，後代聲
> 名白日長」，以「雞」對「楊」、以「朱雲」對「白日」，如此之類，
> 又為假對。……（《古今總類詩話》）

「假對」係不得已而為之，以常例言，名詞對名詞，動詞對動詞，為正常之對法；惟對仗極須工整，其條件亦十分嚴苛，如名詞中有專有名詞與普通名詞之分，則當以性質相同者為對，始稱工巧。若上聯為專有名詞，而下聯無專有名詞與之匹對時，乃以普通名詞代之，以解救其造對之困難，此則假對之所由生。如「廚人具雞黍，稚子摘楊梅」句，「雞」乃對「楊」也！蹉對與假對原非對偶正法，自古人偶然拈出後，酷嗜詭異者競相襲用，卒成風尚。而對偶固須求工整，然過猶不及，切對太工或不工皆有所失，本書卷一「對偶切不切之失」條云：

> 近時論詩者，謂對偶不切則失之麄，太切則失之俗，如江西詩社所
> 作，慮失之俗也，則往往不甚對，是亦一偏之見爾！（《韻語陽秋》）

對偶須不即不離，方是工對。江西詩派主「寧用字不工，不使語俗」，[註22]故其作品慮失之俗而不甚對，此亦偏見。

「聲律」者，聲音之法度也；因中國文字具單音獨體、形音義三位一體之性質，故極適合講究音律。本書卷一「詩」條云：

> 筆談云：古人文章，自應律度，未以音韻為主，自沈約增崇韻學，
> 其論文則欲「宮羽相變，低昂殊節，若前有浮聲，則後須切響，一
> 篇之內，音韻盡殊，兩句之中，輕重悉異，妙昂殊節，若前有浮聲，
> 則後須切響，一篇之內，音韻盡殊，兩句之中，輕重悉異，妙達此
> 旨，始可言文。」自後浮巧之語，體製漸多。……（《古今總類詩話》）

我國最古之詩歌總集——《詩經》，其音韻及押韻形式乃出於《天籟》，與《詩經》南北分庭抗禮之《楚辭》，則用楚聲寫成，亦出於《天籟》、未經人工雕琢。直至魏晉，方有人留意文學聲律問題，然仍限於自然音律，只重聲韻之和諧，不講求一定之規律，尚無人為聲律之限制。迨南朝齊永明時沈約諸人，

〔註22〕見《漁隱叢話》引黃庭堅語。

始重人工音律。沈約宋書謝靈運傳云：「夫五色相宣，八音協暢，由於玄黃律呂，各適物宜。欲使宮羽相變，低昂舛節，若前有浮聲，則後須切響。一簡之內，音韻盡殊；兩句之中，輕重悉異。妙達此旨，始可言文。」所謂「宮羽相變」，指聲調有變化；「低昂舛節」，指音高有變化。至於「浮聲」與「切響」，或謂皆指字音之聲調不同——「浮聲」指「平聲」，「切響」指「仄聲」；或以爲不單指字音之聲調——「切響」亦指字音之押韻。而沈約謂爲文須「一簡之內，音韻盡殊；兩句之中，輕重悉異」，與《南史‧陸厥傳》云：「五字之中，音韻悉異；兩句之內，角徵不同」意同，均在強調五言詩之一句和一聯中之字音須有變化。黃侃《文心雕龍札記》，謂《文心雕龍‧聲律》：「凡聲有飛沈，響有雙疊，雙聲隔字而每舛，疊韻離句而必睽；沈則響發而斷，飛則聲颺不還，並轆轤交往，逆鱗相比，迕其際會，則往蹇來連，其爲疾病，亦文家之吃也」之意，即沈約所云：「前有浮聲，後須切響，兩句之中，輕重悉異」也！總之，沈約之論點重在語音應具錯綜變化、和諧動聽之美；其創四聲八病之說，非但使四聲之別日益嚴密，詩人對四聲之講求更加嚴格，亦令詩文之人工音律趨於形成，導致四六駢文及近體詩產生、故齊永明聲律論影響後世甚巨。然人或過於牽拘格律，造之形式主義大興，損害詩之內容，故王構於主「詩以聲律爲竅」〔註23〕之餘，亦言：「以聲律作詩，其末流也」。〔註24〕此外，《修辭鑑衡》尚提及「響字」問題，如卷一「五言第三字七言第五字並要響」條云：

> 江西諸人每謂五言第三字、七言第五字要響。（《老學庵筆記》）
>
> 潘邠老云：「七言詩第五字要響……五言詩第三字要響……所謂響者，致力處也。」予竊以爲字字當活，活則字字自響。（《童蒙訓》）

歷代諸詩話論響字者亦夥，若宋嚴羽《滄浪詩話》云：「下字貴響」，元‧楊載《詩法家數》云：「詩要鋪敘正、波瀾闊、用意深、琢句雅、使字當、下字響，觀詩之法，亦當如此求之」、「大抵詩之作法有八：曰下字要有金石聲……」，清‧郎廷槐《師友詩傳錄》云：「蕭亭答：『詩須篇中鍊句，句中鍊字，此所謂句法也。……七言第五字要響，所謂響者，致力處也。愚竊以爲字字當活，活則字字皆響，又何分平仄哉』」等皆是。今人歸納各家詩話對「響」所下定義，包括：一、致力處也，二、爲意境與聲律之雙重圓滿搭

〔註23〕見《修辭鑑衡》卷一「詩體」條。
〔註24〕見《修辭鑑衡》卷一「聲律末流」條。

－37－

配，三、平仄搭配均勻；綜此三點，「響」之較佳定義爲：「詩人對於作品之意境和聲律，所作之最完美搭配」，是知「響」乃音律美與意象美之圓融配合，就音律方面而言，「響」乃平仄均勻使用下所產生之成果，爲作詩鍊字時，使作品更臻完美之要件。

「改易」者，詩文完成之必須步驟也。蓋詩不厭改，貴乎精當，若能再假思索、數改求穩，使成完璧，則無瑕之玉，倍其價矣！劉勰《文心雕龍·神思》云：「若情數詭雜，體變遷貿，拙辭或孕於巧義，庸事或萌於新意；視布於麻，雖云未費，杼軸獻功，煥然乃珍。」即說明爲文首重修改之故。杜甫〈解悶詩〉云：「新詩改罷自長吟」，詩聖尚且如此，況常人乎！本書卷一「評前賢詩」條亦云：

> 在一人家見白公詩草數紙，點竄塗抹，及其成篇，殆與初作不侔也。
> 　（《詩文發源》）

此以白居易爲例，說明凡爲詩須再三改易方能定稿之理。

因本書所收以宋詩話、文集說部爲主，故尚提及宋人「奪胎換骨」、「因襲轉易」、「活法」三種詩法。本書卷一「奪胎換骨」條云：

> 奪胎者，因人之意，觸類而長之，雖不盡爲因襲，又不至於轉易，蓋亦大同而小異耳；《冷齋夜話》云：「規模其意而形容之，謂之奪胎」。換骨者，意同而語異也；冷齋云：「不易其意而造其語，謂之換骨」……（《詩憲》）

> 詩有換骨法，謂用古人意而點化之，使加工也。……（《韻語陽秋》）

「奪胎換骨」之法，古人早已用之，而其名則始於山谷。惠洪《冷齋夜話》述山谷詩法云：「山谷言詩意無窮而人才有限，以有限之才追無窮之意，雖淵明少陵不得工也。不易其意而造其語，謂之『換骨法』；規摹其意而形容之，謂之『奪胎法』」依山谷之說，意同辭異、用古人意而以己語出之，謂之「換骨」；換意不換格，謂之「奪胎」；故奪胎與換骨乃兩種詩法，「以故爲新」寔此二詩法之原理；其功用固可化腐朽爲神奇，然良非易爲，太過則流於剽竊，述者工夫未深，亦有不及之弊。王若虛《滹南詩話》云：「魯直論詩，有脫胎換骨、點鐵成金之喻，世以爲名言，以予觀之，特剽竊之黠者耳。」即言奪胎換骨之弊。然而此二詩法卻爲江西詩派之金科玉律。

《修辭鑑衡》卷一「因襲轉易」條云：

> 因襲者，因前人之語也，以陳爲新，以拙爲巧，非有過人之才，則

未免以蹈襲爲媿。魏道輔云：「詩惡蹈襲，古人亦有蹈襲而愈工，若
出於己者，蓋思之精，則造語愈深也」。轉易者，因襲之變也，前者
既有是語矣，吾因而易之，雖語相反，皆不失爲佳。(《詩憲》)

「因襲轉易」亦以故爲新、點化前作之技巧，「轉易」之法似乎較「因襲」更
上一層；歷代詩人於「因襲轉易」時，固有青出於藍而勝於藍者，然若非匠
手，非但不能點鐵成金，往往易流於蹈襲。第以初學胸無點墨，未嘗不起於
模擬、師古，是故「因襲轉易」仍不失爲模擬與創新之橋樑。

　　「活法」者，亦宋詩人蘇軾、呂本中常講之詩法。本書卷一「詩有活法」
條云：

古人作詩，正以風調高古爲主，雖意遠語疎者爲佳作，後人有切近
　　學詩當識活法，所謂活法者，規矩備具而能出於規矩之外，變化無
　　測而亦不背於規矩也。是道也，蓋有定法而無定法，無定法而有定
　　法，知是，則可以語活法矣！(呂紫微作〈夏均父集序〉)

後來楊誠齋出，眞得所謂活法。」(劉後村云)

謝宣城玄暉有言：「好詩圓美流轉如彈丸」，眞活法也。(呂紫微云)

曾季貍《艇齋詩話》云：「東萊(呂本中)論詩說活法……入處雖不同，其實
皆一關捩，要知非悟不可。」呂本中〈序江西詩社宗派圖〉云：「詩有活法，
若靈均自得，忽然有入，然後惟意所出，萬變不窮。」《紫微詩話》亦云：「只
熟便是精妙處」，是知熟即活法、即工夫、即悟。至於所謂彈丸之說，乃詩家
妙喻，指作詩須有活法，使詩語圓熟自然如彈丸般，與滄浪「造語貴圓」之
說同；宋蘇軾亦有此論，本書卷一「彈丸之喻」條云：「東坡答王鞏云：『新
詩如彈丸』，又送歐陽弼云：『中有清圓句，銅丸非柘彈』，蓋謂詩貴圓熟也。」
所言甚是。

　　由前述之理論，可歸納出公於詩之風格，乃主高古清新、平淡自然；本
書有數條引文言之甚詳，如卷一「詩以風調高古爲主」條云：

　　古人作詩，正以風調高古爲主，雖意遠語疎者爲佳作，後人有切近
　　的當、氣格凡下者，終使人可憎。(《李希聲詩話》)

「高古」自來被認爲是詩之德、詩之品、詩之難。皎然《詩式》有云：「詩有
七德」，其中第二項即「高古」；嚴羽《滄浪詩話》亦云：「詩之品有九」，其
中首二項曰「高」曰「古」；楊載《詩法家數》則云：「詩之爲難有十」，其中
第三項即「高古」。是知「高古」之爲上矣！因公主立意新穎，故詩風亦尙清
新，如本書卷一亦有「詩清立意新」一條，其云：「老杜詩清立意新，最是作

詩用力處」，可知公之著眼點矣！同卷「詩取平淡」條引梅聖俞語云：「作詩無古今，惟造平淡難」；梅聖俞學唐人平淡處，論詩亦主平淡，其〈依韻和晏相公〉詩有云：「因吟適情性，稍欲到平淡」，而公亦主此。公以爲欲造平淡甚難，須理明句順、氣斂神藏、務求清眞、外枯中膏、似淡實美；換言之，即須落其紛華，若李白所謂「清水出芙蓉，天然去雕飾」，平淡而到自然處，方善。此種平淡詩風，宋歐陽修、梅聖俞、陸游等人胥嘗闡揚，爲宋人論詩主流之一，公亦承之，故與平淡自然相背之靡麗雕琢詩風，其乃棄而不取。

　　一言以蔽之，詩宜樸不宜巧、宜淡不宜穠，此爲《修辭鑑衡》修辭論之要旨。

四、詩之批評

　　《修辭鑑衡》有關詩之批評理論不多，如有，亦率爲對各家詩之評論。如卷一「評前賢詩」下有三十四條，爲批評各家詩之重點所在，而於其他各條中，亦可零星覓得對諸家之看法。

　　於批評理論方面，公以爲文章由人所見、詩不可以科學觀點論之，其對於象徵批評，亦讚賞有加。若本書卷一「詩以意爲主」條云：

> ……永叔云：「知聖俞者無如修，嘗問聖俞平生最好句，聖俞所自負
> 者，皆修所不好，聖俞所卑下者，皆修所稱賞。蓋知音之難如是。」
> 其評古人詩，得無似之乎？（《古今詩話》）

夫篇章雜沓，質文交加，知多偏好，人莫圓該，故聖俞得意之作，與歐陽修所賞者有異；此乃證明各人所見不同，欲得知音，何其難哉！同卷「評前賢詩」條中亦云：

> 范蜀公云：「武侯廟柏今十丈」，而杜工部云：「黛色參天二千尺」，
> 古之詩人好夸大其事，大率如此。而沈存中又云：「蒼皮溜雨四十圍，
> 黛色參天二千尺」，若四十圍而長二千尺，毋乃太細長乎！余以爲論
> 詩正不當爾！（《詩文發源》）

詩人隨興立言，不純根據事實。或加以夸飾，故不能以實際科學觀點論之。若歐陽修《六一詩話》云：「詩人貪求好句，而理有不通，亦語病也。……唐人有云：『姑蘇臺下寒山寺，夜半鐘聲到客船。』說者亦云：『句則佳矣，其如三更不是打鐘時』」歐公以科學觀點論詩，故其於文雖爲功臣，於詩則非當行；蓋論詩正不當如此。本書卷一「評前賢詩」條云：

古今論詩多矣，吾獨愛湯惠休稱謝靈運爲初日芙蓉，沈約稱王筠爲
彈丸脫手，兩語最當人意。初日芙蓉，非人力所能爲，精彩華妙之
意，自然見於造化之外。靈運諸詩，可以當此者亦無幾，彈丸脫手，
雖是輸寫便利，動無留礙，然其精圓快速，發之在手，筠亦未能盡
也。……司空圖記戴叔倫語云：「詩人之詞，如藍田日暖，良玉生煙」，
亦是形似之微妙者，但學者不能味其言耳。（《石林詩話》）

上述「初日芙蓉」、「彈丸脫手」、「藍田日暖，良玉生煙」，乃以具體形象說明
抽象之美，即「象徵之批評」。象徵之語，可以達恒言所不能言，而會于精微，
然亦因此不能爲顯言之明切，而疑于撲朔；用於詩之批評，更有韻外之致。若
唐司空圖《詩品》用象徵性之韻語體貌，論詩之流品，亦覺其有味外之旨爾！

　　對於魏晉南北朝詩人，《修辭鑑衡》論及陶潛、謝靈運、謝朓。其評陶潛，
見於卷一「評前賢詩」條云：

陶淵明詩所不可及者，沖淡深粹，出於自然，惟嘗用力；學然後知
淵明詩非著力之所能成。（《龜山詩話》）

陶潛謝朓詩，皆平淡有思致，非後來詩人怵心劌目雕琢者所爲
也。……（《韻語陽秋》）

……外枯中膏，似淡實美，淵明子厚之流是也。（《古今詩話》）

同卷「詩不煩繩削而自合」條云：

……至於淵明，則所謂不煩繩削而自合者，雖然巧於斧斤者，多疑
其拙，窘於檢括者，輒病其放。孔子曰：「甯武子，其知可及也，其
愚不可及也。」淵明之拙與放，豈可與不知者道哉！……淵明之詩，
要當一丘一壑者共之耳！（《詩文發源》）

陶潛乃魏晉時代之代表作家，擅長散文辭賦及詩歌，作品自然平淡、情感眞
實、語言純樸。其詩歌托旨沖澹曠眞，質而實綺，癯而實腴，篤意眞古，辭
興婉愜，誠爲古今隱逸詩人之宗；如〈飲酒〉詩：「結廬在人境，而無車馬喧。
問君何能爾？心遠地自偏。採菊東籬下，悠然見南山。山氣日夕佳，飛鳥相
與還。此中有眞意，欲辨已忘言」，既拙且放、情眞意眞，天然而無斧鑿痕；
是知陶潛辭采精拔、跌宕昭彰，第以大匠運斤、了無痕迹爾！故公以爲「自
曹氏父子、王仲宣、陸士衡後，惟陶公最高」。〔註25〕與陶潛並稱之謝靈運，

────────────

〔註25〕見《修辭鑑衡》卷一「四言」條。

亦有意使詩歌走向自然，是以本書卷一「評前賢詩」條云：

> 東坡云：「……陶謝之超邁，蓋亦至矣……」（《古今詩話》）

然而謝詩雖重在山水景色，其文字卻雕琢駢儷，公評之為「一字百煉乃出冶」，〔註26〕並以為其作能當湯惠休所評「初日芙蓉」者不多。與謝靈運並稱「二謝」之謝朓，繼承謝靈運之山水詩風，於聲律辭藻之運用上，善於鎔裁而不流於淫靡，精鍊字句、寫景自然，有清綺俊秀之風格。本書卷一「詩去陳腐不可奇怪不在難解」條云：

> ……詩人首二謝，靈運在永嘉，因夢惠連，遂有「池塘生春草」之句；元暉在宣城，因登三山，遂有「澄江靜如練」之句。二公妙處，蓋在於鼻無堊、目無膜爾。鼻無堊，斤將曷運？目無膜，箆將曷施？乃渾然天成，天球不琢者歟！靈運詩如「矜名道不足，適己物可忘」、「清暉能娛人，游子憺忘歸」，元暉詩「春草秋更綠，公子未西歸」、「大江流日夜，客心悲未央」等語，皆得三百五篇之餘韻，是以古今奇作，又曷嘗以難解為工哉！……《韻語陽秋》

茲舉出二謝平淡自然有思致之佳句。諸句既無所用意，而境界亦高，誠為自然高妙矣！而謝朓詩之特色，尤在一篇之中自有玉石，奇章秀句往往警遒，雖撰造精麗，卻微傷細密。故本書卷一「評前賢詩」條亦云：「元暉尤麗密」也！

　　對於唐朝詩人，本書論及李白、杜甫、韋應物、韓愈、柳宗元、白居易、孟郊、賈島、司空圖。李白、杜甫並稱雙聖，公以為李杜出，古之詩人盡廢也！李白天才絕出，所謂「清水出芙蓉，天然去雕飾」，平淡而至天然處，正為其詩境與詩風；而其詩無首無尾，不主故常，且是氣蓋一世，學者能熟味之，自不褊淺；此皆本書所提及者。《修辭鑑衡》卷一「評前賢詩」條有云：

> 世言荊公四家詩後李白，以其十首九首說婦人，恐非荊公之言。白詩樂府外，及婦人者實少；言酒固多，比之淵明輩，亦未為過。此乃讀白詩之不熟者，妄立此論耳！四家詩未必有次第，使誠不喜白，當自有故。……（《老學庵記》）

據《冷齋夜話》所云：「王荊公以李太白、杜子美、韓退之、歐陽永叔詩，編為四家集，以歐陽居太白之上；公曰：『太白詞語迅快，然十句九句言婦人酒耳』」致後人多以為王安石於唐最尊杜甫、韓愈，於宋最崇歐陽修，於李白之

〔註26〕見《修辭鑑衡》卷一「評前賢詩」條。

天才雖讚賞，然覺其作品皆美人醇酒之歌而感惋惜。本書之引文則謂四家詩未必分次第，倘安石誠不喜白，亦非其作多言婦人與酒之故；此可聊備一說。

至於杜甫，王構以為其詩有含蓄、清曠、華豔、發揚蹈厲、雄深雅健等風格，而以清新之作為其用力處，若「風吹客衣日杲杲，樹攪離思花冥冥」是也；其善於布置，由〈奉贈韋左丞丈二十二韻〉可見；其善於運用連綿字，喜用之鑄造對句，若「無邊落木蕭蕭下，不盡長江滾滾來」是也；其善於鍊字，若「飛星過水白，落月動沙虛」，鍊中間第三字，「地坼江帆隱，天清木葉聞」，鍊末字，「紅入桃花嫩，青歸柳葉新」，鍊第二字是也。其用字多不煩繩削而自合，雖一字亦諸君所不能到。其善於點化前作，若「閶闔開黃道，衣冠拜紫宸」，乃自王維詩：「九天閶闔開宮殿，萬國衣冠拜冕旒」轉易而來；其用事如己出，若「徑欲依劉表，還疑厭禰衡」句，乃用王粲依劉表、曹公厭禰衡事。其善於夸飾，若「黛色參天二千尺」是也；其善於敘事、寫物；其工於格律……等，公對於此一詩聖之總評，不外乎「才高富贍」、「詩冠古今」八字。

韋應物者，終於蘇州刺史，故世稱「韋蘇州」；《修辭鑑衡》卷一「評前賢詩」條云：

> 韋蘇州詩律深妙，流出肺腑，非關學力。……（《後村詩話》）

> ……李杜之後，詩人繼出，雖間有遠韻，而才不逮意。獨韋應物、柳子厚發纖穠於簡古，寄至味於淡泊，非餘子所及也。……（《古今詩話》）

韋氏以五古見長，詩風高雅閒淡、韻高氣清，自成一家之體，其人生觀、作風均有意學陶潛，人亦比之陶潛，故以上二條所評確切。

韓愈、柳宗元以古文並稱，其詩亦各有特色，韓愈以文為詩，盡選僻字、怪句、怪韻入詩，刻意求奇求險，遂開奇險一派；是以本書卷一「評前賢詩」條云：

> 東坡云：「……退之豪放奇險則過之，而溫麗精深不及也」……《古今詩話》）

此條明言韓詩吐奇驚俗、氣象雄渾之特色，及其有所不及之缺失。同卷「詩以意為主」條云：

> ……韓吏部古詩高卓，至其律詩，雖可稱善，要自有不工者，而好韓之人，句句稱述，未可謂然也。……（《古今詩話》）

韓愈才力雄厚，惟古詩足以恣其馳驟，而律詩一束於格式聲病，即難展其所長及詩風，故韓之律詩甚少且不工。同卷「紀事」條云：

> ……韓退之作元和聖德詩，言劉闢之死，曰：「婉婉弱子，赤立傴僂，牽頭曳足，先斷腰脊，次及其徒，體骸撐拄，末乃取闢，駭汗如雨，揮刀紛紜，爭切膾脯。」此李斯頌秦所不忍言，而退之自謂無愧於雅頌，何其陋也。（《古今總類詩話》）

元和聖德詩，敘劉闢被擒，舉家就戮，情景最慘。清·趙翼《甌北詩話》云：「元和聖德詩，……蘇軾謂其少醞藉，殊失雅頌之體，張栻則謂正欲使各藩鎮聞之畏懼、不敢為逆。二說皆非也。才人難得此等題，以發抒筆力，既已遇之，肯不盡力摹寫以暢其才思耶？此詩正為此數語而作也！」蘇軾、張栻、趙翼對元和聖德詩皆有所評，而蘇軾之看法與本書近似。至於柳宗元，其詩多言自然，描寫山水景物，刻畫雕琢，有類謝靈運，而澹遠閑雅，復似陶淵明，故兼有陶、謝二家之詩風。《修辭鑑衡》卷一「用事」、「評前賢詩」、「詩才有高下」各條中，對其詩皆有所評，云：

> 東坡云：「……柳子厚晚年詩，頗似淵明，知詩病者也」（《蒲氏漫齋錄》）

> ……獨韋應物、柳子厚發纖穠於簡古，寄至味於淡泊，非餘子所及也！……《古今詩話》

> ……又曰：「外枯中膏，似淡實美，淵明子厚之流是也」（《古今詩話》）

> ……柳子厚云：「千山鳥飛絕，萬徑人蹤滅。孤山蓑笠翁，獨釣寒江雪。」信有格也哉！（《古今詩話》）

前三條說明柳詩特色，末條謂〈江雪〉詩有格，皆確切也。〈江雪〉詩語言精鍊清麗，形象生動鮮明，詩情畫意，宛然在目，亦使山水人格化、感情化。蓋王構十分推重柳宗元，以為其古律詩精妙，韓愈尚且不逮，而其詩在陶淵明下、韋蘇州上也！

白居易者，社會寫實主義詩人，因其主「篇篇無空文，句句必盡規」、「惟歌生民病」、「文章合為時而著，歌詩合為事而作」，致紀事乃寸步不違、猶恐失之，公遂以為其乃拙於紀事；其詩亦平易近人，婦孺皆曉，蘇試譏之為「元輕白俗」，〔註27〕公亦以為「白俗」寔其病也！殊不知此正白詩特色。而公對

〔註27〕見蘇軾〈祭柳子玉文〉。

於白氏自然平易，順適愜當，無斧鑿痕，曠達之詩句皆表讚許，並謂其詩常
爲黃庭堅脫胎換骨，因襲轉易；至於其詩草點竄塗抹、成篇與初作不侔之情
形，公以此爲詩不厭改之例。

　　孟郊賈島者，苦吟詩人也，蘇軾評之爲「郊寒島瘦」，〔註28〕公以爲此乃
其病，殊不此亦郊島之特色。本書卷一「評前賢詩」條云：

> 張文潛云：唐晚年詩人類多窮士，如孟東野、賈浪仙之徒，皆以刻
> 琢窮苦之言爲工。或謂郊島孰貧，曰：「島爲甚」，以其言知之。郊
> 曰：「種稻耕白水，負薪斫青山」，島曰：「市中有樵山，客舍寒無煙，
> 井底有甘泉，釜中常苦乾」，孟氏薪米自足，而島家俱無，以是知之
> 耳！……（《古今詩話》）

此言孟賈遭遇極相似、生活俱窮困，而賈猶貧於孟。生活貧困至此，發之於
詩，焉得不愁苦？「評前賢詩」復云：

> ……孟東野賦性褊狹，其詩曰：「出門即有礙，誰謂天地寬」，此褊
> 狹者之詞也。（《青箱雜記》）

> ……孟郊詩正如晁錯，爲人不得爲不佳，傷峭直耳！（《詩文發源》）

孟郊〈贈崔純亮〉詩云：「食薺腸亦苦，強歌聲無歡，出門即有礙，誰謂天地
寬。」，正刻畫出此窮苦詩人之悲苦心境；由於環境及個性，其詩句遂多褊狹、
峭直。同卷「寫物」條云：

> ……賈島「怪禽啼曠野，落日恐行人」，則道路辛苦，羈愁旅況，豈
> 不見于言外乎？（《古今總類詩話》）

賈島境遇與孟郊相似，其詩亦寒酸枯槁、清奇僻苦。

　　司空圖者，長於論詩，著有《詩品》一卷、謂詩有二十四種風格。本書
卷一「評前賢詩」條云：

> ……唐末司空圖崎嶇兵亂之間，而詩文高雅，猶有承平之遺風。其
> 論詩曰：「梅止於酸，鹽止於鹹，飲食不可無鹽梅，而其美常在於酸
> 鹹之外」。蓋自列其詩之有得於文字之表者二十有四韻，恨當時不識
> 其妙，予三復其言而悲之。（《古今詩話》）

唐代詩論，自國初至陳子昂，均集矢於南朝，鄙薄蕭梁；自後論者分「爲藝
術而藝術」、「爲人生而藝術」二派。司空圖處唐末亂世，而其詩論及詩文卻
不同元白之爲人生而藝術，蓋當國破家亡之時，煩憂鬱塞，欲造一幻境以自

〔註28〕同註27。

遺。故其詩文高雅，講究韻味，論詩標準亦爲「味外之旨」、「韻外之致」；若其詩品雖泛論風格，亦逗露主恉。

對於宋朝詩人，本書論及梅堯臣、蘇舜欽、王安石、蘇軾、黃庭堅、陳師道。宋詩之始也，楊、劉諸公最著，所謂「西崑體」者也，而後歐、蘇、梅、王數公出，宋詩爲之一變。梅堯臣、蘇舜欽爲歐陽修之詩友，《修辭鑑衡》卷一「評前賢詩」條評之云：

> 歐公云：聖俞、子美，齊名一時，而二家詩體特異。子美筆力豪儁，以超邁橫絕爲奇；聖俞覃思精微，以深遠閑淡爲意，各極其長，雖善論者不能優劣也。予嘗於水谷夜行詩，略道其一二云：「子美氣尤雄，萬竅號一噫；有時肆顛狂，醉墨灑滂沛；譬如千里馬，已發不可殺；盈前盡珠璣，一一難揀汰。梅翁事清切，石齒漱寒瀨；作詩三十年，視我猶後輩；文詞愈精新，心意雖老大；有如妖韶女，老自有餘態；近詩尤古硬，咀嚼苦難嘬；又如食橄欖，眞味久愈在。蘇豪一氣轢，舉世徒驚駭；梅窮獨我知，古貨今難賣。」語雖非工，謂粗得其彷彿，然不能優劣之也。（《古今詩話》）

《古今詩話》所言，乃出自歐陽修《六一詩話》，允爲確評。蓋梅堯臣詩大抵不出閑澹、古健二途，其初學韋應物，喜爲清麗閑肆平淡，久則涵演深遠，轉而學韓愈，則古健奇秀；蘇舜欽性本豪邁，其詩奔放險峭、氣雄豪放、奇壯縱橫，與韓愈詩風近似。

王安石者，能詩能文，本書卷一「七字對偶之工」條云：

> 王荊公晚年，詩律尤精嚴，造語用字，間不容髮，然意與言會，言隨意遣，渾然天成，殆不見有牽扯排比處；如「含風鴨綠粼粼起，弄日鵝黃裊裊垂」，讀之初不覺有對偶，「細數落花知坐久，緩尋芳草得歸遲」，但見舒閑容與之態耳，而字字細考之，若輕隳括權衡者，其用意亦深刻矣！……（《石林詩話》）

王安石詩無論於鍊字、用事、對仗各方面，均不惜巧運匠心、表現工力，用法甚嚴；至其晚年，詩律尤精妙。黃山谷曾云：「荊公詩暮年方妙」、《賓退錄》亦云：「荊公詩歸蔣山後乃造精絕」是也！安石晚年罷政退休，隱居金陵之蔣山，日與山水詩文爲友，詩風由豪放雄奇轉爲淡薄，所作多爲雅麗精絕之絕句，誠令人有一唱三歎之妙；其所以能成爲有宋著名詩人，正因暮年之作。

蘇軾者，工於詩詞文者也！本書卷一「評前賢詩」條評其詩云：

東坡詩不可摘指輕議，其辭源如長江大河，飄沙卷沫，枯槎束薪，
蘭舟繡鷁，皆隨流矣！珍泉幽澗，澄潭靈沼，可愛可喜，無一點塵
滓，只是不似江河，讀者幸以此意求之。（《許彥周詩話》）

蘇軾淹通經傳、貫穿子史，書卷醞釀，正如百萬雄兵，伏處麾下，聽候驅遣；
而其選辭不論雅俗，街談俚俗，均可吟詠，牛溲馬勃，皆可入詩，故辭源如
長江大河也！其才思橫溢，胸中復有萬卷足供左抽右旋，發之於詩，自是波
瀾壯闊、變化多端；清・沈德潛《說詩晬語》評之云：「胸有洪爐，金銀鉛錫，
皆歸熔鑄。其筆之超曠，等於天馬脫羈、飛仙遊戲，窮極變幻，而適如意中
所欲出。韓文公後又開闢一境界也」，所言甚是。

　　黃庭堅者，宋江西詩派之宗祖，其作詩有獨特之體裁、方法及態度。《修
辭鑑衡》卷一「無字無來處」條云：

　　　章叔度憲云：「每下一字，俗間言語，無一字無來處，此陳無己、魯
　　　直作詩法也」（《步里客談》）

此言庭堅作詩字字有來處之特色；庭堅詩學淵源之廣，一如蘇軾，故其作詩
時左右逢源，而能無一字無來處。雖然如此，其工於鎔鑄，且能自出己意以
爲詩，故能自成一家；誠如本書卷一「詩清立意新」條云：

　　　……魯直云：「隨人作計終後人」，又云：「文章切忌隨人後」，此自
　　　魯直見處也。近世人學老杜多矣，左規右矩，不能稍出新意，終成
　　　屋下架屋，無所取長；獨魯直下語未嘗似前人，卒與之合，此爲善
　　　學。……

庭堅薈萃百家律句之長，究極歷代體製之變，以崛奇之調，力追杜甫，雖隻
字半句不輕出，且喜標新立異、去陳反俗，故能卓然自立，而形成一宗派。
論其所創詩法，則有「奪胎法」、「換骨法」與「拗體」，此三法已述於前。至
於庭堅之詩作，公推許古詩及律詩，誠如元・方回《瀛奎律髓》所云：「山谷
宏大，而古詩尤高」、「谷律刻而切」，可知其古律鉤掘精至、詩境深刻。

　　陳師道，字無己，亦江西詩派人；呂本中〈江西詩社宗派圖〉列二十五
人，其中詩品以師道最高，方回《瀛奎律髓》亦以其與黃庭堅、陳與義並列
爲三宗，故公以爲其地位去庭堅不遠。師道之詩法步武庭堅，其爲詩亦如其
他江西詩派詩人，極認眞嚴肅。據《石林詩話》云：「陳無己每登臨得句，
即急歸，臥一榻，以被蒙首，惡聞人聲，謂之吟榻。家人知之，即貓犬皆逐
去，嬰兒稚子亦皆抱寄鄰家。徐徐詩成，乃敢復常。」是知其以精神心力盡

於詩之態度。其每作一篇成，亦坐臥吟哦，有竄易至一月、十日始定者，終不如意之作，則盡去之，故平生所爲至多，見於集中者才數百篇；如黃庭堅所云：「閉門覓句陳無己，對客揮毫秦少游。」，是謂師道作詩艱辛，與秦觀信筆直書成對比，此與《修辭鑑衡》卷一「評前賢詩」條云：「秦少游詩如刻就楮葉，陳無己詩如養成內丹」意近，皆就師道之苦吟而言也。王構對師道評價不低，以爲其詩文高妙一世，此由本書引《泊宅編》云：「凡詩人古有柳子厚，今有陳無己而已」即可得知。

由上可知，本書之批評理論頗中肯，其所鑑賞之詩人不少，而諸詩人多足稱述者焉！

貳、論　文

以下乃就《修辭鑑衡》論文部分，闡述王構之散文修辭理論，其說包括文原論、文體論、文術論、文評論四端。

一、文原論——文傳道而明心

王構於文章方面之基本理論，不外論文章之本原，其主文傳道而明心。

論文必本於道，蓋始于劉勰《文心雕龍》，《文心》有〈原道〉篇，且謂「聖因文以明道」；其後唐之韓、柳，益揚其波，韓愈嘗言「好道」、「志道」，柳宗元則言「文以明道」；至宋·歐陽修主「文與道俱」，而道學家周敦頤始以文辭譬之車，提出「文以載道」口號。是知文道關係之說，其來久矣！而「道」誠爲唐宋古文運動之理論基礎。王構於《修辭鑑衡》卷二「六經之文易曉」條引宋·王禹偁《小畜文集》云：

夫文傳道而明心也！

是謂文之功用在傳道與明心。文能傳道者，其傳何道邪？公未明言，然由本書卷二內容觀之，其中多推崇儒家經典，故知此道係指儒家之道，即韓愈〈原道〉所謂「堯以是傳之舜，舜以是傳之禹，禹以是傳之湯，湯以是傳之文武周公，文武周公傳之孔子，孔子傳之孟軻，軻之死，不得其傳焉」，指儒家道統一脈相傳之道。公以爲爲文用以傳道，道藉文而得以傳，是以文道爲一體之物。

至於文能明心者，即文本乎情性也；夫人吐納英華，莫非情性，而以辭達意，意發乎心，故文之本具于吾心，情志爲文之神明也！爲達文傳道而明

心之旨，立意須求其正，修辭須求其誠，故《周易‧乾‧文言》有云：「脩辭立其誠」。《修辭鑑衡》卷二「李格非論文」條則云：

> 是知文章以氣為主，氣以誠為主。

推而得之，文乃以誠為主；同條有云：

> 諸葛孔明〈出師表〉、劉伶〈酒德頌〉、陶淵明〈歸去來兮〉、李令伯〈乞養親表〉，皆沛然如肺肝中流出，殊不見斧鑿痕。

言修辭立誠，始能既感人、又自然，毫不造作。文既為明心之工具，則情意為文之內容；綴文者情動而辭發，情有千變萬化，辭亦因而各不相同。致富貴人家多作富貴語，貧賤人家多作貧賤語，山林草野之文與朝廷臺閣之文復迥異；此亦文如其人、文足以見人貴賤之理。

二、文體論——散文之體製與類別

王構《修辭鑑衡》論及文章體製，雖僅有一條，而此條卻言簡意賅、歷述眾體；另有五條論作史之法，暨草野、臺閣文之氣象。

文體分類法多矣！或以用途為主，或以文章風格為主，或以韻律為主，或以時代特點為主，或以個人特徵為主，或以內容為主。若魏‧曹丕〈典論論文〉、西晉‧陸機〈文賦〉、南朝齊‧劉勰《文心雕龍》、南朝梁‧蕭統《昭明文選》、明‧吳訥《文章辨體》、明‧徐師曾《文體明辨》、清‧姚鼐《古文辭類纂》、清‧曾國藩《經史百家雜鈔》，皆以用途為主而分文章體類，王構《修辭鑑衡》亦如是，其卷二「文」條引《珊瑚鉤詩話》云：

> 帝王之言，出法度以制人者，謂之制；絲綸之語，若日月之垂照者，謂之詔；制與詔同，詔亦制也。道其常而作彝憲者，謂之典；陳其謀而成嘉猷者，謂之謨；順其理而迪之者，謂之訓；屬其人而告之者，謂之誥；即師眾而申之者，謂之誓；因官使而命之，謂之命。出於上者，謂之教；行而下者，謂之令。持而戒之者，敕也；言而喻之者，宣也；諮而揚之者，贊也；登而崇之者，冊也；言其倫而析之者，論也；度其宜而揆之者，議也；別嫌疑而明之者，辨也；正是非而著之者，說也。記者，記其事也；紀者，紀其實也；書者，纘而述焉者也；策者，條而對焉者也；傳者，傳而信者也；序者，緒而陳者也；碑者，披列事功而載之金石也；碣者，揭示操行而立之墓隧也；諜者，累其素履而質之鬼神也；誌者，識其行藏而謹其

終始也；檄者，激發人心而喻之禍福也；移者，自近移遠使之周知
也；表者，布人子之心，致君父之前也；牋者，修儲后之問、伸宮
閫之儀也；簡者，質言之而略也；啟者，文言之而詳也；狀者，言
之公上也；牒者，用之官府也；捷書不緘插羽而傳之者，露布也；
尺牘無封指事而陳之者，筍子也；青黃黼黻經緯以相成者，總謂之
文也；此文之異名。

此分文之異名為三十八類：制、詔、典、謨、訓、誥、誓、命、教、令、敕、
宣、贊、冊、論、議、辨、說、記、紀、書、策、傳、序、碑、碣、誄、誌、
檄、移、表、牋、簡、啟、狀、牒、露布、筍子，釋名彰義之法，十分簡明，
論其體法，大較不出劉勰《文心雕龍》外。

　　制者裁也，故曰「出法度以制人」；詔者告也，王言崇祕，筆吐星漢之
華，故曰「若日月之垂照」；典謨訓誥誓命者，《尚書》之文體：典者大冊也，
書有〈堯典〉，為記堯事之書；謨者謀也，書有〈皋陶謨〉，述皋陶等謀議之
言；訓者啟迪也，故曰「順其理而迪之」；誥誓命者，詔策之體也，書有〈大
誥〉、〈康誥〉、〈酒誥〉、〈召誥〉、〈洛誥〉、〈甘誓〉、〈湯誓〉、〈牧誓〉、〈費誓〉、
〈秦誓〉、〈文侯之命〉。詔策本古帝王告語臣下之應用文，《文心雕龍》〈詔
策〉推闡此體之發展趨勢，乃依次由「命」、「誥」、「誓」、「令」、「制」、「策
書」、「制書」、「詔書」、「戒敕」而益臻繁富。命者使也，三代用於封爵；誥
者告也，用於敷政；誓者誓師之辭也，用於訓戒；令亦命也，秦併天下，改
命曰制，降及七國，並稱曰命曰令；漢初定儀，則有四品——策書、制書、
詔書、戒敕，策者簡也，制者裁也，詔者告也，敕者正也。除以上文體外，
本條所論尚包括論辨、序跋、奏議、書說、傳狀、碑誌、檄移、雜記等類，
其中有名異而實屬一類者，蓋文有名異而實同、名同而實異；雖眾制鋒起，
源流間出，黼黻不同，俱總謂之文也！張表臣《珊瑚鉤詩話》集眾體加以辨
析，頗有承先啟後之價值。

　　王構論作史之法，以宋祁、歐陽修所撰之《新唐書》為例；《修辭鑑衡》
卷二「作史」條云：

　　　　《新唐書》敘事，好簡略其辭，故其事多鬱而不明，此作史之弊
　　　　也。……《唐書》進表云：「其事則增於前，其文則省於舊」，且《新
　　　　唐書》所以不及兩漢文章者，其病正在此兩句也。（《元城先生語錄》）

《新唐書》不簡於事而簡於文，其文章具「寧僻毋俗」、「寧簡毋冗」之特色，

而求簡避俗之結果，乃使文字流於晦澀不詳、古雅深奧，王構以爲此乃《新唐書》之弊，亦作史之弊也！蓋作文當如風行水上、出於自然，若有意於繁簡，則必有其失；意必欲其多，則冗長不足讀，必欲其簡，則僻澀而令人不喜讀。一般文章均須當簡則簡、當繁則繁，況作史乎？作史之目的，在使人明瞭史實，尤以達意爲本；文字過簡，則令人不解。其實不僅是作史，一般說事之文，公亦以爲須說盡事情，作史當然更應如此。

至若草野、臺閣之文，公以爲山林草野文之氣枯槁憔悴，朝廷臺閣文之氣溫潤豐縟，二者氣象不同；此蓋意與氣相御而爲辭，山林草野文疏以遠，故其氣撓，朝廷臺閣文暢以醇，故其氣盛也！

三、文術論——散文之作法

王構《修辭鑑衡》論散文作法，亦不外「謀篇」、「修辭」、「風格」、「養氣」四方面。其論「謀篇」，則重「立意」與「布置」；論「修辭」，則從句法、用語、技巧三項著眼；論「風格」，則祇略提一二，不夠詳備，但可知「雅」乃王構所主散文最完美之風格；論「養氣」，則主文章以氣爲主。

（一）在謀篇方面

語之所貴者，意也，文亦以「立意」爲先，此「雕龍」所以冠「文心」歟！是以謀作篇章時，首須沈思眇慮，辭句未成，而意已立，惟已立意，方能造境，方能遣辭；辭之緩急輕重，亦生乎意焉！譬之車然，意爲之御，辭爲之載；譬之木然，意其根幹也，辭其枝葉也。故公主作文須先立己意，而用意猶須深摯，倘用意庸常，專事造語，則仍爲下等之文，良有以也。蓋義深則意遠，意遠則理辯，理辯則氣盛，氣盛則文工；若能自闢新意，令深遠高妙，如空林邃壑，別具一種勝處，始佳，即如東坡語云：「意盡而言止者，天下之至文也，然而言止而意不盡，尤爲極至」。而用意尤貴曲折斡旋、抑揚反覆，若屈原《楚辭》、《孟子》〈百里奚自鬻於秦〉一章、韓愈〈答李秀才書〉、曾子固〈答李廌書〉皆義深而情韻蕩逸，公以爲宜詳讀之，如此可觀古人之用意。此外，公復主設疑多則意廣、改易多則意佳、段數多則意曲折；且謂用意重於用事，如《修辭鑑衡》卷二「文字用意爲上」條云：

> 不得錢不可以取物，不得意不可以用事，此文字之要也。（《韻語陽秋》）

> 文字不必多用事，只用意便得。（《麗澤文說》）

是知用意之重要。「立意」之後，則須「布置」，王構以爲古人文章必謹布置，而韓愈〈原道〉與《尚書・堯典》之布置，如官府甲第、廳堂房屋，各有定處不亂也，最得正體。於布局方面，首須定好凡例，本書卷二「文要先定凡例」條即云：

> 凡爲文章，皆須凡例先定，如張安道作〈蘇明允墓表〉，或曰蘇君，或曰先生，或曰明允，言歐陽永叔，或名或字，凡例不先定，致輕重不等。（《步里客談》）

此條所言對於作文相當重要；文中若要稱名，則當皆稱名，若要稱字、號，則要全稱字、號，體例須務求一致。今寫作論文者，常於篇首定凡例，職是之故。

（二）在修辭方面

行文亦重品藻，無品藻即不成文字，故消極之修辭，除貴在達意外，語言文字之安排亦爲重要環節。公以爲行文固要紆餘，然須有首有尾，過換處與過接處尤不可忽；〔註 29〕於句法方面，則力主安排平勻，若《修辭鑑衡》卷二「上重下輕爲文之病　起語」條云：

> 凡爲文上句重、下句輕，則或爲上句壓倒。〈晝錦堂記〉云：「仕宦而至將相，富貴而歸故鄉」，下云：「此人情之所榮，而今昔之所同也」，非此兩句，莫能承上句。〈六一居士集序〉云：「言有大而非夸」，此雖只一句，而體勢則甚重；下乃云：「賢者信之，眾人疑焉」，非用兩句，亦載上句不起。韓退之與人書：「泥水馬弱不敢出，不果鞠躬親問，而以書。」若無「而以書」三字，則上重甚矣，此爲文之法也！（《唐子西語錄》）

歸有光《文章指南》亦稱歐陽修〈晝錦堂記〉、蘇軾〈六一居士集序〉之起語可以爲法，遂立此爲下句載上句法；蓋文要上下相稱，下句不重，則載上句不起，此妙惟老手知之，彌知其不易到也。今按上述歐、蘇、韓三文中，均以起處出色，且爲一篇主腦，故知此法關係全篇甚重；而此法雖見於起處，亦適用於全篇。同卷「結語」條云：

> 結文字須要精神，不要閒言語。（《麗澤文說》）

> 愚按韓文公〈獲麟解〉，結云：「麟之所以爲麟者，以德不以形，若

〔註 29〕見《修辭鑑衡》卷二「文要紆餘有首尾」條、「過換處不可忽」條。

　　　　麟之出不待聖人，則其謂之不祥也亦宜哉」，〈送浮屠文暢序〉結云：

　　　　「余既重柳請，以嘉浮屠能喜文辭，於是乎書」，歐公〈縱囚論〉結：

　　　　「是以堯舜三王之治，必本於人情，不立異以為高，不逆情以干譽」，

　　　　皆此法也！

學文者於結束處多忽略，或謂文章之工不在於尾，不知一篇命脈歸束在此，是尤要者也。唐宋大家之文，其結處每有可觀，若公按語所舉韓愈〈獲麟解〉與〈送浮屠文暢師序〉、歐陽修〈縱囚論〉之結語，非但有精神、無閒言，尚且言有盡而意無窮、一唱三嘆而有餘音，益見出奇，可以為式。《修辭鑑衡》卷二「錯綜成文」條云：

　　　　韓退之〈羅池廟碑〉銘有「春與猿吟兮秋鶴與飛」，如《楚詞》「吉

　　　　日兮辰良」、「蕙殽烝兮蘭藉，奠桂酒兮椒漿」，蓋欲相錯成文，則語

　　　　勢矯健耳！（沈存中《筆談》）〔註30〕

韓愈〈柳州羅池廟碑〉文末銘辭曰：「春與猿吟兮秋鶴與飛」，兮字上下之二「與」字位置不同，則使語勢矯健，若該句作「春與猿吟兮秋與鶴飛」，則流於平順矣！《楚辭》句亦然。用字方面，王構《修辭鑑衡》卷二「繁簡」條，以為文有以繁為貴者、有以簡為貴者，然繁而不厭其多、簡而不遺其意，乃為善；〔註31〕蓋文不當論繁簡，只須做到「豐不餘一言，約不失一辭」，俾字字有法度，無一言亂說即可。因繁略殊形，或簡言以達旨，或博文以該情，有宜簡之文，有不宜簡之文，須變通會適也；況辭主乎達，並不論繁簡。《修辭鑑衡》卷二「為文當從三易」條云：

　　　　沈隱侯曰：「古今為文當從三易：易見事，一也；易見字，二也；易

　　　　讀誦，三也！」（朱景文《雜志》）

此辭主乎易之論。文得之雖苦，出之須甘，出人意外者，仍須在人意中；若《六經》之文皆深入淺出，故文章未必非句之難道、辭之難曉不可。同卷「為文不可蹈襲」條云：

　　　　文章必自名家，然後可傳不朽，若體規畫圓、準方作矩，終為人之

　　　　臣僕；古人譏屋下架屋，信然。陸機曰：「謝朝華於已披，啟夕秀於

　　　　未振」，韓愈曰：「惟陳言之務去」，此乃為文之要。（《宋子京筆記》）

〔註30〕《楚辭·九歌，東皇太一》有「蕙肴蒸兮蘭藉」句，而沈括《夢溪筆談》引

　　　　作「蕙殽烝兮蘭藉」，《修辭鑑衡》乃仍《夢溪筆談》原文。

〔註31〕見《修辭鑑衡》卷二「繁簡」條。

此言運筆爲文，須掃去陳言、自出機杼。昔韓愈論文，亦以去陳言爲第一要義，其〈答李翊書〉云：「當其取於心而注於手也，惟陳言之務去，戞戞乎其難哉」、南陽〈樊紹述墓誌銘〉云：「然而必出於己，不襲蹈前人一言一句，又何其難也！……銘曰：『惟古於詞必己出，降而不能乃剽賊；後皆指前公相襲，從漢迄今用一律。……』」、〈答劉正夫書〉復云：「……若皆與世沈浮，不自樹立，雖不爲當時所怪，亦必無後世之傳也。足下家中百物，皆賴而用也，然其所珍愛者，必非常物，夫君子之於文，豈異於是乎！……若聖人之道，不用文則已，用則必尙其能者；能者非他，能自樹立、不因循者是也」，皆主陳言務去、辭必己出、文貴獨創。善師古者，乃師其意不師其辭，是以爲文須自鑄偉辭；今人行文，反以用古人成語，自謂有出處，自矜爲博雅，不知其爲襲也、剽賊也！故《修辭鑑衡》卷二「文要用人所不能用」條復云：

> 某少讀貨殖傳，見所謂「人棄我取、人取我與」，遂悟爲學法；蓋爲學能知人所不能知、爲文能用人所不能用，斯爲善矣！（節孝先生語）

> 作文，他人所詳者我略，他人所略者我詳。（《麗澤文說》）

文字乃日新之物，若陳陳相因，安得不爲腐臭？一樣言語，不可便直用古人，原本古文意義，於行文時須重加鑄造，此謂去陳言。除去陳言外，王構復主用語平淡自然，不可好奇或有斧鑿痕。《修辭鑑衡》卷二「文章平淡」條云：

> 凡文字少小時須令氣象崢嶸、采色絢爛，漸老漸熟，乃造平淡，其實不是平淡，乃絢爛之極也。（《東坡集》）

同卷「文不當好奇」條亦云：

> 寧拙毋巧，寧樸毋華，寧麤毋弱，寧僻毋俗，詩文皆然。（《后山詩話》）

> 南朝劉勰嘗論文章之難云：「意翻空而易奇，文徵實而難工」，此語亦是。沈謝輩爲儒林宗主時，好作奇語，故後生之論如此。好作奇語，自是文章一病；但當以理得而辭順，文章自然出群拔萃。（山谷〈與王觀復書〉）〔註32〕

前條陳師道《后山詩話》所云，與黃庭堅意見一致。文章意全勝者，詞愈淡樸而文愈高，意不勝者，詞愈巧華而文愈鄙；蓋樸者華之至也，非眞樸也，拙者巧之至也，非眞拙也。王構既主用字平淡，對於雕琢繩削、有斧鑿痕之奇語，自是力排之。

〔註32〕劉勰《文心雕龍》〈神思〉有「言徵實而難巧也」句，山谷與王觀復書引作「文徵實而難工」，《修辭鑑衡》乃仍山谷與王觀復書原文。

　　若乃修辭方法，公衹論「含蓄」、「用事」、「改易」、「悟入」。文章之美，貴在「含蓄」。作者之情，或不敢自抒，則委曲之，不忍明言，則婉約之，不欲正言，則恢奇之，不可盡言，則蘊藉之，不能顯言，則假託之；是以隱複之旨，遂為文家所須，而賞會之士，亦以得幽旨為樂。故《修辭鑑衡》卷二「文章有三等」條，列「藏鋒不露，讀之自有滋味」者為上等之文，他條亦謂文當以「語有盡而意無窮」、「不分明指切，而從容委曲，辭不迫切，而意已獨至」、「盡而有餘，久而更新」、「紆餘委曲」、「不道破」者為上。夫文貴遠，遠必含蓄，文筆含蓄，則使辭婉義隱、意味深長、韻味多致；此於劉勰《文心雕龍》謂之「隱秀」、今之修辭學謂之「婉曲」。元・陳繹曾《文說》造句法列十有四例，其中「不說破正意，歇後所當語而使人自思之」，謂之「歇後語」，「語直而意婉……語婉而意直」，謂之「婉語」；而「歇後語」與「婉語」皆可使文章含蓄。對於文之用事，王構所言不多，惟《修辭鑑衡》卷二「為文當從三易」條中，提及用事須不使人覺，「文字用意為上」條，復謂不得意不可以用事、文字不必多用事，蓋古今善用事者，皆鎔化無跡，不使人覺，若胸臆語；而用事過多、刻意經營，便難事得其要、用人若己。劉勰《文心雕龍・事類》篇，專言用事運典之法；本書所謂「易見事」、「用事不使人覺，若胸臆語」者，即劉勰所謂「不啻自其口出」之意。文成之後，其瑕不可不檢，有不善者，須應時改定，加以潤色；《修辭鑑衡》卷二「歐陽公文」條，即舉歐陽修「為文既成，必自竄易，尺牘單簡，亦必立稿」之例，他條且謂修改字句可使文章日健，信哉！欲使文工，捨此法而莫由。江西詩派論詩，要在一「悟」字；而文與詩相似，亦須由悟入，非言語所能傳。《修辭鑑衡》卷二「作文有悟入處」條云：

　　　　作文必要悟入處，悟入必自工夫中來，非僥倖可得；如老蘇之於文、

　　　　魯直之於詩，盡此理矣！（《童蒙訓》）

呂本中《紫微詩話》云：「只熟便是精妙處」，「熟」即「活法」、即「工夫」、即「悟」；既悟之後，返觀昔人所論文章之事，極是明了也。而欲悟無他，熟讀精思而已。

（三）在風格方面

　　依上述各說，可歸納王構對於文章風格，亦主平淡自然、清新含蓄、辭淺意深，反對雕琢華麗、陳腐淺露、辭深意寡。是以《修辭鑑衡》卷二「文章有三等」條云：

> 文有三等：上焉藏鋒不露，讀之自有滋味；中焉步驟馳騁，飛沙走
> 石；下焉用意庸常，專事造語。(《麗澤文說》)

此言文字含蓄，是第一等文章；言辭恣肆，是第二等；刻意堆垛，是第三等。
同卷「古文有三等」條亦云：

> 余以古文爲三等：周爲上，七國次之，漢爲下。周之文雅；七國之
> 文壯偉，其失騁；漢之文葦贍，其失緩；東漢而下無取焉！(《后山
> 詩話》)

是知「雅」乃王構所主散文最完美之風格。

（四）在養氣方面

王構亦重養氣。「養氣」一詞，首見於《孟子・公孫丑》，其云：「(公孫
丑問)『敢問夫子惡乎長？』曰：『我知言，我善養吾浩然之氣。』『敢問何謂
浩然之氣？』曰：『難言也，其爲氣也，至大至剛，以直養而無害，則塞於天
地之間。其爲氣也，配義與道；無是，餒也。是集義所生者，非義襲而取之
也；行有不慊於心，則餒矣』孟子自言其善養浩然之氣，至於所謂「浩然之
氣」，乃集義而成，且須配義與道以養；此即「養氣說」之開端。而《孟子・
公孫丑》復載孟子之言云：「夫志，氣之帥也；氣，體之充也。夫志至焉，氣
次焉，故曰：『持其志，無暴其氣』」「志壹則動氣、氣壹則動志也。」是知孟
子所言之氣乃指人身之氣，殆與文氣無涉。以氣論文之說，始於曹丕〈典論
論文〉，其云：「文以氣爲主，氣之清濁有體，不可力強而致。譬諸音樂，曲
度雖均，節奏同檢。至於引氣不齊，巧拙有素，雖在父兄，不能以移子弟。」
此開後世論文主氣之端。爾後代有其說，若劉勰《文心雕龍》〈養氣〉、〈風骨〉
諸篇，皆論及「養氣」問題；唐・韓愈〈答李翊書〉則以氣譬諸水，以言譬
諸浮物，有「水大，而物之浮者大小畢浮」、「氣盛，則言之短長與聲之高下
者皆宜」之說。故文之能成章在氣，氣得其養，則無所不用、無所不極，攬
而爲文，則無所不參、無所不包。王構《修辭鑑衡》卷二「李格非論文」條
亦論及文氣，如云：

> 是知文章以氣爲主，氣以誠爲主。(《冷齋夜話》)

劉勰《文心雕龍》〈養氣〉揭示養氣之法，乃曰「率志委和」、「適分胸臆」、「從
容率情」、「優柔適會」、「隨性適分」，是知調暢其氣首當清和其心，適從才分，
直抒胸臆，依循意志，誠心正意；王構所謂「氣以誠爲主」，斯不妄也。公亦
以爲朝廷臺閣文之氣溫潤豐縟、山林草野文之氣枯槁憔悴，此蓋因其氣充乎

其中而溢乎其貌，動乎其言而見乎其文，不同種類之文章，文氣自是不一。而古人為文，最重文氣，欲得其氣，亦不得不求諸古人，故《修辭鑑衡》提及韓愈〈與李翱書〉、蘇洵〈上歐陽公書〉最見為文養氣之妙，蘇軾之文最具豪邁之氣，此皆足式者焉！

四、文評論

（一）文人之修養

關於文人之修養方面，王構極重多學、多作及養氣。《修辭鑑衡》卷二「文有三多」條云：

> 陳后山云：「永叔謂為文有三多：看多、做多、商量多也！」（《后山詩話》）

> 「東坡云：頃歲，孫莘老識文忠公，乘間以文字問之，云：「無他術，惟讀書多而為之自工。世人患作文字少，又懶讀書，每一篇出，即求過人，如此少有至者，疵病不必待人指摘，多作自能見之」。此公以其嘗試者告人，故尤有味。（三蘇文）

前一條謂為文須多看、多作、多與人商量，後一條更強調多讀、多作。讀書以為學，方能纘言以為文，誠如同卷「學文有自來」條云：

> 詞氣或不逮初造意時，此病只是讀書未精博耳！長袖善舞，多錢善賈，不虛語也！（山谷〈與王觀復書〉）

是知讀書須博，不博則不精，不精則不專不熟，倘能精博，為文自能避免弊病。而用功之始，在熟讀古人之作而已；此即劉勰《文心雕龍・知音》所謂「凡操千曲而後曉聲，觀千劍而後識器；故圓照之象，務先博觀」之理。

然則如何才能具有博觀之學養？夫文章之體備於經，故王構以為《六經》必學，尤其是《春秋》，一定要熟稔，然後方能使言語有法。而讀《孟子》可悟文章章法，《左傳》亦不能偏廢。除儒家之經典外，尚須讀《戰國策》可學說利害，讀《莊子》可學論理性，讀賈誼、晁錯、趙充國疏可學論事，讀韓柳文以知作文體面。於議論文字方面，須以董仲舒、劉向為主。至於《禮記》、《周禮》及《新序》、《說苑》之類，皆當貫穿熟考。熟讀以上諸書後，自能沈潛體味、朗朗出口、若己出也！作家學有所養之後，尚須多作，以裨文章日進；若宋祁創作日多，文章越精進，其每見舊作，即憎之必欲燒棄，梅聖俞謂其文進矣，便是一例。

（二）對散文之批評

　　《修辭鑑衡》對文章評論，胥針對經、史、子及各家之文而言；於經書則論《六經》、《左傳》、《論語》、《孟子》，史書論及《史記》、《漢書》、《新唐書》，子書論《莊子》、《列子》、《孫子》、《韓非子》，諸家文乃論及韓愈、柳宗元、歐陽修、蘇軾、曾鞏、秦觀。蓋胸中有《六經》、《論》、《孟》，繼讀史、子，而後游藝於文集，則於文亦庶幾矣！

　　蓋文章源出《六經》，故為文當致力於《六經》，本書卷二「六經之文易曉」條評之云：

> 夫文傳道而明心也，古聖人不得已而為之，而又欲句之難道、義之難曉，必不然矣！請以《六經》明之。《詩》三百篇，皆儷其句，皆協其音，可以播管絃、薦宗廟，讀之易熟也。書者，上古之書，二帝三王之世之文也，言古文者無出乎此，則曰：「惠迪吉，從逆凶」，又曰：「德日新，萬邦惟懷，志自滿，九族乃離」。在禮儒行，夫子之文也，則曰：「衣冠中，動作謹，大遜如慢，小遜如偽」。在樂，則曰：「鼓無當於五聲，五聲不得不和，水無當於五色，五色不得不章」。《春秋》則全以屬辭比事為教，不可備引焉。在《易》則曰：「乾道成男，坤道成女，日月運行，一寒一暑」。夫豈句之難道、義之難曉耶！今為文而舍《六經》，又何法焉！若第取其書所謂「弔由靈」、《易》所謂「朋合簪」者，模其語而謂之古，亦文之弊。（《小畜文集》）

經也者，恆久之至道，不刊之鴻教也，其義乃挺乎性情，其辭亦匠於文理，故能開學養正、昭明有融。《六經》中若《書》、《易》固有佶屈聱牙之文字，然大多義精詞約、深入淺出，由此亦知文章未必非句之難道、義之難曉不可。公論《詩經》，則見於《修辭鑑衡》卷二「毛詩之文」條，其云：

> 張文潛云：「詩三百篇，雖云婦人女子小夫賤隸所為，要之非深於文章者不能作，如七月在野至入我床下，於七月以下皆不道破，直至十月方言蟋蟀，非深於文章者能為之耶」（呂氏《童蒙訓》）

《三百篇》美刺箴怨皆無跡，情到極深，亦不露骨，悲哀歡愉、怨苦思慕，悉有婉折抑揚之致，蘊蓄深而丰神遠，讀之但覺得其溫柔敦厚之旨，此乃深於文章者所為也。公於《禮記》，獨推《檀弓》一篇，本書篇二「檀弓之文」條云：

> 往年嘗請問於東坡先生作文法，答云：「但熟讀〈檀弓〉當得之」，

　　既而取讀數百遍，然後知後世人作文，不及古人之病。（山谷）

《禮》以立體，據事制範，文詞粹美，宜於修辭；〈檀弓〉一篇，豐不餘一言，約不失一辭，學者沈浸於是，苟得一端，抒而爲文，自無枝多游屈之弊。本書推崇檀弓篇，亦云極矣！公論《春秋》，見於《修辭鑑衡》卷二「春秋之文」條，其云：

> 爲文必學《春秋》，然後言語有法，近世學者，多以春秋爲深隱不可
> 學，蓋不知春秋者也。且聖人之言，曷嘗務爲奇險、求後世之不可
> 曉？趙啖曰：「《春秋》明白如日月，簡易如天地」。

劉勰《文心雕龍・宗經》篇云：「《春秋》辨理，一字見義」、「《春秋》則觀辭立曉，而訪義方隱」，《春秋》經一字之下，即可看出聖人褒善貶惡之見解；而初觀其辭時，旋能明瞭其文意，此乃聖人行文造語明白簡易之特色。左氏之傳，孔子《春秋》之本事也；《公》《穀》二傳，爲專解經之文，《左傳》則解經之外，並以史證經，解經而兼爲史者也！本書卷二「左氏之文」條云：

> 文章不分明指切，而從容委曲，辭不迫切，而意已獨至，惟《左傳》
> 爲然。如當時諸國往來之辭，與當時君臣相告相誚之語，蓋可見矣。
> 亦是當時聖人餘澤未遠，涵養自別，故詞氣不迫如此，非後世專學
> 言語者也！（呂氏《童蒙訓》）
>
> 左氏之文，語有盡有而意無窮……如此等處，皆是學爲文章之本，
> 不可不深思也！」（呂氏《童蒙訓》）

《春秋》貶損當世君臣，其事實皆形於《左傳》，《左傳》翦裁嚴密，僅以數語，則懍乎不可犯，令人不厭百回讀，且字字有法度，熟讀之足使筆力日健，故同卷「莊子左傳」條云：「讀《左傳》，使人入法度，不敢容易」。《論語》者，孔子弟子記孔子與門人、時人問答之言，率多鼓吹學術之說；其記孔子之語，片言隻語，簡潔明瞭，直記所聞，不加潤色，以簡淡樸實爲特色，並無長篇議論，是以本書卷二「論語之文」條云：

> 《論語》文字，簡淡不厭，非左氏所可及。（呂居仁《童蒙訓》）

《左傳》以敘事爲主，文筆豔而富，公崇簡淡之文，故以爲《左傳》不及《論語》。《孟子》一書，亦孟軻門人所記，體例全仿《論語》，然文章風格卻與《論語》有所不同；本書卷二「孟子之文」條正道出其特色，其云：

> 孟子之文，語約而意深，不爲巉刻斬絕之言，而其鋒不可犯。（歐公
> 書）

《孟子》中多長篇鋪排、假設譬喻、翻騰議論，其氣勢令人但覺痛快淋漓、抑揚反覆而不覺其病，其文字亦如家人常語，雖篇長而無漫語，語多而無冗句。

讀史以《史記》、《漢書》最要，此二書於文學上亦有重要價值。韓愈〈進學解〉云：「下逮莊騷，太史所錄，子雲相如，同工異曲」，所謂「太史所錄……同工異曲」，正說明《史》、《漢》二書各有千秋。《史記》乃以西漢流暢文體寫成，其文筆跌宕而富變化，文句之組織圓熟而靈活；若本書卷二「史記」條所云：

> 《史記》其意深遠，則其言愈緩，其事繁碎，則其言愈簡，此特《春秋》之意。（《李方叔文集》）

即指出《史記》運用文字之高妙傳神，既托旨遙深，復辭約事舉，有類《春秋》之風格。至於《漢書》，本書卷二「兩漢之文」條評之云：

> 「班固敘事詳密，有次第，專學左氏。」（《童蒙訓》）

文章惟敘事最難，非具史法者，不能窮其奧。《左傳》文章之勝處，在辭令記載與戰爭描述，為我國敘事文樹立楷模，《漢書》即受其影響；《漢書》文體樸質整密，其敘事亦甚賅密也！除《史》、《漢》外，本書尚論及宋祁、歐陽修撰《新唐書》「寧簡毋冗」之特色。

學文之法，除潛心致志經史外，必讀諸子百家以輔翼之。春秋戰國時代，百家爭鳴，由此揭開諸子散文之序幕；除前述《論》、《孟》外，本書尚論及《莊子》、《列子》、《孫子》、《韓非子》四部子書。《莊子》一書，由莊周弟子後學記纂而成，其中表現出莊子洞察事物之直覺力、縱橫奔放之想像力、及創新概念之創造力；其藉文辭遊無窮之野、出六極之外，洸洋自恣而引人入勝，因而讀之可使思想活潑、較具創造力，本書卷二「莊子左傳」條云：「讀莊子，令人意思寬大敢作」，即此意也！後世學莊子之文，唯蘇軾最得其旨，此由〈赤壁賦〉、〈超然臺記〉即可看出。《列子》各篇，非出於一時一人之手，據張湛〈列子序〉云，此書係其祖父張嶷遭永嘉之亂、南渡長江後，蒐集整理而後編定。其歸同於老莊，屬辭引類與莊子相似，洵為一部道家叢談，班固《漢書‧藝文志》列之於道家。本書卷二「列子」條云：

> 《列子》氣平文緩，非《莊子》步驟所能到。（呂氏《童蒙訓》）

整部《列子》書之素材，十之七八為神話與傳說，以虛靜柔弱之思想作骨幹，故其文辭雖有奇采，然較之《莊子》，其氣勢卻較顯和緩。《孫子》者，亦非

出於一人之手；書中保存春秋戰國時代孫武、孫臏之軍事理想，總結其時之戰爭經驗，記載許多戰爭規律及取勝戰術，而其闡述手法更是變化無窮。本書卷二「孫子」即云：

> 《孫子》十三篇，論戰守次第與山川險易長短小大之狀，皆曲盡其
>
> 妙，摧高發隱，使物無遁情，此尤文章妙處。

《孫子・九地》篇云：「不知山林、險阻、沮澤之形者，不能行軍。」故《孫子》中亦論及山川地形，而其狀物技巧亦高人一等；若〈勢〉篇云：「激水之疾，至于漂石者，勢也；鷙鳥之疾，至於毀折者，節也。」乃寫物與論說兼而有之。《韓非子》者，戰國末年韓非之著作；韓非為人口吃，口不能道說，而善著書，其作之存於今者，即《韓非子》二十卷，五十五篇。本書卷二「韓非子」條云：

> 韓非諸書，皆說盡事情。（呂氏《童蒙訓》）

若《韓非子・五蠹》一篇，可謂汪洋博浹，〈難勢〉一篇，可謂壁立千仞；又如〈安危〉篇云：「安危在是非，不在強弱；存亡在虛實，不在眾寡。」之類，率可見其善說事理之特色。

若乃評各家文，除唐宋八大家之韓愈、柳宗元、歐陽修、蘇軾、曾鞏外，本書尚論及秦觀。

韓、柳二公，同為唐古文運動之盟主，促進古文運動深入開展、水到渠成，致散文代替駢體而躍居文壇主流，為我國散文開拓更恢闊之康莊大道，後之學古文者，莫不宗其為開山也！本書卷二「韓文公之文」條評韓愈云：

> 韓子之文，如長江大河，渾浩、流轉，魚黿蛟龍，萬怪惶惑，而抑
>
> 絕掩蔽，不使自露，而人望見其淵然之光，蒼然之色，亦自畏避，
>
> 不敢迫視。（蘇明允〈上歐公書〉）

因韓愈「口不絕吟於六藝之文，手不停披於百家之編，記事者必提其要，纂言者必鉤其玄，貪多務得，細大不捐」，〔註33〕故其文辭若長江大河。而韓文有文從字順、條理通暢、辭尚平易者，亦有佶屈聱牙、以艱險為工者，可謂光怪陸離矣！復以韓愈筆端犀利、表現深刻，致文字皆精鍊有力，氣勢雄偉，莫可掩抑。至於柳文，雅健峻潔，趣味較韓文高，以山水遊記最受人矚目。本書對於柳文之特色，並未言及，只謂蘇軾於嶺外時，特喜柳文，其晚年敘事文字，亦多學柳；此外，卷二「柳子厚之文」條有云：

〔註33〕見韓愈《韓昌黎文集》第一卷〈進學解〉。

徐敦立侍郎，紹興末，嘗爲予言，柳子厚非國語之作，正由平日法
國語爲文章，看得熟，故多見其疵病。（《老學庵記》）

柳宗元〈答韋中立論師道書〉中，有「參之國語以博其趣」一語，是知《國語》
乃宗元所嘗用力者，因而作〈非國語〉以歷數國語之瑕。歐陽修者，宋古文運
動之領袖也，人喻爲宋之韓愈，其文簡而明、信而通、不務奇崛，且議論透闢，
敍事生動，寫景自然，抒情眞實。本書卷二「歐陽公文」條評之云：

文章紆餘委曲，說盡事理，惟歐陽公得之。（《童蒙訓》）

歐公之文，紆餘委備，往復萬折，而條達疏暢，無所間斷，氣盡語
極，急言竭論，而容與閑易，無艱難辛苦之態。（蘇明允〈上歐公書〉）

歐公每爲文，既成，必自竄易，至有不留本初一字者，其爲文章，
則書而傅之屋壁，出入觀省之，至于尺牘單簡，亦必立稿，其精審
如此。每一篇出，士大夫皆傳寫諷誦，惟睹其渾然天成，莫究斧鑿
之痕也！（《呂氏家塾記》）

張子韶云：「歐公文粹如金玉……」（橫浦《日新》）

對歐公可謂推崇備至。歐公善於改易，故其文能粹如金玉。蘇軾者，唐宋八大
家之一，其作文一如作詩塡詞，恃其特高之才華，行於所當行，止於不可不止；
陸游《老學庵筆記》有「蘇文熟，秀才足」之語，《宋史》亦評爲「渾涵光芒，
雄視百代，有文章以來，蓋亦鮮矣」。《修辭鑑衡》卷二「東坡之文」條云：

老坡作文，工於命意，必超然獨立於眾人之上……平日得意到處多
如此，其源蓋出於《莊子》……其平日取捨文章，多以此爲法。（《潛
溪詩眼》）

東坡晚年敍事文字，多法柳子厚，而豪邁之氣，非柳所能及也！（《童
蒙訓》）

軾天資既高，豪邁之氣，自不能掩，故其文馳騁變化、大氣磅礴、橫放傑出，
頗似莊子，誠爲善學莊子者也！《宋史·蘇軾傳》云：「比冠，博通經史，
屬文日數千言，好賈誼、陸贄書，既而讀莊子，嘆曰：『吾昔有見，口未能
言；今見是書，得吾心矣』」可知軾乃喜讀莊子，故其文亦學莊子，而具有
豪邁之氣。曾鞏者，亦唐宋八大家之一，其古文以典雅平實著稱，《朱子語
類》稱道：「南豐文字確實」。本書卷二「曾子固文」條云：

近世文字，如曾子固諸序，尤須詳味。（《童蒙訓》）

曾子固文章，紆餘委曲，說盡事情，加之字字有法度，無遺恨矣！
（《童蒙訓》）

文體平正，不爲詭異，無一奇語，無一怪字，造語有法，而讀之卻如太羹玄酒，不覺至味存焉，此曾鞏文之特色也。秦觀者，蘇門四學士之一，最受蘇軾賞識；其文皆詞情相稱，工麗深至，自是一代作手。本書卷二「秦少游文」條評之云：「文章有首有尾，無一言亂說」，可謂知言。

第六章 《修辭鑑衡》之引書引說

　　王構編《修辭鑑衡》一書，持論立說，有本有源，以選粹為功；其於宋人詩話及說部集部中，甄采與修辭有關者，鉤稽歸納，鰲為條例，彙而錄之，通觀全書，引說凡二百零一條（上卷一百十三條，下卷八十八條），其中不著出處者八條（上卷五條，下卷三條），出處著墨者四條（上卷三條，下卷一條），通計所引四十六種作品，率為宋人詩話及說部集部著作所囊括。其中詩話佔二十二種、說部集部佔二十四種。引書有於今尚存者、有現僅傳節本或輯佚本者、亦有在臺不可見者。引文復有今本未載，或改易或節錄原文等情形，皆足資考證。今稽考是書之引書引說，旨在明公思想之取向、工力所在及寫作態度。既不容輕忽，則以元至順刊本為準，分詩話、說部集部二類探討之。

壹、詩　話

　　詩至唐已臻極致，後世難乎為繼，致兩宋詩壇轉而偏重於「評」，詩論遂日以繁滋。其時，歐陽修首開論詩之風、創詩話之體，爾後繼起效顰者多有之。

　　詩話者，辨句法、備古今、紀盛德、錄異事、正訛誤也；宋詩話所沾溉於後人者，自是匪淺。公編《修辭鑑衡》，卽引二十二種宋詩話：於今尚存者計《冷齋夜話》、《後山詩話》、《西清詩話》、《石林詩話》、《許彥周詩話》、《唐子西文錄》、《珊瑚鉤詩話》、《韻語陽秋》、《誠齋詩話》、《後村詩話》、《江西詩派小序》等十一種；現僅存節本或輯佚本者計《王直方詩話》、《潛溪詩眼》、《李希聲詩話》、《古今詩話》、《童蒙訓》、《藝苑雌黃》、《詩憲》等七種；在臺不可見者計

《古今類總詩話》〔註1〕、《蒲氏漫齋錄》、《周小隱詩話》、《孫氏詩譜》等四種，其卷數、撰人、內容均不詳，《修辭鑑衡》之引文亦不可考。今僅就其書尚存與現所傳為節本或輯佚本者考之；各類所列皆略以時序為次，書名均按所考得之正確書名為準，不盡依《修辭鑑衡》之著錄也！

一、其書尚存者

（一）《冷齋夜話》

十卷，宋僧惠洪撰。惠洪，一名德洪，字覺範，世稱「洪覺範」，工詩能文，與蘇黃為方外交。此書論詩者居十之八，論詩之中，稱引元祐諸人者又十之八，而黃庭堅語尤多。論詩之外，亦雜記見聞，由於論列甚雜，故各家著錄多不入詩文評類，《四庫提要》以之入雜家類。其記事不免假託誇誕，但詩論實多中理。《修辭鑑衡》引此書有二條（均見於下卷），原文出處可由《四庫全書》本考得。如《修辭鑑衡》下卷「李格非論文」條，乃節錄此書卷三「諸葛亮劉伶陶潛李令伯文如肺腑中流出」條之前半；同卷「東坡之文」條，引自此書卷五「東坡藏記」條。所引較諸原文，在文字上頗有刪改，如原作「日勝日貧，不若日如人善博、日勝日負耳」，《修辭鑑衡》作「日勝日負，不若日勝日貧耳」，由於「負」、「貧」二字之位置顛倒，致語意相反，造成嚴重錯誤。

（二）《後山詩話》

一卷，舊題陳師道撰。師道，字履常，一字無己，號「後山居士」，高介有節，刻苦問學，為文師曾鞏，論詩推服黃庭堅。此書乃隨筆體裁，所論不限于詩，兼及古文四六，即其言詩，亦不偏於論事、不限於摘句；持論雖多出入，亦頗有中肯之語。《修辭鑑衡》引此書有五條（上卷一條，下卷四條），今由《歷代詩話》本考得四條，餘一條不可考，蓋此書或有佚文，為今本所未收者。考得之四條，見《修辭鑑衡》下卷，王構著其出處曰《后山詩話》，引文與原書無別，惟「文不當好奇」條，係合併原書之二條而成。《修辭鑑衡》上卷於「評前賢詩」條引此書云：「柳子厚古律詩精妙，韓不及」，《歷代詩話》本無，必此書之佚文。

（三）《西清詩話》

三卷，蔡絛撰。絛，字約之，自號「百衲居士」，別號「無為子」，蔡京

〔註 1〕 《古今類總詩話》，《修辭鑑衡》稱《古今總類詩話》及《詩話總類》。

子，頗能文。此書多載元祐諸公詩詞，亦多稱述其父之詩與論詩之語，而於蘇軾、黃庭堅之詩仍多微辭，甚且有變更事實之處。《修辭鑑衡》引此書有一條（見上卷），《古今說部叢書》本、《類說》本、《說郛》本俱無，而郭紹虞《宋詩話考》謂原書有此條，故此條必此書之佚文。

（四）《石林詩話》

三卷，葉夢得撰。夢得，字少蘊，自號「石林居士」，嗜學早成，多識前言往行，尤工於詞。此書所論，多推重王安石，而詆毀歐陽修，然因夢得詩文乃南北宋間之巨擘，其所評論，往往深中肯綮。《修辭鑑衡》引此書有五條（均見於上卷），今由《歷代詩話》本考得；王構所引與原文有文字上之出入，然不礙文義。

（五）《許彥周詩話》

一卷，許顗撰。顗，字彥周，生平不詳。此書所論，多宗元祐之學，故所引述多蘇軾、黃庭堅、陳師道語；其議論多有根柢，品題亦具有見地。《修辭鑑衡》引此書有一條（見上卷），今由歷代詩話本考得，知王構所引與原文僅一字之差。《修辭鑑衡》上卷「評前賢詩」條，引此書云：「東坡詩不可摘指輕議，其辭源如長江大河……珍泉幽澗，澄潭靈沼，可愛可喜，無一點塵滓，只是不似江河，讀者幸以此意求之」，王構改「江湖」爲「江河」，較原文爲勝。

（六）《唐子西文錄》

一卷，唐庚述，強行父記。唐庚，字子西，爲文精密，諳達世務；強行父，字幼安。行父自錢塘罷官如京師，與唐庚同寓於僧舍，日從之游，退而記其論詩文之語，而成斯編。金·王若虛《滹南詩話》稱此書爲《唐子西語錄》，王構以此書係語錄通詩話之性質。《修辭鑑衡》特引此書一條（見下卷），今由《歷代詩話》本考得；王構所引與此書原文僅有數字出入。如原作「居士集序云：『言有大而非誇』……下乃云：『達者信之，眾人疑焉』……」《修辭鑑衡》作「〈六一居士集序〉云：『言有大而非夸』……下乃云：『賢者信之，眾人疑焉』……」；依蘇軾〈六一居士集序〉，知此書原文正確，王構卻改「誇」爲「夸」、改「達」爲「賢」。

（七）《珊瑚鉤詩話》

三卷，張表臣撰。表臣，字正民，器量淺狹，喜攀附名貴，其人與詩，率

誇過其實，而論詩略有勝義。是編書名取自杜詩「文采珊瑚鉤」句，其論詩則得元祐諸人之餘緒；然全書亦涉及雜事，不盡論詩語。《修辭鑑衡》引此書有三條（上卷二條，下卷一條），今由《歷代詩話》本考得。《修辭鑑衡》上卷二條引文，與此書原文有數字出入。原書云：「莊語得失，謂之雅。……纂者，續而述焉者也。」而《修辭鑑衡》下卷引為「正言得失，謂之雅。……書者，續而述焉者也。」，顯見王構未忠於原著。

（八）《韻語陽秋》

二十卷，葛立方撰。立方，字常之，號「懶真子」，其性敦厚，且博極群書，以文章名世。是編係葛氏絕筆，雜評諸家之詩，多論意旨之是非而不甚論句格工拙；其評論詩人行事、句義之高下，輒斷以私臆，而不免有舛誤，然則詩論嚴正，其精確處亦未可盡沒。《修辭鑑衡》引此書計十二條（上卷十一條，下卷一條），今由《歷代詩話》本，知王構引文與此書原文僅有數字出入。而《修辭鑑衡》上卷「五言第三字七言第五字並要響」末條，引此書云：「老杜『飛星過水白，落月動沙虛』，是鍊中間第三字；『地坼江帆隱，天清木葉聞』，是鍊末後一字。〈酬李都督早春〉詩云：『紅入桃花嫩，青歸柳葉新』，是鍊第二字；若非『入』與『歸』二字，則與兒童詩何異」，為《歷代詩話》本所無，足資輯佚。

（九）《誠齋詩話》

一卷，楊萬里撰。萬里，字廷秀，讀書室曰「誠齋」，宋光宗嘗為書「誠齋」二字，故學者稱之為「誠齋先生」；其本以詩名，雖沿江西詩派末流，不免有頹唐龘俚處，而才思健拔、包孕宏富，自是南宋作手，非後來「四靈」、「江湖」諸派可得而並稱。此書雖曰「詩話」，而論文之語多於詩，又頗涉諧謔雜事；是例在宋人詩話中亦間有之，要以此書為尤甚。《修辭鑑衡》引「誠齋」語一條，見於上卷「七言得連綿字而精神」條，其云：「王維詩云：『漠漠水田飛白鷺，陰陰夏木囀黃鸝』二句，以『漠漠』『陰陰』二字，喚起精神。又『無邊落木蕭蕭下，不盡長江滾滾來』二句，亦以『蕭蕭』『滾滾』喚起精神。若曰『水田飛白鷺，夏木囀黃鸝』、『木葉無邊下，長江不盡來』，則絕無光彩矣！見得連綿不是裝湊贅語。」王構著其出處，但曰「誠齋」，未云出自此書；今考此書《歷代詩話續編》本，未見有此說，於楊氏其他著作中，更無可考，可視為此書之佚文。

（十）《後村詩話》

前集二卷，後集二卷，續集四卷，新集六卷，劉克莊撰。克莊，字潛夫，號「後村」，有直聲，論詩有條理。此書前集後集續集統論漢魏以下，而唐宋詩人爲多；新集六卷，則詳論唐人之詩，皆採摘精華、品題優劣，間有連錄全篇，與他家詩話爲例稍殊。《修辭鑑衡》引此書有二條（見上卷），今由《古今詩話叢編》本得知《修辭鑑衡》上卷「四言」條，係王構以此書原文首二字標題，第三字以下則照引無誤；而上卷「評前賢詩」條之引文，乃節錄此書中某條之末二行而成，王構除改易文字外，尚增「如『昔事武皇帝、無賴恃恩私』詩云云」句。

（十一）《江西詩派小序》

一卷，劉克莊撰。克莊有《後村詩話》，已見前。呂本中撰有〈江西詩社宗派圖〉，自山谷以降，列二十五人，成江西詩人之總集；克莊此序則兼論江西詩派諸人之詩，而後人以之列入詩話叢書中。《修辭鑑衡》引此序七條（均見上卷），今由《歷代詩話續編》本考得。《修辭鑑衡》之引文，率節錄此序「後山」、「二謝」、「呂紫微」、「總序」中之一部分，文字出入不大，然王構皆著其出處，或曰「劉後村序江西詩派」、「劉後村云」，或曰「呂紫微作夏均父集序」、「呂紫微云」，令人不易索得。

二、現所傳爲節本或輯佚本者

（一）《王直方詩話》

原六卷，今傳世者無足本，僅有節本及輯佚本；王直方撰。直方，字立之，號「歸叟」，乃江西詩社中人，喜從蘇黃遊。此書述事處多，論詩語少。其論詩之語，亦以轉述他人者多，而自得者少。《修辭鑑衡》引此書計十八條（均見上卷），今由《宋詩話輯佚》本考得十六條，而《宋詩話輯佚》大率據《修辭鑑衡》。《修辭鑑衡》上卷「長篇」條引此書云：「山谷謂秦少游云：『凡始學詩，須要每作一篇，先立大意，若長篇須曲折三致意焉，乃爲成章耳』」同卷「評前賢詩」條引此書云：「歐公嘗謂聖俞曰：『世謂詩人多窮，非詩能窮人，殆窮而後工』，聖俞以爲知言。李希聲語余曰：『孟郊詩正如晁錯，爲人不得爲不佳，傷峭直耳』」此二條輯佚本不存。而此書名稱，諸家稱引不一，《修辭鑑衡》稱《詩文發源》者，不知其何據。

（二）《潛溪詩眼》

一卷，殘，今僅有節本及輯佚本；范溫撰。溫，一作仲溫，字元實，曾從山谷學詩。此書所論多重在字眼句法，此由其書名稱「詩眼」而不稱「詩話」可知。書中述山谷之語亦多者，則與其師承有關。《修辭鑑衡》引此書有一條（見下卷），今由《宋詩話輯佚》本可以考得此條出處。

（三）《李希聲詩話》

一卷，佚，今僅有輯佚本；李錞撰。錞，字希聲，乃江西詩社中人，其為詩宗山谷。書中多述故事，較少論詩之語，與《王直方詩話》相近。《修辭鑑衡》引此書有一條（見上卷），今可由《宋詩話輯佚》本考得此條出處。

（四）《古今詩話》

疑即《古今詩話錄》七十卷，〔註2〕佚，今僅有節本及輯佚本；李頎撰。李頎生平事蹟不可考，但知其與蔡絛時代相近。此書係就詩話述事之例加以敷衍，且多錄昔人舊說，可為茶餘酒後閑談之資。《修辭鑑衡》引此書計十九條（上卷十八條，下卷一條），今全可由《宋詩話輯佚》本考得。

（五）《童蒙訓》

一冊，佚，今僅有節本三卷及輯佚本；呂本中撰。本中，原名大中，字居仁，學者稱「東萊先生」，其詩得黃庭堅、陳師道句法。此書其家塾訓課之本也！書中一方面論詩文之法，一方面論為人之法；論詩文則取法蘇、黃，言理學則折衷二程。《修辭鑑衡》引此書計三十四條（上卷八條，下卷二十六條），今全可由《宋詩話輯佚》本考得。

（六）《藝苑雌黃》

原二十卷，佚，今僅有節本十卷及輯佚本；嚴有翼撰。有翼，生平不詳。此書大抵辨正詩文譌謬。《修辭鑑衡》引此書有一條（見上卷），今可由《宋詩話輯佚》本考得。

（七）《詩憲》

書佚，卷數及撰人均未詳，今有輯佚本；此書偏重論辭。《修辭鑑衡》引

〔註 2〕《古今詩話》之稱，不見諸家著錄，但時見諸詩話稱引；《修辭鑑衡》亦稱《古今詩話》。而《宋史·藝文志·文史類》著錄「李頎《古今詩話錄》七十卷」，郭紹虞《宋詩話考》懷疑此即《古今詩話》，今從其說。

此書有三條（均見上卷），今全可由《宋詩話輯佚》本考得。

貳、說部集部

　　宋代論詩風氣之流行，其最大原因，由於詩話之筆記化；而時人論詩文亦多以筆記、語錄之體爲之。此外，兩宋之總集、別集、詩文評類，復有許多論詩文之作。公編《修辭鑑衡》，即引二十四種宋說部集部之書：如《節孝語錄》、《宋景文筆記》、《夢溪筆談》、《曲洧舊聞》、《元城語錄》、《老學庵筆記》、《青箱雜記》、《皇朝類苑》、《小畜集》、《廬陵歐陽先生文集》、《嘉祐集》、《東坡集》、《山谷集》、《龜山集》、《橫浦集》、《濟南文粹》、《四六談塵》、《文則》，以上十八種於今尚存；《呂氏雜記》、《泊宅編》、《步里客談》，以上三種現僅傳節本或輯佚本；《麗澤文說》〔註3〕、《朱景文雜志》、《南昌文集》，以上三種在臺不可見，其卷數、撰人、內容均不詳，《修辭鑑衡》之引文亦不可考。今僅就其書尚存與現所傳爲節本或輯佚本者考之；各類所列皆說部〔註4〕在前、集部在後，書名按所考得之正確書名爲準，不盡依《修辭鑑衡》之著錄也！

一、其書尚存者

（一）《節孝語錄》

　　一卷，徐積撰。積，字仲車，其文奇譎恣肆、雅俗兼陳、不主故常。此書大旨皆論事論人，無空談性命之說。《修辭鑑衡》引此書有一條（見下卷），今由《四庫全書》本考得，知《修辭鑑衡》刪去原文首末三句；此外，王構將此書原文「爲學法」三字改成「爲文法」，並於引文下著其出處曰「節孝先生語」。

（二）《宋景文筆記》

　　三卷，宋祁撰。祁，字子京，諡景文，與歐陽修同撰《新唐書》，十餘年

〔註3〕　《修辭鑑衡》引《麗澤文說》有八條，今考宋・呂祖謙門人撰《麗澤論說集錄》，並無此八說。而《麗澤論說集錄》皆雜錄呂祖謙之說，其內容爲《易說》二卷、《詩說拾遺》一卷、《周禮說》一卷、《禮記說》一卷、《論語說》一卷、《孟子說》一卷、《史說》一卷、《雜說》二卷，並無《文說》，故今將《麗澤文說》列入在臺不可見一類。

〔註4〕　本文所謂「說部」，係指筆記、語錄一類，不包括義理方面之著作。

間，出入內外，常以史稿相隨。此書上卷曰釋俗，中卷曰考訂，多正名物音訓，裨於小學者為多，亦間及文章史事；下卷曰雜說，造語奇雋。《修辭鑑衡》引此書有一條（見下卷），今可由《四庫全書》本考得，知王構所引刪去原文二字、改易原文一字，並稱此書為《宋子京筆記》。

（三）《夢溪筆談》

二十六卷，尚有補筆談二卷、續筆談一卷；沈括撰。括，字存中，博學善文，天文、方志、律曆、音樂、醫藥、卜算，無所不通。《修辭鑑衡》引此書有一條（見下卷），今可由《四庫全書》本考得。《修辭鑑衡》下卷「錯綜成文」條，乃節錄此書〈卷十四〉「藝文一」第二條之一部分；而此書原作「韓退之集中羅池神碑銘」者，王構改易成「韓退之羅池廟碑銘」，並於引文下著其出處曰《沈存中筆談》。

（四）《曲洧舊聞》

十卷，朱弁撰。弁，字少章，朱子之從父也！此書作於弁留金時，其內容皆追述北宋遺事，無一語及金，故曰「舊聞」；舊聞中，復以記當時祖宗盛德及名臣言行為多。《修辭鑑衡》引此書有一條（見下卷），今由《四庫全書》本考得。《修辭鑑衡》下卷「文字用意為上」第五條，乃節錄此書卷四「為文不易」條之前半，蓋王構意在說明文之用意，故原文後半之言為文不易者遂不取；至順本《修辭鑑衡》著其出處曰《西洧舊聞》，「西」乃「曲」之誤。

（五）《元城語錄》

三卷，馬永卿編。永卿，字大年；徽宗初，劉安世與蘇軾同北歸，居永城，永卿方為主簿，受學於安世，因撰集其語為此書。安世之學，出於司馬光，故此書多有光之遺說。《修辭鑑衡》引此書有一條（見下卷），今由《四庫全書》本考得，知王構引文僅改易原文首二字「先生」為「劉元成」，其餘文字無誤，並著其出處曰《元城先生語錄》。

（六）《老學庵筆記》

十卷，尚有續筆記二卷；陸游撰。游，字務觀，自號「放翁」，早有文名；其詩清新刻露而出以圓潤，能自闢一宗。《修辭鑑衡》引此書有五條（上卷三條，下卷二條），今可由《四庫全書》本考得，知其中一條所引完全與原文合，一條有改易數字之現象，另三條則刪減三至十數字不等，惟於文意無妨。

（七）《青箱雜記》

十卷，吳處厚撰。處厚，字伯固，人品不佳。此書皆記當代雜事，亦多詩話，其論詩往往可取，不必盡以人廢也！《修辭鑑衡》引此書有一條（見上卷），今由《四庫全書》本可以考得，知與王構所引完全相同。

（八）《皇朝類苑》

舊鈔本一卷，江少虞撰。少虞，字虞仲，有雜著經說奏議百餘卷。此書又名《事實類苑》及《皇朝事實類苑》。少虞以宋代朝野事迹，散見於諸家之記錄，乃裒集排纂，類為二十四門，並全錄原文，不加點竄，仍各以書名註於條下，以示有徵；援引浩博，北宋一代之遺聞，略具於是。其原書散佚者，亦皆賴此以存。《修辭鑑衡》引此書有二條（見下卷），今全可由《四庫全書》本卷四十一「文章四六」「吳處厚」第二條考得，知與王構所引僅有數字出入，而其說原出自吳處厚《青箱雜記》卷五首條。

（九）《小畜集》

三十卷，王禹偁撰。禹偁，字元之。宋承五代之後，文體纖儷，禹偁始為古雅簡淡之文，其奏疏尤極剴切。此集凡賦二卷、詩十一卷、文十七卷。《修辭鑑衡》引此書有一條（見下卷），今由《四庫全書》本可考得出處。《修辭鑑衡》下卷「六經之文易曉」條，係節錄此集卷十八〈答張扶書〉，王構曾刪減原文多處，並著其出處曰《小畜文集》。

（十）《廬陵歐陽先生文集》

宋刊小字本存四十二卷，歐陽修撰。修，字永叔，自號「醉翁」，晚號「六一居士」，卒謚文忠，廬陵人；其於文中自稱「廬陵歐陽修」，後之稱修者，亦通稱「廬陵」。歐公以文冠天下，此集所收皆其文章。《修辭鑑衡》中，凡著出處曰廬陵文集者有二條（見下卷），今考此集宋刊小字本俱無，蓋因此本雖為善本，然亦有散佚者；復考《文忠集》、《歐陽文粹》、《廬陵文鈔》，亦未覓得二條出處，殆修著作浩繁，諸本所選亦不及半數之故歟！《修辭鑑衡》下卷「文不可拘一體」條，今由朱任生編選《古文法纂要》得知出自歐陽修〈答徐校秘書〉，但不知其何據；而卷下「文章日進」條，姑置以俟考。

（十一）《嘉祐集》

曾鞏作〈蘇洵墓誌〉，稱洵有集二十卷。洵，字明允，自號「老泉」，世稱「老蘇」；其通六經百家之說，下筆頃刻數千言，由此集及《老泉文鈔》可

見其作品。《修辭鑑衡》引此集有三條（見下卷），今全可由《四庫全書》本考得，知此三條係節錄此本卷十二「上歐陽內翰第一書」之一部分；王構所引與原文出入不多，然其所著出處，但曰「蘇明允上歐公書」或「歐公書」，則不夠正確。

（十二）《東坡集》

蘇轍作〈蘇軾墓誌〉，稱軾著有《東坡集》四十卷。軾，字子瞻，自號「東坡居士」，其文風已詳於本文前章。《修辭鑑衡》引此書有二條（見下卷），今全可由四庫全書本考得，知王構所引與原文大致相同，惟「文有三多」條，著其出處但曰「三蘇文」，未曰《東坡集》，稍失含糊。

（十三）《山谷集》

內集有三十卷、外集有十四卷、別集有二十卷，外加詞一卷、簡尺二卷、年譜三卷，黃庭堅撰。庭堅，字魯直，自號「山谷」，又號「涪翁」，與蘇軾並稱「蘇黃」；其乃「江西詩派」之創始者，其作詩主張及特色已詳於本文前章。庭堅亦能文，內集、外集、別集皆詩文同編。《修辭鑑衡》引山谷之文有五條（上卷一條，下卷四條），其中四條出自《山谷內集》、一條出自《山谷外集》，今可全由《四庫全書》本考得原文出處，知王構所引與原文出入不多，而《修辭鑑衡》下卷「檀弓之文」條、「學文有自來」條、「文不當好奇」條引庭堅文，係節錄山谷內集〈與王觀復書〉；著此五條之出處，除有二條曰「山谷與王觀復書」外，另三條皆曰「山谷」，有失含糊。

（十四）《龜山集》

《四庫全書》本有四十二卷，楊時撰。時，字中立，學者稱「龜山先生」。曾學於程顥、程頤，東南學者推爲程氏正宗，朱熹張栻之學，其源皆出於時。此集內容包括書、奏、表、箚、史論、啟記、序跋、語錄、答問、辯、雜著、哀辭祭文、狀述、誌銘、詩等。《修辭鑑衡》引此集有一條（見上卷），今可由《四庫全書》本考得，知《修辭鑑衡》上卷「評前賢詩」首條，係出自此集「語錄一」；而王構著其出處曰《龜山詩話》，是將語錄視爲詩話之體。於文字方面，王構將原文「若曾用力」改爲「惟嘗用力」，語意稍有變亂。

（十五）《橫浦集》

二十卷，明萬曆刊本附刻《心傳》三卷、《日新》一卷，張九成撰。九成、字子韶，自號「橫浦居士」，亦稱「無垢居士」；其研思經學，多有訓解，早

與學佛者游，故議論多偏。此集內容凡賦詩四卷、雜文十六卷；而《心傳》、《日新》二編，係屬筆記性質，《日新》中亦多論文之語。《修辭鑑衡》引《日新》有二條（見下卷），今由明萬曆四十三年海昌知縣方士騏刊本可考得一條，知王構所引大致與原文同；而《修辭鑑衡》下卷「歐陽公文」條云：「張子韶云：『歐公文粹如金玉，東坡之文浩如河漢，盛矣哉』」，無可考其出處，必此書之佚文。

（十六）《濟南文粹》

五卷，李廌撰。廌，字方叔，少以文爲蘇軾所知，喜議論古今治亂，辨而中理，落筆如飛馳，其文集曰《濟南集》；《四庫全書》本從《濟南集》錄出五卷，而成此《文粹，益以黃庭堅、張耒、晁補之、秦觀、陳師道之《文粹》，合爲《蘇門六君子文粹》七十卷。《修辭鑑衡》下卷有二條，著曰《李方叔文集》，其中《史記》條，係出自此《文粹》卷五，王構所引僅改易原文一字；另「學文有自來」第一條，經考《文粹》、《濟南集》及《師友談記》，均無法覓得其出處，姑置以俟考。

（十七）《四六談麈》

一卷，謝伋撰。伋，字景思，自號「藥寮居士」，又稱「靈石山藥寮」；其論四六，多以命意遣詞分工拙。此書乃繼王銍《四六話》後，又一專論四六之著作，以二書前後相銜，故論者每喜相提並論。此書於摘錄名句之餘，時加評騭，所見較四六話爲深；然其論四六作法，所言簡略，殊乏新意。《修辭鑑衡》引此書有三條（見下卷），今由《四庫全書》本考得二條。《修辭鑑衡》下卷「四六」首條，係節錄此書頁一第一條末幾句與第二條前數句而成；「四六」第二條，係節錄此書頁一第二條之後半；「四六」第三條，未能覓得原文出處，殆《四庫全書》本並非足本邪？

（十八）《文則》

《四庫全書》本有二卷，陳騤撰。騤，字叔進，其文論思想係以「宗經」爲本。此書以文法修辭爲首務，其旨趣在明文章之法則，此由書名可知；所論條分縷次，頗屬精備。《修辭鑑衡》引此書有一條（見下卷），今由《四庫全書》本可考得，知《修辭鑑衡》下卷「下用倒用有力」第二條，係節錄此書卷上頁七某條之後半，並略有刪減與顛倒字句之現象。

二、現所傳爲節本或輯佚本者

（一）《呂氏雜記》

　　二卷，呂希哲撰。希哲，字原明，曾從孫復、石介、二程、張載遊，聞見益廣，務躬行實踐；晚年名益重，遠近皆師尊之。此書所記家世舊聞朝廷掌故，多可與史傳相參，間有論詩文之語。《修辭鑑衡》下卷有二條，著其出處曰《呂氏家塾記》，今由《四庫全書》本考得其中一條之出處。《修辭鑑衡》下卷「歐陽公文」第二條，係出自此書卷上，王構所引略有刪減。而「檢尋出處」條，不見於《四庫全書》本；蓋因此書久無傳本，《四庫全書》本係以《永樂大典》所載，裒合成帙，編爲二卷，殆非足本可知。王構稱此書爲《呂氏家塾記》，極易與呂祖謙《呂氏家塾讀詩記》混淆，〔註5〕造成後人檢尋之不便。

（二）《泊宅編》

　　《四庫全書》本有三卷，方勺撰。勺，字仁聲，爲人超然遐舉，神情散朗。此書所記，皆元祐迄政和間朝野舊事；因勺寓居湖州泊宅村，故以名書。《修辭鑑衡》引此書有一條（見上卷），今考此書《四庫全書》本，並未覓得原文出處；蓋因《四庫全書》本所據並非原帙，此本亦非足本也。

（三）《步里客談》

　　《四庫全書》本有二卷，陳長方撰。長方，字齊之，學者稱「唯室先生」；其學主直指以開人心，使學者歸於自得。此書所記多嘉祐以來名臣言行，而於熙寧元豐間之邪正是非，尤三致意。《修辭鑑衡》引此書有六條（上卷一條，下卷五條），今由《四庫全書》本可考得其中一條之出處，餘五條皆不可考；蓋因此書原本不存，《四庫全書》本僅收散見於《永樂大典》中之五十八條，並非足本也！

〔註5〕《呂氏家塾讀詩記》中，並無論文之語，故王構所稱《呂氏家塾記》者，斷非《呂氏家塾讀詩記》。今復考《呂氏家塾讀詩記》，誠未覓得《修辭鑑衡》引《呂氏家塾記》之二條原文出處。

第七章　結　論

　　王構字肯堂，自號安野，又號瓠山，元東平人，世代儒宗，詩書傳家；其自幼承繼家學，稍長，復師東平儒者，俾學問文章深根固柢，而有聲於時，亦爲後來論文、編書奠基。

　　《修辭鑑衡》之所以作，除家庭與個人背景外，亦受政治、社會、文化、文學背景所影響；蓋公雖處於政治社會變動、右武不尚文之元代，然因其有得天獨厚處，致其書能應時而生。

　　惟此書傳世迄今已六百餘年，經歷代傳鈔及刊刻，板本備出；今考得重要板本六種，計有手鈔本二種：舊鈔本、清・文淵閣《四庫全書》本，單刻本三種：元・至順刊本、清・道光《指海》本、《叢書集成初編》本，選本一種：《文學津梁》本，各本胥有不同款式與特色。至於斯編內容，包含詩論與文論，所言均有裨於修辭；各條引書引說，復有其重要性。由上可知，此書實有不朽之價值。

　　觀此書編輯緣起，實基於傳布文法之一念。誠如王理〈修辭鑑衡序〉云：「若話言之成文，俚誦之成詩，夫豈能之哉！琢玉者以磨礪，冶金者以鎔範，若玉不磨、金不範，則射可無習弓，御可無調馬矣！文豈異哉」，是以爲文必先習法。文之有法，猶工匠之有規矩，規矩不明，曷能成器？文必有法，而後言乃有序有物，故文法不可不講也！公有見於此，遂匠心獨運，揭古人之秘鑰；讀此書可獵得古文之法，其價值一也！民初周鍾游編《文學津梁》，亦收錄此書者，正因其可示後學以文法。實則中國歷來專講文法修辭之著作而爲後世足稱者甚夥，然在此書之前，未見有以「修辭」爲名者，至公此書允爲以「修辭」名書之嚆矢，開近代風氣之先，其價值二也！公師宋儒餘緒，

株守前代成說，發為有元一代之修辭論，影響後代之文學批評；〔註1〕此書承先啓後之迹，亦有可觀者焉，其價值三也！此書之修辭理論，具有超越時空之永恆性與啓示性，不獨適用於公之時代，更適用於今日，不獨適用於創作，更適用於批評；〔註2〕有如杜甫詩云：「不廢江河萬古流」，其影響力乃萬古常新，其價值四也！《四庫提要》謂此書「所錄雖多習見之語，而去取頗為精核。……宜是編所錄，具有鑑裁矣！其中所引，如《詩文發源》、《詩憲》、《蒲氏漫齋錄》之類，今皆亡佚不傳，賴此書存其一二；又世傳《呂氏童蒙訓》，非其全帙，此書所採，凡三十一條，皆今本所未載，亦頗足以資考證。較《詩話總龜》之類，浩博而傷猥雜者，實為勝之，固談藝家之指南也」，〔註3〕所論極是；蓋此書之引書引說，不僅可示公之思想取向、工力所在、寫作態度及評論準的，況存輯舊聞，復可資考證輯佚，其價值五也！。

世上無十全十美之著作，故此書並非全然毫無瑕疵。因此書內容龐雜，如同長江大河，泥沙雜下，其缺失亦不少。若公但襲前賢之說，既不能自創新意，復缺乏統緒，頗傷碎亂，不特使全書毫無體系，尚不免有雞頭鴨脚、虎頭蛇尾之譏，正是「隨人作計終後人」〔註4〕也！而此書論詩之語，多於論文，殆公本意衹論詩、不論文，卷二論文部分，係至後來始增者耶？至於引文，或因一時疏忽大意，或因有意更改增刪，遂造成未忠於原著、與原文不盡相同之情形；引文下所著錄之出處，亦或闕或墨，或不夠正確詳細，如原出於《呂氏雜記》，卻著錄《呂氏家塾記》者，即為一例。此外，書中各標題公多憑己意而立，有些並未能概括全條之文意，此固由於意有所偏重，然缺

〔註1〕 明・高琦編《文章一貫》，多收錄王構《修辭鑑衡》之說，如卷下〈敘事第二〉、〈繳緒第九〉，引《修辭鑑衡》卷二「繁簡」條、「結語」條；又如卷下〈議論第三〉、〈過接第八〉，引《麗澤文說》云：「文章貴在曲折幹旋」、「看文字須要看他過換及過接處」，亦見於《修辭鑑衡》卷二「文字用意為上」條、「過換處不可忽」條。是知《修辭鑑衡》非但承繼、保存前代文學理論，尚有「啓後」之功，其堪為宋、明兩代文學批評之橋樑。

〔註2〕 羅宗濤教授評中央日報「千萬讀者百萬徵文」得獎作品，曾引用《修辭鑑衡》語。其云：「元朝王構《修辭鑑衡》引《金針格》云：『鍊句不如鍊字，鍊字不如鍊意，鍊意不如鍊格』……」、「《麗澤文說》云：『看文字須要看他過換處及過接處』……」，此二說見於《修辭鑑衡》卷一「詩體」條、卷二「過換處不可忽」條，是知此書亦適用於現代之批評，且已為今人所重視。

〔註3〕 今考《修辭鑑衡》之元・至順刊本，此書引《童蒙訓》凡三十四條，《四庫提要》謂採三十一條者，並不正確。

〔註4〕 見《修辭鑑衡》卷一「詩清立意新」條引黃山谷語。

乏斟酌，顯然可見其失；如此書卷一「長篇」條引《詩文發源》云：「山谷謂秦少游云：『凡始學詩，須要每作一篇，先立大意；若長篇須曲折三致意焉，乃爲成章耳』」此條重點在言詩之命意，公只據後二句而立標題爲「長篇」，雖不能謂爲有誤，實未必妥當。論及各板本因傳寫、刊刻而闕誤之處，更不勝枚舉。

　　縱令此書有以上缺失，對於其內涵卻絲毫無傷，更不能否定其價值與貢獻。因勉竭駑鈍，撰此論文，竊願對王構其人其書有所闡揚；而全文重心亦在推闡其詩文理論。倘此一修辭指南因而能家喻戶曉，書中文法能廣爲學者習用，則余之所以兀兀窮年，竭此棉力以成之者，亦可以稍慰耳！

重要參考書目及引用資料

1. 《修辭鑑衡》，王構撰，元·至順四年集慶路儒學刊本（臺北市：國家圖書館藏，西元 1333 年）。

2. 《修辭鑑衡》，王構撰，《麗廔叢書》影元刊本（臺北市：中央研究院史語所傅斯年圖書館藏）。

3. 《修辭鑑衡》，王構撰，《郋園全書》影元刊本（臺北市：中央研究院史語所傅斯年圖書館藏，民國 24 年）。

4. 《修辭鑑衡》，王構撰，清·文淵閣《四庫全書》本（臺北市：故宮博物院藏）。

5. 《修辭鑑衡》，王構撰，景印文淵閣《四庫全書》本（臺北市：臺灣商務印書館編審委員會主編，民國 72～75 年）。

6. 《修辭鑑衡》，王構撰，清·道光《指海》本（臺北市：中央研究院史語所傅斯年圖書館藏，臺北縣板橋市，藝文印書館出版，民國 57 年）。

7. 《修辭鑑衡》，王構撰，《百部叢書集成》影《指海》本（臺北：藝文印書館，西元 1965 年）。

8. 《修辭鑑衡》，王構撰，《叢書集成初編》本（上海：商務印書館，民國 26～28 年）。

9. 《修辭鑑衡》，王構撰，《萬有文庫薈要》本（臺北市：臺灣商務印書館，民國 54 年）。

10. 《修辭鑑衡》》，王構撰，《國學基本叢書》本（臺北市：臺灣商務印書館，民國 45 年）。

11. 《修辭鑑衡》，王構撰，《叢書集成新編》本（臺北：新文豐出版公司，民國 73 年）。

12. 《文學津梁》，周鍾游撰，有正書局石印本（臺北市：國家圖書館藏，上海：有正書局，民國 7 年石印本）。

13. 《冷齋夜話》，惠洪撰，景印文淵閣《四庫全書》本（臺北市：臺灣商務印書館編審委員會主編，民國 72～75 年）。

14. 《後山詩話》，陳師道撰，《歷代詩話》本（上海：：商務印書館排印本，民國 16 年）。

15. 《西清詩話》，蔡絛撰，景印文淵閣《四庫全書》本〉《說郛》之一（臺北市：臺灣商務印書館編審委員會主編，民國 72～75 年）。

16. 《石林詩話》，葉夢得撰，《歷代詩話》本（明末刊本，西元 1567 年；臺北市：藝文印書館，西元 1991 年）。

17. 《許彥周詩話》，許顗撰，《歷代詩話》本（臺北縣板橋市：藝文印書館，民國 54 年）。

18. 《唐子西文錄》，強行父撰，《歷代詩話》本（臺北縣板橋市：藝文印書館，民國 54 年）。

19. 《珊瑚鉤詩話》，張表臣撰，《歷代詩話》本（臺北縣板橋市：藝文印書館，民國 54 年）。

20. 《韻語陽秋》，葛立方撰，《歷代詩話本》（臺北縣板橋市，藝文印書館，民國 54 年）。

21. 《誠齋詩話》，楊萬里撰，《歷代詩話續編》本（清初鈔本，西元 1644 年；臺北縣板橋市：藝文印書館，民國 48 年）。

22. 《後村詩話》，劉克莊撰，《古今代詩話叢編》本（臺北市：廣文書局，民國 60 年）。

23. 《江西詩派小序》，劉克莊撰，《歷代詩話續編》本（臺北縣板橋市：藝文，民國 48 年）。

24. 《王直方詩話》，王直方撰，《宋詩話輯佚本》（臺北市：華正書局，民國 70 年）。

25. 《潛溪詩眼》，范溫撰，《宋詩話輯佚》本（清順治丁亥 4 年兩浙督學李際期刊本；臺北市：華正書局，民國 70 年）。

26. 《李希聲詩話》，李錞撰，《宋詩話輯佚》本（臺北市：華正書局，民國 70 年）。

27. 《古今詩話》，李頎撰，《宋詩話輯佚》本（臺北市：華正書局，民國 70 年）。

28. 《童蒙訓》，呂本中撰，《宋詩話輯佚》本（上海市：商務，民國 26 年初版，臺北市：華正書局，民國 70 年）。

29. 《藝苑雌黃》，嚴有翼撰，《宋詩話輯佚》本（清順治丁亥 4 年兩浙督學李際期刊本臺北市：華正書局，民國 70 年）。

30. 《詩憲》，作者不詳，《宋詩話輯佚》本（臺北市：華正書局，民國 70 年）。

31. 《節孝語錄》，徐積撰，景印文淵閣《四庫全書》本（臺北市：臺灣商務印書館編審委員會主編，民國 72～75 年）。

32. 《宋景文筆記》，宋祁撰，景印文淵閣《四庫全書》本（清道光辛卯 11 年六安晁氏活字印本，臺北市：臺灣商務印書館編審委員會主編，民國 72～75 年）。

33. 《夢溪筆談》，沈括撰，景印文淵閣《四庫全書》本（臺北市：臺灣商務印書館編審委員會主編，民國 72～75 年）。

34. 《曲洧舊聞》，朱弁撰，景印文淵閣《四庫全書本（臺北市：世界書局，民國 76 年）。

35. 《元城語錄》馬永卿撰，景印文淵閣《四庫全書》本（清光緒五年定州王氏謙德堂刊本：臺北市：臺灣商務印書館編審委員會主編，民國 72～75 年）。

36. 《老學庵筆記》，陸游撰，景印文淵閣《四庫全書》本（臺北市：臺灣商務印書館編審委員會主編，民國 72～75 年）。

37. 《青箱雜記》，吳處厚撰，景印文淵閣《四庫全書》本（臺北市：臺灣商務印書館編審委員會主編，民國 72～75 年）。

38. 《皇朝類苑》，江少虞撰，舊鈔本（臺北市：國家圖書館藏，臺北縣永和市：文海出版社，民國 70 年）。

39. 《小畜集》，王禹偁撰，景印文淵閣《四庫全書》本（ 臺北市：國家圖書館藏，上海市：商務印書館，民國 27 年初版：臺北市：臺灣商務印書館編審委員會主編，民國 72～75 年）。

40. 《廬陵歐陽先生文集》，歐陽修撰（臺北市：國家圖書館藏，宋刊小字本）。

41. 《嘉祐集》，蘇洵撰，景印文淵閣《四庫全書》本（臺北市：臺灣商務印書館編審委員會主編，民國 72～75 年）。

42. 《東坡全集》，蘇軾撰，景印文淵閣《四庫全書》本（臺北市：世界書局，民國 76 年；臺北市：臺灣商務印書館編審委員會主編，民國 72～75 年）。

43. 《山谷集》，黃庭堅撰，景印文淵閣《四庫全書》本（臺北市：世界書局，民國 76 年；臺北市：臺灣商務印書館編審委員會主編，民國 72～75 年）。

44. 《龜山集》楊時撰，景印文淵閣《四庫全書》本（上海市：商務印書館，民國 26 年再版；臺北市：臺灣商務印書館編審委員會主編，民國 72～75 年）。

45. 《橫浦集》，張九成撰，明萬曆刊本（臺北市：國家圖書館藏，北京市，北京圖書館出版社，民國 92 年第一版）。

46. 《濟南文粹》，李廌撰，景印文淵閣《四庫全書》本（在《蘇門六君子文粹》中）（明崇禎六年新安胡潛武林刊本，臺北市：臺灣商務印書館編審委員會主編，民國 72～75 年）。

47. 《四六談塵》，謝伋撰，景印文淵閣《四庫全書》本（上海市：復旦大學出版社，民國 96 年）。

48. 《文則》，陳騤撰，景印文淵閣《四庫全書》本（臺北縣板橋市：藝文印書館，民國 54 年；臺北市：臺灣商務印書館編審委員會主編，民國 72～75 年）。

49. 《呂氏雜記》，呂希哲撰，商務景印文淵閣《四庫全書》本（臺北縣板橋市：藝文印書館，民國 57 年；臺北市：臺灣商務印書館編審委員會主編，民國 72～75 年）。

50. 《泊宅編》，方勺撰，景印文淵閣《四庫全書》本（上海：上海商務印書館排印本，民國 16 年；臺北市：臺灣商務印書館編審委員會主編，民國 72～75 年）。

51. 《步里客談》，陳長方撰，景印文淵閣《四庫全書》本（臺北縣永和市：藝文印書館，民國 59 年；臺北市：臺灣商務印書館編審委員會主編，民國 72～75 年）。

52. 《周易》，《十三經注疏》本（《十三經注疏》，臺北市，藝文印書館，民國 44 年）。

53. 《尚書釋義》，屈萬里撰（臺北市：中國文化大學出版部，民國 84 年第 2 版）。

54. 《詩經評註讀本》，裴普賢撰（臺北市：三民書局，民國 72 初版）。

55. 《禮記》，《十三經注疏本》（臺北市：藝文印書館，民國 44 年）。

56. 《左傳》，《十三經注疏》本（臺北市：藝文印書館，民國 44 年）。

57. 《論語》，《十三經注疏》本（臺北市：藝文印書館，民國 44 年）。

58. 《孟子》，藝文十三經注疏本。（《十三經注疏》，臺北市，藝文印書館，民國 44 年）

59. 《史記》，司馬遷撰，《二十五史》本（臺北市：藝文印書館，民國 94 年初版四刷）。

60. 《漢書補注》，班固撰，《二十五史》本（臺北市：藝文印書館，民國 44 年）。

61. 《新唐書》，歐陽修、宋祁撰，《二十五史》本（臺北市：臺灣商務印書館，臺六版，西元 1935 年）。

62. 《元史》，宋濂等撰，《二十五史》本（臺北市：藝文印書館，民國 71 年）。

63. 《元史類編》，邵遠平撰，廣文書局（臺北縣永和市：文海出版社，民國 73 年）。

64. 《元史新編》，魏源撰（臺北縣永和市：文海出版社，民國 73 年影印本）。

65. 《元書》，曾廉撰，清宣統三年刊本（臺北市：中央研究院史語所傅斯年

圖書館藏，北京市：北京出版社，西元 2000 年影印本第一版）。
66. 《新元史》，柯劭忞撰（臺北市：藝文印書館，民國 71 年）。
67. 《新元史考證》，柯劭忞撰（臺北市：世界書局，民國 50 年）。
68. 《元史新講》，李則芬撰（臺北市：撰者印行，民國 67 年）。
69. 《增補宋元學案》，黃宗義撰，《四部備要》本（臺北市：中華書局，西元 1984 年）。
70. 《宋元學案補遺》，王梓材、馮雲濠撰（臺北市：世界書局，民國 51 年）。
71. 《大明一統志》，李賢撰（高雄市：百成出版社，民國 54 年）。
72. 《嘉靖山東通志》，陸釴撰（明萬曆刊本，臺北市：中央研究院史語所傅斯年圖書館藏；臺南縣柳營鄉：莊嚴文化公司，民國 85 年影印本初版）。
73. 《元朝制度考》，箭内亙撰（臺北市：商務印書館，民國 53 年臺一版）。
74. 《元代漢文化之活動》，孫克寬撰（臺北市：中華書局，民國 57 年）。
75. 《元代中央政治制度》，楊樹藩撰（臺北市：商務印書館，民國 67 年）。
76. 《元史論叢》，袁冀撰（臺北市：聯經出版事業公司，民國 67 年）。
77. 《四庫全書總目提要》，紀昀撰（臺北市：藝文印書館，民國 63 年四版）。
78. 《莊子集釋》，郭慶藩撰（清乾隆間四庫館批改底稿本；臺北市：華正書局，民國 93 年初版）。
79. 《韓非子集解》，王先愼撰（《韓非子集解》，臺北市：藝文印書館，民國 93 年初版）
80. 《走出頹廢的列子》，何淑貞撰（臺北：尚友出版社）。
81. 《元詩選癸集》，顧嗣立撰（北京：世界書局，西元 2001 年）。
82. 《御選宋金元明四朝詩》張豫章等撰，景印文淵閣《四庫全書》本（臺北市：臺灣商務印書館編審委員會主編，民國 72～75 年）。
83. 《元文類》，蘇天爵撰，景印文淵閣《四庫全書》本（上海市：商務景印文淵閣《四庫全書》本，民國 25 年；臺北市：臺灣商務印書館編審委員會主編，民國 72～75 年）。
84. 《養蒙集》，張伯淳撰，景印文淵閣《四庫全書》本（臺北市：臺灣商務印書館編審委員會主編，民國 72～75 年）
85. 《玉斗山人集》，王奕撰，景印文淵閣《四庫全書》本（臺北市：臺灣商務印書館編審委員會主編，民國 72～75 年）
86. 《紫山大全集》，胡祗遹撰，景印文淵閣《四庫全書》本（河南官書局刊本，民國 12 年；臺北市：臺灣商務印書館編審委員會主編，民國 72～75 年）。
87. 《秋澗集》，王惲撰，景印文淵閣《四庫全書》本（臺北市：世界書局，民國 76 年；臺北市：臺灣商務印書館編審委員會主編，民國 72～75 年）。

88. 《蘭軒集》，王旭撰，《四庫全書》珍本初集影印文淵閣本（上海：上海商務印書館，民國 23～24 年）。

89. 《雪樓集》，程鉅夫撰，景印文淵閣《四庫全書》本。

90. 《清容居士集》，袁桷撰，景印文淵閣《四庫全書》本（上海：上海商務印書館《四部叢刊》影印元刊本，民國 18 年；臺北市：臺灣商務印書館編審委員會主編，臺灣商務，民國 72～75 年）。

91. 《六一詩話》，歐陽修撰，《歷代詩話》本（臺北縣板橋市：藝文印書館，民國 54 年）。

92. 《滄浪詩話》，嚴羽撰，《歷代詩話》本（臺北縣板橋市：藝文印書館，民國 55 年）。

93. 《碧溪詩話》，黃徹撰，《歷代詩話續編》本（臺北縣板橋市：藝文印書館，民國 56～57 年）。

94. 《歷代詩話》，何文煥編　臺北縣板橋市：藝文印書館，西元 1991 年）。

95. 《歷代詩話續編》，丁福保編（臺北縣板橋市：藝文印書館，民國 48 年）

96. 《百種詩話類編》，臺靜農編（臺北縣板橋市：藝文印書館，民國 63 年）。

97. 《宋詩話輯佚》，郭紹虞編（臺北市：華正書局，民國 70 年初版）。

98. 《宋詩話考》，郭紹虞編（臺北縣土城市：漢京文化事業有限公司，民國 93 年）。

99. 《詩論分類纂要》，朱任生編（臺北市：商務印書館，民國 60 年）。

100. 《集句詩研究續集》，裴普賢撰（臺北市：學生書局，西元 1979 年 2 月）。

101. 《沈德潛及其格調說》，吳瑞泉撰，自印本（東吳大學中國文學研究所碩士論文）。

102. 《文心雕龍》，劉勰撰（臺北市：明倫出版社，民國 60 年再版）。

103. 《文心雕龍讀本》，劉勰撰，王師更生注譯（臺北市：文史哲出版社，民國 73 年初版）。

104. 《文章一貫》，高琦撰，日本刊本（臺北市：中央研究院史語所傅斯年圖書館藏；上海市：復旦大學出版社，西元 2007 年 11 月）。

105. 《經傳釋詞》，王引之撰（臺北市：世界書局，民國 45 年）。

106. 《古書疑義舉例》，俞樾撰，（臺北市：世界書局，民國 45 年）。

107. 《藝概》，劉熙載撰（臺北市：金楓出版社，民國 87 年）。

108. 《文心雕龍導讀》，王師更生撰（臺北市：華正書局，民國 69 年修訂三版）。

109. 《文心雕龍研究》，王師更生撰（臺北市：文史哲出版社，民國 65 年）。

110. 《文心雕龍之文學理論與批評》，沈謙撰（臺北市：華正書局，民國 70 年初版）。

111. 《陳繹曾先生之生平及其文論》，薛瑩瑩撰，自印本（臺北：中國文化大學中國文學研究所碩士論文）。

112. 《司馬遷之學術思想》，賴明德撰（臺北市：洪氏出版社，民國71年）。

113. 《評注文法津梁》，宋文蔚撰（臺北市：蘭臺書局，民國59年）。

114. 《實用文章義法》，謝无量撰（臺北市：華正書局，民國79年）。

115. 《古文法纂要》，朱任生撰（臺北市：商務印書館，民國73年初版）。

116. 《修辭學發凡》，陳望道撰（上海市：上海教育出版社，西元1997年第2版）。

117. 《修辭論說與方法》，張嚴撰（臺北市：商務印書館，民國64年）。

118. 《修辭學論叢》，洪北江撰（臺北市：樂天書局，民國59年）。

119. 《修辭學》，傅隸樸撰（臺北市：正中書局，民國58初版）。

120. 《古書修辭例》，張文治撰（臺北市：中華書局，民國46年一版）。

121. 《修辭學》，黃慶萱撰（臺北市：三民書局，民國64年初版；民國81年增訂六版）。

122. 《修辭學發微》，徐芹庭撰（臺北市：中華書局，民國60年）。

123. 《修辭類說》，文史哲出版社編輯部編輯（臺北市：文史哲出版社，1980年再版）。

124. 《修辭學探索》，王德春撰（北京：北京出版社，西元1983年第1版）。

125. 《古漢語修辭學資料彙編》，鄭奠、譚全基編（臺北市：明文書局，民國73年初版）。

126. 《修辭散步》，張春榮撰（臺北市：東大圖書公司出版，三民書局總經銷，西元1991年初版）

127. 《修辭新思惟》，張春榮撰（臺北市：萬卷樓圖書公司，西元2001年初版）。

128. 《修辭學》，沈謙撰（臺北縣蘆洲鄉：國立空中大學，西元1992年三版）。

129. 《修辭析論》，董季棠撰（臺北市：文史哲出版社，西元1992年）。

130. 《中國修辭學史》，周振甫撰（臺北市：洪葉文化有限公司，西元1995年初版）。

131. 《修辭行旅》，張春榮撰（臺北市：東大圖書公司出版，三民書局總經銷，西元1996年初版）

132. 《修辭學通論》，王希傑撰（南京市：南京大學出版社，西元1996年第1版）。

133. 《修辭學研究》，中國華東修辭學會編（南京市：南京大學出版社，西元1997年第1版）。

134. 《語法，修辭，邏輯》，孔令達撰（合肥市：安徽大學出版社，西元 1998 年）。

135. 《修辭漫談》，何永清撰（臺北市：臺灣商務印書館，西元 2000 年初版）。

136. 《現代修辭學》，王德春撰（上海：上海外語教育出版社，西元 2001 年第 1 版）。

137. 《修辭學探微》，蔡宗陽撰（臺北市：文史哲出版社，西元 2001 年初版）。

138. 《修辭論叢》第三輯，中國修辭學會、中國語文學會、銘傳大學應用中文系主編（《第三屆中國修辭學學術研討會論文集》，臺北市：洪葉文化有限公司，西元 2001 年）。

139. 《應用修辭學》，蔡宗陽撰（臺北市：萬卷樓圖書公司，西元 2001 年初版）。

140. 《修辭論叢》第四輯，中國修辭學會、輔仁大學中國文學系主編（《第四屆中國修辭學學術研討會論文集》，臺北市：洪葉文化有限公司，西元 2002 年）。

141. 《修辭論叢》第六輯，中國修辭學會、玄奘大學中國語文學系主編（《第六屆中國修辭學學術研討會論文集》，臺北市：洪葉文化有限公司，西元 2004 年）。

142. 《漢語修辭學》修訂本，王希傑撰（北京：商務印書館，西元 2004 年第 1 版）。

143. 《國中國文修辭教學》，張春榮撰（臺北市：萬卷樓圖書公司，西元 2005 年初版）。

144. 《陳望道學術著作五種》，陳望道撰（上海市：復旦大學出版社，西元 2005 年第 1 版）。

145. 《漢字修辭研究》，曹石珠撰（長沙市：岳麓書社，西元 2006 年第 1 版）。

146. 《修辭架構成分與語篇架構類型》，李勝梅撰（北京市：文化藝術出版社、中國社會科學出版社，西元 2006 年第 1 版）。

147. 《陳滿銘與辭章章法學》，仇小屏等編（《陳滿銘辭章章法學術思想論集》，臺北市：文津出版社，西元 2007 年初版）。

148. 《漢語修辭與文化》，王蘋撰（杭州：浙江大學出版社，西元 2007 年第 1 版）。

149. 《中國古代文論修辭觀》，李瑞卿撰（北京市：中國傳媒大學，西元 2007 年第 1 版）。

150. 《近五十年臺灣地區修辭學研究論著目錄》（1949～2005），溫光華編（臺北市：萬卷樓樓圖書公司，西元 2007 年初版）。

151. 《唐宋散文修辭與國文教學》，呂武志撰（臺北市：樂學書局，西元 2008 年初版）。

152. 《元代文學批評資料彙編》，曾永義編（臺北市：成文出版社，民國 68 年初版）。

153. 《元代文學批評之研究》，朱榮智撰（臺北市：聯經出版事業公司，民國 71 年初版）。

154. 《中國文學批評史》，郭紹虞撰（臺北市：五南出版社，民國 83 年初版）。

155. 《中國文學發展史》，劉大杰撰（上海：中華書局，西元 1962 年）。

156. 《中國文學史》，葉慶炳撰（臺北市：學生書局，民國 76 年）。

157. 《中國詩史》，陸侃如撰（天津：百花文藝出版社，西元 1999 年）。

158. 《中國韻文史》，龍沐勛撰（臺北市：樂天書局，民國 69 年）。

159. 〈中國詩歌中的語言旋律〉，曾永義撰，《鄭因百先生八十壽慶論文集》下冊，頁 875～915。

160. 〈詩話「響」字之探析〉，莊美芳撰，東吳大學《中國文學系系刊》第十二期，頁 24～28。

161. 〈中國古代第一本修辭工具專書〉，譚全基撰，《中國語文研究》第三期，頁 93～104。